捆绑上天堂

Bound in Heaven

李修文 著

余一生清福，九年占尽，九年折尽矣。

冒辟疆《影梅庵忆语》

目　录

第一章　　风葬记事 …… 1

第二章　　邮差总按两次铃 …… 25

第三章　　那么蓝，那么黑 …… 51

第四章　　恋爱的纵火犯 …… 79

第五章　　晴天月蚀 …… 108

第六章　　睡莲和亡命之徒 …… 136

第七章　　木马荡秋千 …… 167

第八章　　再见萤火虫 …… 198

第九章　　小小子儿，坐门墩儿 …… 232

第十章　　在旧居烧信 …… 263

第十一章　天堂里的地窖 …… 292

第一章　风葬记事

　　一个人，假如他来日无多，甚至只剩下一天可活，那么，那最后的二十四小时，他将何以消磨呢？我经常想起这个问题，但很是遗憾，没有一次能想出一个满意的答案：世界上千万种人大概会有千万种不同的方法——有的人怕是会喝上一整天的酒，有的人会和喜欢的女孩子抱头好好痛哭一场，也许还有人会抢在死亡到来之前先行解决，以此将这最后的二十四小时也省略掉，我就听一个女孩子这么说起过她的打算；再说，住在华盛顿的人和住在曼谷的人，住在北京和住在上海的人，他们各自的方法显然绝不会一样，就像我们的降生和长眠之处也都各不相同，如此说来，我想不清楚这个问题也是情理之中的事了，因为本来就没有标准答案。

　　那么我呢？

　　对于住在武汉的我来说，那二十四小时，我到底会怎样度过呢？

　　——早晨起来恐怕还是要长跑，不为别的，我是个害怕打乱生活规律的人，像衬衫上的纽扣掉了这样的小事，只要不将纽扣钉好，我就会一整天觉得不舒服，所以反正是最后一天了，还是别让自己心里再觉得什么不舒服的好；之后呢，之后大概会去图书馆把那些藏书搬出来晒一晒吧,虽说图书馆早就已经破败了,这座小院子平常除了我之外几乎不会有任何人踏足,但好歹我仍是这座图书馆唯一的管理员,墙壁、地板和窗户都是我自己动手粉刷的,临要走了,就像我自己会洗个澡一样,那些书要是会开口说话,见到我耐心地将它们搬到阳光底下,肯定也会感谢我的。

接下来呢?晒完书,应该就是中午了,上街吃完饭,再回来收拾收拾屋子,可能还是会决定去郊外的花圃里转一转吧。我有一片花圃,种着些马缨丹啊小麦草啊风船唐棉啊什么的,对了,还种了些辣椒,这块花圃本来是杜离买下来后准备和我一起开花店用的,当然了,还得加上在飞机上跑来跑去的许小男,他们一个是室内设计师一个是波音757上的空姐,工作不消说都比我繁忙许多,只去过几次就几乎不再去了,花店自然也没有开起来,反倒是我,去过几次之后却放不下了,每隔几天就去给那些花浇浇水什么的,不过话说回来,当我忙完后躺在花圃里的田埂上抽着烟,那种难以言表的喜悦也是别的什么东西都无法替代的。

最后一次,大概也不需要带上平常要带去的那些小铲子塑料桶什么的了,就去田埂上躺着看看报纸吧。只不过去一次非常麻烦,要先从我住的武昌坐车到汉口,再在航空路的机场班车停靠站坐上机场班车,出了市区,再在班车驶上机场高速公路之前下车,往西步行二十分钟才能到,说起来不费事,只有真正成行之后才知道去一次有多麻烦。

如此一趟消磨下来,等我再从花圃回到武昌的小院子里的时候,夜幕也该降临了,夜幕里的霓虹灯也该亮起来了。

先洗个澡,换下的衣服也要洗干净晾好,没办法,我就是这么一个人,屋子里但凡有丝毫杂乱的地方,我都绝对不会允许它多一分钟保留下去。换上干净衣服之后,我要从窗台上翻到隔壁的图书馆里去,将晒足了太阳的书仔细收回去,它们中的相当一部分我都看过了,也熟悉它们在书架上的位置,所以并不需要开灯,这一切在黑暗中我也可以轻易完成,之后关好图书馆的那扇木门,我再翻窗户回自己的房间里去——图书馆在一幢两层小楼的第二层,我的房间是在另一幢两层小楼的第二层,两幢小楼各自有外置的旋梯上下出入,但是对于我倒省了麻烦,我从来都是径直翻窗户上下出入。

听听电台吧。这也是我每天临睡前都要做的事情。我最喜欢听的那档音乐节目九点半开始,一直到十二点结束,电台里的那个DJ对音乐的口味可谓是相当驳杂,一晚上听下来,从爵士乐到沂蒙小调,从老鹰乐队到被称为"新宿女王"的椎名林檎,风格各异的音乐渐渐就让我恍惚起来,听着听着就闭上了眼睛,一到十二点,那声音低沉的DJ就会在《春之祭》的乐声里说:"节目到此结束。晚安吧,还清醒着的人们!"说来也怪,每到这个时候,他的声音就像闹钟一样,准会让我睁开惺忪的眼睛。

到了十二点,我也该去到我该去的地方了。

那时候也许会有一阵风?那风应该是从东湖的湖面上生成的,吹过了湖面上的游船和城市里簇拥的楼群,吹过了疾驶的汽车的车轮和我院子里的草坪,吹动草坪边的三棵桑树和树冠里的鸟窝,吹动窗台上晾着的衣服和我从花圃里带回来的马缨丹、小麦草和风船唐棉,吹上我的脚趾和睫毛,就是在这么柔和的风中,我长舒了一口气,闭上眼睛,等待万物停止,等待灰飞烟灭。

晚安，还清醒着的人们！

如此而已——假如只剩下一天时间可活，这就是我想象中的那一天，没有丝毫不同凡响之处，就像我看过的一本名叫《傻瓜吉姆佩尔》的书，里面说——"当死神来临时，我，傻瓜吉姆佩尔，会高高兴兴地去，不管那里会是什么地方，都会是真实的，没有纷扰，没有嘲笑，没有欺诈。赞美上帝：在那里，即使是傻瓜吉姆佩尔，也不会受骗。"我虽不是傻瓜吉姆佩尔，但也绝不会认为自己是个多么出色的人，无非是一个活在一座普通城市里的平淡无奇的青年男人而已，在我死去的时候，难道会有一个堂皇的葬礼，又或者会有一辆用鲜花包裹了的红马车将我送到下葬的地方？

这样的妄想，在我身上似乎还从来不曾有过。

但是妄想过风葬。

忘记了是在哪本书上见到过风葬的事情，说的是大兴安岭里生活的鄂伦春人，虽说也有土葬和火葬的风俗，为数不少的人还是选择了风葬：人死之后，会被亲人用桦皮包裹好，架在树上，身边放着生前用过的箭杆、狍皮衣和佩刀之类的东西，这些东西连同刚刚失去知觉的肉身一起最终将被慢慢风干。这种下葬的方法我非但不觉得有什么可怕的地方，反而觉得有种奇异的亲近之感，恐怕还是喜欢那种安静的感觉，我这人，是那种无论走到哪里都希望不要生出什么动静的人，到死也还是悄悄的为好，不麻烦任何人，心里也不装任何装不下的事情，有一天果真如此下葬的话，我应该是会觉得惬意至极的。

我读过的那本书其实是一本画册，一见之下，再不能忘，偶尔想起，就想找出来再看看，可是怪了，我竟然怎么也无法再找到那本画册了，几乎把图书馆里的书架都翻遍了都没找到。有一段时间是经常想起那本黄色封皮的册子的，后来渐渐淡了下来，就想：像我这么个平淡无奇的人，大概也只能在城市里平淡无奇地死去了，不过即使死在这个院子里，那天要真的是个刮风的天气就好了，似乎也勉强算得上风葬了，虽然差强人意，但也总是聊胜于无。

风葬的事，就这么总是忘记不了了，也和杜离聊起来过。

"不是吧，那样去死也太恐怖了吧。"他在武汉广场二十八层的一间写字楼里做室内设计，周末，我过江去汉口找他，在二十八层楼尚未完工的写字楼里，我刚刚说完风葬的事情，他就叫了起来，"你想想，人死了，但是那些鸟倒是有可能跑到你头发里来做窝，简直太恐怖了！"

"也没什么啊，比埋在地底下还是要好许多吧，"我笑着说，"万一有机会复活，也不可能再从地底下走出来了，葬在树上就不同了，要是有机会复活的话，揉揉眼睛直接回家就是了，对吧？"

"是倒是，不过想着被风干了感觉总是不大好。"

"我倒觉得没什么，几千年后要是骨头还在的话，又碰巧被考古的人发现，价值肯定比地里的棺材大得多。"

自打我们认识，几乎每个星期都要聚一聚，当然，还有许小男。许小男比我们都要忙一些，几乎每隔一天就要跑一趟从武汉到昆明的航班，不过不要紧，我和杜离聚在一起的时候，总是打她的手机，好多次都是她刚刚到昆明，就在飞机的轰鸣声里，杜离要她在电话里唱歌，结果她就真唱了，没办法，小男就是这么可爱的人,似乎永远都长不大,对任何司空见惯的事情都充满了好奇。她本来也要比我和杜离小出好几岁。

　　说起我们的认识也颇有意思,有一天我闲来无事翻报纸,见到一则小小的广告,广告上说定于某月某日在汉口的一间咖啡馆举办"宁夏返城知青子女见面会",主办人是一个在校大学生。六十年代,武汉的确有一批为数不少的知青去了宁夏插队,我就是他们的后代,杜离和许小男也都是。我本来不想去,原因很简单,因为我虽是从武汉去到宁夏的知青的后代,但是我的父母早就不在人世了,即使是后来又回到武汉来上大学,也仅仅是突发奇想的缘故。不过说来也巧,那天我正好去汉口的一个书商那里送稿子,地方也离那咖啡馆不远,于是就去了,结果也是无论如何都没有想到的:登广告的主办人压根就没有来,来的人就只有我们三个。

　　于是就认识了。

　　"哎,想过去大兴安岭看看吗?"我问杜离,"听说桦皮屋啊马奶酒啊什么的都还是相当不错的,估计也花不了多少钱。"

　　"上次不是说去康定的吗,怎么又改成大兴安岭了?"杜离反过来问我,"你难道还真想去看风葬啊?"

　　"是啊,没错,"我说,"要是觉得不错我就不回来了,呵呵,你一个人回来算了。"

　　"我说大哥,你慌什么呢,"杜离一拍我的肩膀,"你离死还早得很呢!"

　　但是杜离说错了。我,是真的要死了。

真的是要死了。

从哪里说起呢？如果我的记忆是一个房间，房间里有一扇窗户，恰好一道闪电从天而降，那么，它的第一束光芒将映照在房间里的何处呢？

我确信是去年春天的那个上午。

那天也是奇怪了，几乎从来没人踏足过的小院子里竟然来了个客人，是个中年男人，不用说，我感到非常诧异，那个人衣着整齐，戴着过时的玳瑁眼镜，背着一个印着"某某水库工宣队"字样的军用书包，单凭字样也可以知道是有些年头的东西。我和他搭话，他也非常有礼貌地答话，但只是嗯嗯啊啊，我几乎听不清一个字。尽管如此我还是把图书馆的门打开了，他进去找好书又在长条桌前面坐下来之后，我给他倒了杯茶过来，就翻窗户回到自己的房间里去了。

大概过了四十分钟的样子，一群人吵吵闹闹地进了院子，我简直觉得不可思议：今天到底是怎么回事？平常没有一个人来，今天却是一来就来出了这么大的动静，我连忙起身去看，发现院子里果真一起拥进来了四五个穿白大褂的人，等我看见他们的时候，他们已经上了楼，我马上跳过去看，几乎是和那些穿白大褂的人一起进了图书馆，刚刚走到门口，我不禁吓了一跳：那个背着军用书包的男人手里拿着一把水果刀对着自己的喉咙。几乎与此同时，我也差不多明白了眼前到底在发生着一桩什么事情了：那些人身上的白大褂无一例外都印着"东亭精神病院"的字样。

不用说，穿白大褂的人顿时安静下来，纷纷对那中年男人好言相劝，但是没有用，他也一改先前的样子，厉声呵斥那些穿白大褂的人离开，说是反正也活不下去，现在就干脆做个了结算了。言语之间，动作也有些变形，喉咙上甚至已经划出了血迹，我觉得这样下去事情可能会变得无法收拾，就示意其中的一个跟我出来，他马上心领神会，跟我一起翻进了我的房间，我房间的另一侧是个狭窄的阳台，正好可以翻到图书馆的阳台上，他一进房间就径直奔着阳台去了，我则没有再跟着他，就留在房间里等待接下来的动静。一分钟之后，动静果然传出来了：那中年男人猛然惊叫起来，继而水果刀咣当一声掉在了地上，一度消停了的吵吵闹闹的声音立刻又响了起来，显然，他们还是顺利地将他制服了。

片刻工夫之后，所有的声音都停止了，喧闹的院子又平静了下来，我站在窗台边上，抽着烟看着一行人走出院子之后仍然争执不休的样子，不禁笑着摇了摇头：这个上午多少有几分荒唐。点了支烟，环顾一遍房间，刚刚要给那盆风船唐棉浇点水，眼前突然一黑，身体差点站立不住，鼻子里一热，就在我恍惚着不知所措的时候，鼻子开始流血，鼻子流血之于我似乎还从来不曾有过，所以全然不知道该如何是好，但是鼻子却丝毫不管这些，血流得根本就止不住。

身体是瞬间虚弱下来的，一点力气都没有，几乎是闭着眼睛找到一包餐巾纸，捏成小团后塞进鼻子里，我以为能好过一点，结果恰恰相反：纸团一塞进鼻子，嘴巴里顿时生出了咸腥的味道，牙龈也猛然发热，我用舌头一舔，立刻就知道血已经进了嘴里。

恐惧就这样降临到了我身上，我不知道血这样流下去之后我的身体到底会发生什么事情，有那么一阵子我想过给杜离打个电话，还是没有打，一个完全说不清楚原由的念头浮上心来：不就是流血吗，那么来吧，我就来看看最后到底会有什么事情。

就这样持续了二十多分钟，屋子里所有的餐巾纸都用完了，血终于不再流了，我走到阳台上，打开水管，用冷水淋了淋脑袋，清醒了些，强撑着回房间在床上倒了下来，昏沉中闭上了眼睛，身体太虚弱了，很快就睡了过去。

其间迷迷糊糊的曾被手机的声音吵醒过，一接电话，是小男的声音，她似乎是刚刚下飞机，我可以听见里面有广播员提醒旅客抓紧时间登机的声音，我实在没有力气说话，只是嗯嗯啊啊，没有讲几句话就还是睡了过去。

其实只睡了一个小时不到，也不知做了个什么梦，身体猛地一惊就醒了，眼睛一睁，首先看见的就是床单上的血。即使在我睡着的时候，我的身体仍然没有停止流血。

犹豫再三之后，连门都没有关，我下了楼，情不自禁地总要闭上眼睛，摸索着开了铁门，倒是没忘记锁上院子里的铁门，之后走完半里路长的巷子，走上了那条环湖公路，三分钟后，坐上了去医院的出租车。

两个小时之后，在医院里，我手里拿着张化验单被告知：我患上了再生障碍性贫血。一种不治之症。

过程就是这样。

就像一首歌里唱过的：一弹指，一刹那，一辈子不翼而飞。

我还记得我是怎么从医院里回来的：脑子里绝不是什么空白，只是一片巨大的惊愕，就像一口被草和灌木遮盖了的古井，掉进去之后又别有洞天，说不定还连通着什么广阔的所在，那种惊愕之感也是如此，总是没有极限，又像医院门口的湖水一样随风波动，绵延开去，终致虚空。

　　医院里的医生可能并不想直接将结果告诉我，婉转地问我可否叫亲人来一趟，我答说并无亲人，又问我是否有合适来一趟的上司，我也据实告诉他：我只是一个大型企业的图书馆管理员，企业几乎就在我从学校毕业分配来的同年就破产了，工厂里的车间只怕连草都长起来了。话说到这个地步，那个慈眉善目的老太太只好告诉我：你得了再生障碍性贫血，无论如何，得了这种病，单单凭自己一个人的力量是无法承受的。说话间，又有好几个医生走到我们身边来，面色凝重地低声商量着我的病情，就是这个时候，我走了，没人注意到我。

　　医院的门口有一片湖，名叫水果湖，与东湖是连通的，中间只隔着一座汉白玉桥，出了医院，我点上一支烟，在湖边上坐了差不多一个小时，总是在想一个同样的问题：我，是要死的人吗？

　　水果湖这一带虽说相对幽静，但是过往的车辆和行人也绝对不算少，在即将结束的一生中，我相信自己肯定不会忘记在湖边上坐着的一个小时了：在此起彼伏的汽车喇叭声里，我接连抽了好几支烟，远处的湖面上泊着几条打捞水草的铁皮船，我就盯着那几条铁皮船发呆，脑子里不知怎么竟想起了宁夏戈壁上的一段风化的古城墙，我几乎有点觉得不可思议，难道我就一点也不害怕吗？真的，我一点也不害怕，或者说害怕的感觉并没有找到我。主意就是在那一小时的最后几分钟拿定的：既然毫无生机，就干脆放弃治疗，也不打算将自己的病情告诉任何一个人。

　　也是，一个人被生下来，一个人去死，两种过程里都不会有人陪伴，世间万千人莫不如此，当然了，古时候的皇帝死的时候倒是有人陪葬。

我是走路回我的小院子里去的，一路上，也想到了怎样安排自己今后的生活，首先想到的是要不要再回一次宁夏，去父母的坟上看一看。想一想这个世界也的确奇妙：身为武汉人的父母都死在了宁夏，反倒是我，一个说梦话时都讲宁夏方言的人，如无意外，就应该死在父母的故乡了。后来又想，无论怎样，还是按照我喜欢的生活样式继续生活下去吧，当然也要对得起自己，比如我早就想出门旅行一次，现在看来可以成行了——不过是些普通的想法，应该不算过分。

死，一路上我都在说这个字，一点特殊的感觉都没有。

"死，"我说了一次，接着再说一次，"死！"

仍然一点感觉都没有。

我知道事情不会就这么简单，虽说我是个平淡无奇的人，但是芸芸众生身上的七情六欲一点也没少，我知道自己并不是遇事镇定的人，别人眼中的些许无所谓，其实也只是无可奈何的随遇而安而已，正因为平淡无奇，我的贪心、恼怒和开怀大笑与身边的人都如出一辙，所以我知道，我不会这样一直蒙昧下去，也许哪天早晨起来就会发作也说不定，只是迟些来而已。那么，就迟些来吧，我是害怕生活规律被打破的人，至少明天早晨起来，只要天气正常，我还是要绕着东湖边的环湖公路长跑。

那天晚上，可能是鼻子终于不再流血的缘故，我竟然睡得异常深沉。

事实上，自此之后，有好长一阵子我的鼻子再没流过血，体力也绝无问题，我甚至常常不相信自己已经是个来日无多的人。

说说我住的院子和房间吧。如果从汉口经长江二桥到武昌，经过一条长长的干道之后，再拐往梨园方向，经过一个环形广场，往北折，就走上去往东湖深处的环湖公路了，只走三分钟，正对着湖面的公路左侧有一条巷子，巷子口是一间高等师范专科学校，然后是个废弃了的公园，据说由于经常有人吊死在那里的一棵鬼柳上，所以几乎无人去了，再往前走就是我的小院子了，院子里有两幢两层小楼，有一片草坪，草坪边上种着一排紫薇和三棵桑树，每棵桑树上各有一个鸟窝，就是这样。

其实这条巷子幽深得很，往前走建筑物虽然很少了，但是参天的古树倒是不少。当我刚刚从大学里的图书馆系毕业，被分配到这座小院子里的时候，我一直想不清楚，一个远在汉口的工厂，它的图书馆为什么会坐落于如此偏远之地，不过后来也明白了：原来这里的好多地盘都曾经属于它过去的职工疗养院，其中也包括那座已经废弃的公园。

我的房间也不算小，虽说只有一间，但好歹也有二十多平米，具体多少没量过，对我来说已经足够了。正对着院子的是一排陈旧的落地窗户，窗户上斑驳后日渐脱落的红漆简直不堪目睹，所以我自己买来油漆一律刷成了黄颜色，一眼看去倒是十分扎眼，说它是落地窗户一点都不假，因为地板三番五次地坏，而每一次翻修的方法就是直接在朽坏的地板上再加上一层，所以，当我席地坐下，窗台也仅仅到膝盖处，那些放在窗台上的花还莫如说是放在房间里。

房间里没有凳子，认真说起来也没有床，说到底我还是个喜欢舒适的人，走到哪里都喜欢找个舒服的姿势躺下来，所以，房间里足足铺了十张凉席，冰箱、被褥、SONY高画质电视、简易衣橱、一只东北炕桌和成堆的CD、DVD就这么随便放在凉席上，枕头倒是有好几个，想写写画画的时候径直靠着枕头伏在小炕桌上写写画画就是了；房间的另一侧推门出去是个阳台，虽然不大，但是简单的厨房和同样简单的卫生间都在上面，站在那儿可以看到师范专科学校里的操场和体育馆，以及更远一点的东亭精神病院，精神病院的主楼是座哥特式建筑，楼顶上还有座钟楼，我知道，几十年前那里曾经是一座教堂。

在这座谈不上熟悉的城市里，这里就是我的一块小小地盘了，几乎没有人打扰我的生活，我也相当满足于眼前的生活，即使是杜离，也羡慕我的自在，在我这里过夜的时候，半夜里睡在凉席上，他总是不忘记说："他妈的，咱们简直像两个韩国人！"

一直到死，我大概都会在这里住下去了。

至少从去年春天的那个上午一直住到了去年的夏天和冬天，一直住到了此刻。

我的生计并无问题。因为近水楼台的关系，我常常帮书商写写稿子，大多是些资料汇编，最终由书商出成《人生哲理三百条》《名人情书》之类的书，做起来很轻松，在隔壁的图书馆里翻资料就可以了，据说书的销路还相当不错，最忙的时候我一年编过五六本。这样一来，我过日子绝无问题，甚至可以说过得相当不错。在银行里也有些存款，假如我仍然能好好活着，我原本是打算用这笔钱去买辆二手车的，现在看来也无此必要了。

可是——

就像命定一般，我的生活终究还是发生了变化：不知道从哪一天起，我突然变得爱步行了，不是像退休的老人般有事无事都上街转悠，而是只要上了街就尽可能走路回来，碰到感兴趣的事情就停下来看看，而感兴趣的事情竟然是那么多，所以一趟走下来总要花上很长的时间，放在过去真是从未有过的事情，一开始我并没有留意，留意到的那一刻，我能感到自己的心里轻轻地颤了一下：我，是舍不得去死吗？

是的，我舍不得死，一个连掉了颗纽扣都觉得浑身不舒服的人，怎么可能是个无牵无挂的人呢？去年夏天的一个晚上，我和杜离，还有小男，在汉口的一间酒吧里喝完酒出来，在武汉关的那间钟楼底下走着，天上下起雨来，听到长江里传来的一声汽笛声，鼻子突然一酸，幸好忍住了，转而拉着他们在大街上疯跑了起来。

我就此明白：我的身体里埋藏着一根电线，迟早它会通上电，变成一条漫长的火蛇，使我伤心，使我焚烧，甚至号啕大哭；眼前的蒙昧，只不过使劲推迟那一天朝我逼来而已。

好了，现在，还是每天都上街转转吧，许多时候我都觉得像个初次进城的农民，觉得眼前的一切都是如此新鲜：高楼大厦是美的，一方狭窄的草坪是美的，女孩子的脸是美的，打太极拳的老太太们也是美的，转着转着，我差不多就沉醉不知归路了。有趣的事情着实不少，在蛇山下的那座隧道里，我遇见过一个穿着白布对襟褂的老太太，每天晚上都打着伞在那里站上一会儿，一句话都不说，就只盯着从隧道里经过的行人，许多人都被吓得毛骨悚然；我还遇见过一对中年夫妻，一天下来，遇见了四次，于是便好奇地和他们聊了起来,这才知道丈夫也是和我一样来日无多的人,大病不愈之后,决定让妻子陪着在城市里好好转一转,看看他们生活过的地方,我碰到他们的时候,他们其实是刚从当年插过队的地方回到城市里。

对了,我还碰到过逃跑的伴娘。

我听说过许多婚礼举行前几分钟逃跑的新娘,可是还从来没听说过给新娘做伴娘的人也逃跑的事情。

去年十一月的一个晚上,我从花圃里回来,坐车到洪山广场,下了车走路回去,已经是冬天的天气了,我竖起衣领朝水果湖方向走,走到湖边,找了个石凳坐下来抽抽烟,我背后正对着一家亮若白昼的酒店,欢声笑语不时从酒店里传出来,定睛一看,这才发现里面正在举行婚礼,于是便饶有兴味地看了起来。看了不几分钟,酒店里的灯一下子灭了,正在我恍惚的工夫,酒店里已经乱成了一团,我还以为停电了,但是我头顶上的路灯还亮着,那家酒店隔壁店铺里的灯也都好好亮着,随之我就听到黑暗的酒店里传来了争吵的声音,举行婚礼的人显然对酒店不满了,酒店的人一边不迭地赔礼,一边吩咐人赶快去查看到底出了什么事情,好几分钟过去,灯还是没有亮起来,争吵的声音就更大了。

这时候,一个穿着拖地白裙的女孩子从酒店里走了出来,也在我旁边的一个石凳上坐了下来。我心里暗生诧异:不会是新娘一个人跑出来了吧?就多打量了几眼,总算看清楚不是新娘:尽管也模模糊糊看清了她脸上绝对不算浅的妆,但是头上并没什么多余的饰物,如果没猜错的话,她应该是伴娘。她的高跟鞋好像出了什么问题,坐下来后马上脱下,一边揉揉脚,一边把两只鞋放在石凳上敲了敲，清脆的梆梆两声，似乎使了不小的力气，接着穿好，站起来趔趄着往前走了两步，好像还是不行，回来接着敲，声音更大了。

看着看着，我就笑起来了。最近总是这样，本来没什么特别之处的一件事情，我却总是能看得笑起来，等到明白自己在笑的时候，事实上已经笑过了。

"喂！"她朝我这边叫了一声，我还以为我背后有人，就转过身去看，转身的工夫她又说，"看什么呢，就是在叫你！"

"哦哦。"我答应着站起身来，"怎么了？"

"给根烟抽抽吧。"她说。

我便走过去，掏出一根烟来递给她。她一只手接过烟，一只手还在继续敲着鞋，我掏出打火机给她点火，一弯腰就闻到了她身上浓浓的香水味，也看清楚了她的脸：不用漂亮来形容是说不过去的，尽管嘴唇上的口红抹得重了些，但是某种稚气还是从口红里袒露了出来，大概也就是二十出头的年纪吧。点好烟，她抽了一口，立即呛得连声咳嗽起来，一眼便知不是那种经常抽烟的人，我站在那里也不知如何是好，她倒是咳嗽着问了我一个问题："你觉得活着有意思吗？"

"有……没有……你觉得呢？"我不知道说什么好，便干脆问起她来。

"我觉得太有意思了！"她说。

"怎么说呢？"我继续问。一般而言，提出"活着是否有意思"之类问题的人对此类问题的答案总是否定多于肯定的，像眼下这样肯定的回答我还是第一次听见。

"哈，活着多好啊，能抽烟，能光着脚，不高兴了还能剪剪电线什么的，还有好多事情，哪怕办不到，想一想总是有可能的吧。"她多少有几分狡黠地笑着说。

"什么？"我一时没听清楚，"剪电线？剪哪里的电线？"

她仍然狡黠地笑着，嘴巴一努，我顺着她的嘴巴一回头，立刻明白了：原来酒店里的那一场小小的悲剧是她造成的，也禁不住笑了起来："怎么会想到剪电线啊？"

"烦了，从下午三点闹到现在，我早就烦了，不剪电线我可能到明天早上都回不去。"她轻轻地吹了声口哨，"本来是想拉拉电闸的，但是他们修起来太容易，干脆就跑到屋顶上把电线剪了。"

"啊？"

"啊什么呀，一点都不危险，到厨房里找了双塑料手套戴好了才去剪的，又是在屋顶上，反正也不会出什么事情，明天早上他们稍微一注意就能发现，唉，只要今天快点结束就好。"

说话间，事情竟然果真像她希望的一样：酒店的门口开始有人走出来，虽然出来的人几乎无一例外地全都怒气冲冲，但也的确没什么办法，一场热闹的婚礼看来只好就此结束了。过了一会儿，人群中走出新郎和新娘，我刚想看得更清楚点，身边的女孩子却一拉我的胳膊："别动，有人在叫我！"

果然有人在人群里喊着一个名字，听不太清楚，我回过头去，还不及开口，"嘘！"她就先将食指在嘴唇边竖了起来，其实她的手还一直在拉着我的胳膊，此时又一用力，我就干脆在她身边坐下了，她的身子再往后躲一点，几乎完全躲到我的身体背后，"千万要挡着点，被他们找到可就惨了！"

于是我也就不再说话，一边用身体挡着她，一边还是像刚才一样饶有兴味地看着酒店前面的人们何去何从：新郎和新娘上了一辆轿车，剩下的人也只好各走各路了，争吵声仍然还在持续，赔礼声自然也就没有停止，他们哪里知道罪魁祸首就在我的身边，想起自己正在度过一个如此有趣的夜晚，心里总不免觉得有几丝隐隐的快乐。总有十分钟的样子还多，人群终于消散开去，酒店的经理正在对员工们施以更激烈的怒吼，那个一直在叫着我身边的女孩子的名字的人，也在最后一个离开了，我侧过头一看：她竟然靠在我身上睡着了，一只手抓着我的胳膊，一只手还提着高跟鞋。

那么就睡吧，我想。

十二点的样子，背后的酒店关门了，一条街上几乎所有的店铺也都关了门，行人寥落，渐至于无，我抽着烟，看着偶尔从眼前驶过的汽车，看着湖面上的幽光里随波逐流的游船，真正是觉得神清气爽了。"啊！"也就是这时候，身边的女孩子"啊"了一声醒过来，睡眼惺忪地问我："现在几点钟了？"

"十二点了。"我回答说。

"该死！"她马上站起来，一边整理着她的拖地长裙，一边又忙不迭地穿好高跟鞋，正弯腰穿着呢，突然侧过身来对着我，"你是谁？"

我愣了愣，苦笑起来：是啊，叫我怎么说呢？

"该死！"我还愣怔着，她已经穿好了鞋，在地上踩了几步，突然"哦"了一声，用手敲着自己的头，"想起来了想起来了，你这个人还是很不错的嘛，没把我一个人丢在这里。"

"要不——"我迟疑着说,"我打个出租车送你回去?"

这下轮到她迟疑了,终于还是说:"好啊,可是我住在汉口哦,很远的。"

"没关系,"我说,"走吧。"

不过,事情比我想象的要麻烦一些,也是怪了,我和她在水果湖与东湖之间的那座汉白玉桥上等了大约二十分钟,竟然没有一辆出租车来。两人便随意往桥下走去,不觉中走出了好远,等到我偶然瞥一眼的时候,才发现她又把高跟鞋脱下来提在手里了,空出来的另外一只手则提着裙边,走起路来真是不轻松。我就停了下来,站在路边继续等出租车,这时候,她一眼看见前面的一家夜宵摊前停着一辆小型货车,马上招呼我说:"好了好了,有救了,我就坐前面的车回汉口去了,"见我反应不过来,又说,"那是庄胜百货商场送货的车,一定是过长江二桥回汉口的,我就在庄胜百货旁边。"

我多少有些疑虑,直到走近了,才发现她的确没有看错,真的是庄胜百货的货车,夜宵摊上只有一个顾客,显然就是这辆货车的司机了。她在离货车大约十米远的地方停下,问我:"你是做什么的?"

"还真是说不清楚,平常也没什么事情,就是编编书什么的吧。"

"编书?"

"是啊,编些人生格言之类的东西,意思也不大。"

"不是挺有意思的嘛,哎,你背一条来听听啊。"

"啊,还是别了吧,大半夜背人生格言,总觉得不大对劲。"

"这有什么，背背吧，显得咱们多有理想啊。"

我只好背了临时想到的一句："岂能尽如人意，但求无愧于心。"

"不错嘛，我也想到了一句，'庄稼一枝花，全靠粪当家',"她哈哈笑着说，"这一句也算是人生格言吧？"

"应该不算吧，可能只能算农谚——"

我的话还没说完，她拔脚就要往前跑，刚跑出去两步，回过头来"嘘"了一声，我这才看到那个司机吃完夜宵后正在付账。她很轻捷地跳上车，找了个舒服的姿势坐下来，还是光着脚，手里提着高跟鞋。我也不再说话，只笑着看她，突然想起来要问问她的名字，还有，她是做什么的呢？终了还是没问。一会儿，那司机回来了，打开驾驶室坐了进去，压根就没注意到车厢里还坐着一个人，很快，货车就开动了，那女孩子对我做了个"V"字手势，我便看着她连同小货车一起渐行渐远了。

后来，街道上起了雾，街道两旁的桉树和楼房都像是穿了一层薄纱，远处过往的汽车灯在薄纱里亮着，像是来自冥界的精灵手里提着的两只灯笼，微风吹过，绿里返白的桉树叶子哗啦作响。我浑身轻盈，感到自己的身体也薄如纸片，与湿漉漉的雾气融为了一体，想想此前背诵的格言，想想此刻坐在小型货车上驶往汉口的伴娘，不禁又想起了一件事情：我是否会死在一个如此有趣的晚上呢？

即使不能，我也希望像这么有趣的晚上越多越好。

这样的晚上越少越好——大概一个月之后的一天晚上，半夜里，我被一阵动静惊醒了，拉开灯一看：竟然有两只不知道名字的水鸟闯进了我的房间，上下翻飞，撞翻了我的茶杯，越过我的头顶，最终落在衣柜的顶端，叽叽喳喳地叫着，跳着，这就是真正的"雀跃"了，它们应该是在我睡着的时候从东湖的湖面上飞过来的。我颇觉有趣，就点上一根烟靠在枕头上看这两个小家伙接下来将何去何从。

突然，没有任何征兆，我的鼻子一酸，眼角就湿了：某种微小的感觉在心里滋生了，在转瞬间就迅速扩大，像落在纸上的一滴水珠，一点点扩张着湿润的疆域：两只水鸟尚能上下翻飞，我的死期却近在眼前，而且，我是孤单的，并没有一个人知道我的秘密，在此刻，我是多么希望有人知道我要死了，能对我说几句劝慰的话，即使我的天性并不如此，但是，一个人总有想挣脱自己天性的时候。

我想杀死这两只鸟。

我不能容许这两个小东西在我眼前存在，从来没有一种更加激烈的情绪光临过我的身体：就在它们的雀跃中，我感到自己的身体正在消逝，离我的房间越来越远，离另一块黑暗之所却越来越近，在那黑暗之所，我会腐烂，沦为一堆白骨，再没有铺满凉席的房间和散发出淡淡幽香的风船唐棉，即使放声大哭，也不会有人听见。

我甚至感到那两只水鸟一点点在放大，而我却在缩小。

我站起身来，找了件衣服，跑到衣柜前面，想把它们盖住，然后再来处置，可是它们灵巧得很，我才刚刚靠近，它们就飞走了，在半空里盘旋不止，它们就在离我头顶稍高一些的地方，我却无论如何都拿它们没办法。过了一会儿，我突然想起阳台上的一瓶杀虫剂，马上拿进来，对准它们喷上去，这次的确奏效了：那两只鸟扑扇了几下翅膀之后，终于绵软无力了，绝望地掉在了散落在地板上的一堆书中。

我把它们抓在手里，也就是在第一瞬间里，当我的手触到它们细密的绒毛和温热的身体，我就知道自己下不了手了，终于，走到窗户边，拿起给花浇水的水壶，一点点将那两个小东西浇醒了，之后，叹了口气将它们掷向空中，掷出去的一刹那，我心里暗自一惊：它们非但没有飞走，反而一个劲地往下落；不过还好，离地面大概只有半米距离的时候，它们就像大梦初醒般拍起了翅膀，转眼间就停在了那棵随风摇曳着的桑树上。

睡是再也睡不着了，我决定出去走走。

我怎么会想要杀死那两只小东西呢？

当我关好院子的门，置身于月光下的小巷子中，我突然感到害怕：我为什么会这样呢？在最短的时间内我得以确认：我死命推迟去想的一天，终于还是来了，这一天来后，还有如此这般更多的一天会悄然而至，自此之后，应该是有更多的东西让我不得安宁了，天上的星辰和地下的繁花都会变成刚才的那两只鸟，在悄无声息中压迫我，使我的身体像尘埃一样被雨水冲去，如此而已。

出了巷子就是环湖公路了，我抽着烟，径直往前走，这时候起了风，突然看见远处的几株灌木丛正在闪闪发光，心里顿生好奇：莫不是有人在那边放了火？于是加快步子跑过去，一见之下，不禁惊呆了：这里简直就是萤火虫的王国，不断有萤火虫从远一些的地方飞过来，和更多的萤火虫绞缠在一起，就像在参加其中两只的婚礼，更加奇异的是，可能是湖水映像上来的关系，它们身体上发出的光并不是那种司空见惯的黄色，而是显得格外清澄，所以，我的眼前就像是有一颗时而聚拢又时而分散的水晶球。

水晶球的下面，泊着一条船，船上堆着几个墨绿色的啤酒瓶。大概是清洁工从湖里捞起来的，自然是要留待明天才会被清洁工送进废旧物资回收站。

风大了，灌木丛边的杉树都摇晃起来，又是在湖边上，我不禁感到几丝凉意，但是那些沉醉的萤火虫却丝毫不管风多么大，继续沉醉着，一场盛宴还远远没到结束的时候。

突然就想起了风葬的事情。

我跳上那条船，坐好，随手一抓，足有数十只萤火虫就这样轻易被我攥进掌心里了，我将它们装进一只啤酒瓶，再用岸边的泥巴将啤酒瓶的口封好，丢进水里，这样，它便成了一只水中的火把，随着风势慢慢漂流开去，如此一来，这也是一只风葬的火把了。时间对我来说似乎没有什么特殊的意义了，我也总算为这庸常的一天找到了结束的小小仪式：如法炮制，我干脆耐心地坐在船上制作了足有十个啤酒瓶火把，说实话，那么多的萤火虫被我风葬，我却丝毫都不感到有什么怪异之处。

后来，我解开缆绳，拿起船桨往前划了几米远，不再划了，仰面倒在舱里，闭上眼睛抽烟。风势是越来越大了，水波就自然不会小，没过多长的时间，我身下的船就漂出去了好远，"管它漂到哪里去呢，"我心里想，"就这么死了倒也不错，也勉强能算作是风葬了。"只有在不经意睁开眼睛的时候，还是禁不住被眼前奇异的景观所吸引：那些萤火虫并不知道自己即将死于我一手造成的风葬，还在啤酒瓶里翩飞不已，或许是置身于水中的关系，它们的身体反倒显得更加晶莹了，并且使一片片水波也泛射出金黄色的光，恰似火山爆发后在沟壑里流淌的岩浆。

我突然哭了起来，不是那种号啕大哭，眼眶里也没有眼泪涌出来，可是我还是觉得自己哭了。

"死！"我哭着说了一次，接着再说一次，"死！"

第二章　邮差总按两次铃

今年的天气，实在是怪了，还仅仅是五月，在持续差不多一个月的大雨之后，第一次洪峰就要逼近武汉了，相比以往，今年的洪峰实在是来得太早了。近来也没什么书要编，我便终日在雨声里昏睡，醒了就看影碟，从《屋顶上的小提琴手》到《忧郁星期天》，从《千与千寻》到《钢琴教师》，从一个白日梦到另一个白日梦，从小提琴手置身其上的俄罗斯屋顶到钢琴教师自虐的单人卧室，要说用"日行八万里"来形容是一点也不过分的。

要么就是听音乐，对音乐我倒是个没什么特别趣味的人，听完了清纯女生宇多田光再听爱尔兰光头女歌手SINEAD，听完了越剧《拷红》选段再听西北花儿《山崖上站着个亲哥哥》，口味如此不讲究，大概是受了电台里那个DJ的影响？外面风雨如晦，黑云压窗，我全然当作与我没关系，是啊，窗台上的花已经被我细心地收进了房间，还有什么是与我有关系的呢？

今天却要出门。昨天晚上杜离来过电话，说今天下午小男和班组的同事要一起上防浪堤，要是没什么事情的话，不妨去大堤上找她聚一聚——这在武汉倒是司空见惯的事情，每逢汛期，每个单位都会组织员工上堤做防汛准备工作，小男所在的航空公司自然也不会例外，至于一群空姐在大堤上到底能帮得上什么忙，我是颇有几分怀疑的。

找了家豆浆店吃罢早饭，我就打着伞径直往杜离已经告诉我的那段大堤而去，其实雨下到这个地步，城市里的下水道早就出了问题，坐车和步行实在是无甚区别。大约一个小时之后，我上了堤，雨下得太大了，雨伞形同于无，我的全身早已湿透，但是并没有见到有多少人在堤上忙碌，正好和我想象的差不多：毕竟才是第一次洪峰，情况还远远没有紧急到人声鼎沸的地步。堤上散落着许多蓝色的帐篷，被派上大堤的人们应该都在里面躲雨。我给小男拨了个手机，问她到底在哪一顶帐篷之中，她告诉我说杜离已经到了，正和她在一顶专门放救生服、铁锹之类抢险用具的帐篷里聊着呢。

十分钟后，我找到了小男和杜离待着的那顶帐篷，一进去，看见穿着雨衣和雨鞋的小男，一副我此前从未见过的样子，就打趣说："像个女英雄嘛。"

"是啊，像《洪湖赤卫队》里的韩英。"杜离接口说，还唱起了韩英就义前的一段唱词，"娘啊，儿死后，你要把儿埋在那洪湖旁，让儿的坟墓向东方——"

"其实也不对，小男长得倒是有几分像《红灯记》里的小铁梅，"我笑着点上一根烟，"提篮小卖拾煤渣，担水劈柴也靠她，里里外外一把手，穷人的孩子早当家！"

"嗨嗨，你们说什么呢？"小男转动着她那对大眼睛问我和杜离。的确如此，我还从来没见过比她的一对眼睛更大的女孩子，但是，这对眼睛看上去一点也不突兀，使她本来就浑身洋溢着的孩子气更加浓郁了。怎么说呢，面对小男，我经常觉得她是一个长不大的小妹妹，对一切都感到好奇，不管走到哪里都喜欢跟在哥哥们的后面。

小男不知道我们在说什么其实也不奇怪，对于身为知青子女的我们来说，父母青年时代唱过的那些歌自然是相当陌生了。我和杜离之所以能知道，主要是缘于去年的一个晚上，那天我们在一个叫"革命公社"的餐厅吃饭，听邻桌的中年人足足唱了一晚上，我们也坐在那里听了足足一个晚上。

天气实在怪异：进帐篷后还不到十分钟，滂沱大雨骤然小了，我们掀起帐篷，发现天空里竟然只飘洒着些许雨丝，天际处，此前墨汁般的乌云正在渐渐散去，慢慢被棉絮般的白云取而代之，羽化过的云团一眼看去便知又薄又软：竟然是一副出太阳的景象了。事实也果然不出所料，又过了一会儿，太阳不由分说地挤出了云团，如此一来，城市里的高楼便被笼罩了一层覆盖一层的奇幻的光轮，而雨丝还在飘洒着，我们便看着这光轮覆盖下的城市随意聊着些什么。

聊着就好。

半小时后，发生了一件事情。帐篷外面突然传来一阵不小的动静，小男跑出去看后回来告诉我们：离我们不到五十米的地方，有两个人跳江自杀了，是一男一女。听死者单位的人说是两个人已经要好了好多年，可惜双方皆有丈夫或妻子，离婚离了好多年都没成，一点征兆都没有，两人却说跳就跳了。

我未曾想到的是，我们又在帐篷里消磨了一段时光之后，走出帐篷去大堤下找个地方喝点饮料，我却一眼看见了刚才耳闻过的那对跳进江里的中年人，他们仍然绞缠在一起，双双被一艘信号船挡住，终于避免了被旋涡吞噬的命运，大堤上已经聚集起了好多人，对着两个瞑目的人指指点点，当然，也可能是在商议着将他们打捞上岸的办法。

从人群之间走过时，我突然悲从中来，感到彻骨的害怕：闭上眼睛，直至最后沦为白骨——这样的结局我已经想象过许多次，不接受似乎也没有办法，但是我断然不能接受随死亡而来的困窘，比如死后还被人围观，比如脸上和身体上都沾满了污泥，甚至想从旋涡与浪涛中消失都不可能，即使一艘信号船，也可以不让你体面地离开。

回家的时候，已经是吃过午饭了，此前不管是坐在麦当劳里喝饮料，还是寻了餐厅吃饭，我都心猿意马，本来说好下午一起去电影院里看场电影的，但就是不想去了，身边的小男和杜离却在兴致盎然地商量着看场什么样的电影，不过这时候汉口的书商打来了电话，说是有部十万火急的书稿需要我立即编好，要求和样书已经找快递公司送过去两次了，但是都没碰见我，如果可以的话，请我马上回家，他再请快递公司送一趟。

如此一来，我打了辆出租车，将杜离和小男送到电影院门口，就径直回我的小院子里去了。出租车停在巷子口的时候，雨又稍微大了起来，我撑着伞走进去，路过那废弃的公园的时候，看见一个穿雨衣的女孩子站在那棵经常吊死人的鬼柳下面躲雨，不禁多看了两眼。等我走到院子门口，要掏出钥匙开门的时候，发现了一件奇怪的事情：铁门边的院墙上不知道被谁用黄色粉笔画了一个大大的箭头，顺着这个箭头往前看过去，还有更多的箭头指向我刚才来时的方向,只不过刚才我全然没有注意。

这箭头显然是我不在的时候有人专门为我画的,因为此前不曾有过,我顿生疑惑,便再顺着这箭头折回去,似乎是画了好几遍,一遍被雨水浇淋过了便再画上一遍。走着走着,我就又走到了已经路过了的那所师专的门口,在围墙下的一丛夹竹桃之上,最后一个黄色箭头指向夹竹桃的深处,我拨开树丛,一眼便看见一个快递信封,信封打开后,里面赫然装着书商送给我的样书和他写在一张纸上的简略要求。

给我送快递的邮差竟然如此有心思,我倒真是有点后悔没能和他见上一面。

"喂!"就在我低头看着书商写在纸上的要求时,好像有人在叫我,是个女孩子的声音,我回头一看,果然有人在叫我,叫我的竟然是那个在鬼柳下躲雨的女孩子。

"叫我?"我迟疑着问她。

"不叫你叫谁呀,"这个女孩子没好气地说,"一下午的时间就浪费在你身上了。"

闻听此言,我更加摸不着头脑了,不禁再仔细看她两眼:这显然是那种刁蛮就挂在脸上的女孩子,穿着件紧身圆领T恤,露着肚脐,下面是条同样绷得紧紧的牛仔裤,第一眼看上去,首先注意到的就是她那像北方人般一双修长的腿;漂亮,但不是那种第一眼就被惊住的漂亮,反倒是某种精灵古怪的东西会使人忽略她的漂亮;虽说穿着带帽子的雨衣,头发和脸上还是湿漉漉了,再看时,T恤和牛仔裤差不多都湿透了。

还有,我觉得自己好像在哪里见过她。

恍惚了一会儿，我如梦初醒了，指了指手上的快递信封，笑着问她："……你送来的?"

"不是我是鬼啊，"她瞪了我一眼，然后急着往前跨出一步，就像熟识已久的朋友般一把抓住我的手往她那边拉过去，我立即明白过来，她是要把伞朝她那边倾过去一点，就赶紧把伞举过去，这时才看清楚她的雨衣上划了一条足有一臂长的口子，难怪她全身都湿透了；瞪完我之后，她从牛仔裤的左边裤兜里掏出一张揉成了一团的纸条，又从左边裤兜里掏出一支圆珠笔，"签字!"

我依言接过来签字，签完了递给她，忍不住问："你不是在墙上画了箭头吗，何苦还在这儿等着呢?"

"说得倒是轻巧——"她收好纸条放进裤兜，"掉了怎么办?你负责还是我负责?"

"那么现在怎么办呢?"我说，"总不能就在这儿站着吧，要不上我那儿去坐坐，等雨停了再走?"

这么说不是没有原因的：这一带只要雨下得大一点，东湖里的水就会漫上路面，不光行走起来十分困难，甚至颇有几分危险，因为经常有失足掉进东湖里的事情发生，而且只要是大雨天，公共汽车就不容易开进来，就更不要说出租车了。那条路唯一能让人赞许的就是排水系统还算不错，一般来说，雨停后不长的时间，积水就会悉数排进下水道或退回到东湖里去。

我向身边的女孩子说明了原因，此时，一道闪电当空而下，几欲点燃我们身边的夹竹桃，闪电过后，几声堪称暴烈的响雷裹挟着大风掠过巷子口，那边的一棵粗大的鬼柳竟然拦腰折断，也不知道是被雷电击断还是被大风折断，可能是发生得太突然了，身边的女孩子竟不由得全身颤了一下，下意识地一把抓住我的胳膊，"好吧。"

就算近在咫尺，这时候其实我也不能清晰地听见她在说什么，雨声和雷声都实在是太大了，但我看她的神色也大致能明白她的意思，就和她一起打着伞往我的小院子里走过去，开了院门之后，两个人几乎是狂奔着跌跌撞撞地跑上楼梯，跑进了房间。

就在踏进房间的第一步，我和她几乎同时对对方说："我好像见过你！"

"忘了问了——"进了房间，我立即找出一条干毛巾，让她擦擦，她痛快地接在手里，弯下腰来擦头发，擦着擦着一抬头，"你不是什么变态狂吧？"

"当然，"话到嘴边我又换了说法，故意做出要去找一件什么凶器拿在手上的样子，"当然是变态狂啊，先把女孩子骗进房间再下手。"

我发现她脸上的神色骤然紧张了，毕竟是个女孩子，但是很快，我故意装出的一副恐怖表情已经绷不住了，她这才算松了一口气，松了口气不算，还要做出一副无所谓的样子，"切，真要动起手来还不知道谁能打过谁呢。"停了停，继续说，"你好好想想咱们到底见没见过啊。"

也就是在这个时候，一幕场景在我眼前出现了：某一个晚上，幽暗的路灯下，我和一个女孩子在街上走着，女孩子的脚好像出了什么问题，走起路来颇不顺利，一跛一跛的。记忆就像焰火般点燃，并且一点点放大，那个晚上被我清晰地回忆起来了：那是个穿着白色拖地长裙的女孩子，鞋磨破了脚，所以，她便干脆将鞋脱下来，提在手里和我一起慢慢朝前走。

是啊，我想起来了，眼前这个正擦着头发的女孩子，就是那天晚上逃跑的伴娘。

"你还抽过我的烟呢，这么快就把我忘记了？"我笑着问她。

听我这么说，她便不再擦头发了，直起身来盯着我看，突然就"嗜"了一声："嗜，想起来了想起来了，你是那个半夜里发神经在湖边上坐着的家伙吧？对了，你还编什么人生格言吧？"

"一点都没错，"我苦笑着说，"就是我。"

"嗜，你早说呀，你看看我今天都被你折磨成什么样子了！"

"对不起对不起，要不，你在这儿洗个热水澡？"毕竟连绵阴雨已经持续了好长一段时日，加上她的全身几乎已经湿透，声音听上去竟有几分颤抖，应该是觉得冷了，"洗完了换一件我的衣服穿上，如何？"

她听从了我的建议，我便去阳台上的卫生间里帮她开热水器，随后帮她找了一套衣服，大是大了些，倒也将就。她拿着衣服进卫生间的时候，笑着又对我说了一句："变态狂，你不会偷看我洗澡吧？"

"一定会的，看看是你的身材好还是璩美凤的身材好。"

"璩美凤？"她倒是又不急着进卫生间里去了，"就是台湾的那个女议员吧，光听说没见过，对了，你这儿有那光盘吗？"

"行了，您还是先去沐浴一番吧！"我笑着对她挥了挥手。

有时候，无论我们的想象力如何出色，这个世界也经常比我们的想象要有趣和奇妙得多，比如此刻，我何曾想到过，去年那个提着鞋光脚和我在街上散步的伴娘，有一天会坐在我的房间里呢？我宁愿相信这世界并非全都由冷冰冰的物质构成，在我们的眼睛看不到的地方，必然隐藏着一些神迹，尽管谁也说不清楚其中的变幻到底是怎么一回事情，就像我在一本书里看到过的一句话："我某夜成道，至某夜涅槃，于此二中间，我都无所说。"

二十分钟后，她出来了，尽管她的个子不算矮，但是身体裹在我的衣服里，多少还是显出了几分娇小，那感觉怎么说呢，有点像高畑勋的动画片《再见萤火虫》里的小姑娘节子，也就是说，我的衣服因为过于宽大，使她看上去可能比她的实际年龄还要更年轻许多。

她将她换下来的衣服拿到阳台上晾好，刚回到房间，马上在我的书堆里抄起一本书，叫了起来："这不是在说我吗？"

我被吓了一跳，赶紧跑过去，见她手里拿着的是一个美国作家写的小说，名字叫《邮差总按两次铃》，心想也是，她至少来过两次了，外面院墙上的黄色箭头至少就画过两遍嘛。不同的是我的院门外没有装上门铃而已。突然想起我的那一大堆DVD里还有一张根据这部小说改编的电影，就问她要不要看，她的回答是当然要看，我便找出那张影碟放了，又到冰箱里找了一瓶橘子汁给她，便和她一起盘腿坐下看起影碟来。

不知道为什么，我突然希望外面的雨还要下得更大一点才好，最好永远就此继续下去。

实际上影碟并没有好好看，我们差不多光顾着聊天了。慢慢我也知道了，今天她的确来过两次了，第一次来无果而返，第二次来再无果而返就不甘心了，就把信封放在了夹竹桃的枝丛里，再跑进师专，从一间没有人的教室里偷了粉笔，开始在院墙上做记号；做完记号，又接着去送其他的快递，一直等到全部送完，都上了公共汽车了，用手机给上司打电话，说是只有一份没有人签收，不过已经妥善安置好，并且在墙上做了记号，结果却令上司非常不满意，命令她必须再返回去，必须亲自将快递送到我的手上，这才至于有了和我坐在一起看影碟的此刻。

她极不情愿地下了公共汽车，正好和一个上车的人撞在一起，更加不幸的是，她的雨衣被对方手里雨伞的伞尖划了一条大口子，等进了巷子，又发现此前在院墙上的黄色箭头早就被雨水冲刷得几近于无了，她怒气冲冲地跑到我的院子门外，发现仍然还是铁将军把门，却也只好回去将那些箭头再画上一遍，除此别无他法，即使后来站在其下躲雨的那棵鬼柳，也差不多形同虚设，无论如何，信封放在原处总比拿在手里好。

"我恨不得找个地方哭一场，"她喝了一口橘子汁说，"为了你的这点破事情，看看我这一天都过成什么样子啦！"

我就连声说着"对不起"，找不到话说之后，就随便问道："对了，上次的新娘是你什么人啊？"

"客户呗。"

"客户？"

"对呀，客户。那段时间我在婚庆公司干活，本来不用我当伴娘的，那人也是奇怪，找了个北京的同学做伴娘，婚礼都要开始了人还没来，没办法，只好我上了。哎，你说他们是不是觉得我漂亮才让我上的？"

我便故意装作非常认真地凑近她，仔细地看了一遍，"漂亮，真漂亮。"

她便开心地笑了，又禁不住使我想起《再见萤火虫》，电影里四岁的小女孩节子，和哥哥搬到湖边的洞穴里去之后，找一个好心的邻居讨要了一根萝卜，好几天没吃饭的节子简直高兴坏了，便将萝卜扛在肩膀上，迈着仪仗队员式的步子高兴地和哥哥一起回到湖边的洞穴里去，一路上都在笑着。

　　事实上，身边的她已经使我好几次恍惚着想起了节子。

　　可能是机器出了问题的关系，电视屏幕上一片马赛克，我们便关了电视，听达明一派的歌，开始放了张拉蕾唱的各国民谣选集，她不喜欢，说是"像我这种高中都没毕业的人可听不来这种歌"，我便换了达明一派，当第一支曲子《石头记》响起来的时候，虽说天色从早晨到现在都是一片昏暝，我也大致可以猜测出是黄昏了。我从冰箱里拿出一罐啤酒，斜靠在窗户上喝着，檐前的雨滴哗哗不断，两只斑鸠在窗台上雀跃不止，它们在桑树上的窝大概也已经毁于一旦了吧，此情此景，倒是和古人常常赞叹的"雨中连榻，花下飞觞"之境别无二致，"真好。"我对自己说。

　　"你说，和你这样的人在一起是不是特别没趣呀？"我一回头，正好看见她将脑袋凑在那盆风船唐棉边上，又伸手去好奇地捏着还是青色的果子，"成天和人生格言打交道，想想都可怕。"

　　我并没有去接她的话，因为突然想起了一个还算重要的问题，"对了，你叫什么名字啊？"

　　"你先说！"

　　我便说了自己的名字，"该你了。"

　　她就也说了她的名字，可是我没听清楚，问她："叫沈兰兰？"

　　"什么呀！"她也不起身，就在凉席上三步两步挪到我跟前，抓起我的手，伸出一根手指在我的手掌上比画着，"沈——囡——囡。"

"沈囡囡，"我念了一遍，"这名字蛮可爱的嘛。"

"那是，我是谁呀！"

"那好——"我心里涌上一个主意，"沈囡囡同志，留下来吃晚饭吧，我亲自动手。"

"嗯……"她想了想，看了看窗外的雨一点也没减小，喝了口橘子汁，"那好吧，既然你态度这么好，我就给你这个面子啦。"

晚餐其实也没什么特别的地方，无非是将冰箱里的剩菜热了热，好在还有两条买了怕是快半个月的鲫鱼。我翻窗户到隔壁的房间里找了本菜谱出来，还算精心地熬了汤，味道应该是不错的，沈囡囡同志只尝了一口，马上就惊奇地问我："现在居然还有你这样的男人啊？"

晚上八点钟的样子，雨才刚刚稍微小了一点，沈囡囡要走了，说是必须要在九点半之前赶到汉口，我问她是怎么回事，她告诉我说现在做着两份工作，每天晚上都要在汉口沿江大道上的一家酒吧里打工，具体说来就是端盘子，一直要端到十二点过了才能回家，其实还不是她自己的家，她是借住在姑妈的家里，她自己的父母在另外一个城市里，她说了那城市的名字，我没听清楚，但是也没有问。

此前她已经去卫生间里换回了自己的衣服，尽管没有干透，但真的要是穿着我的衣服出门的话，多少还是有些不成体统。我原本是想送她到可以坐上公共汽车的车站的，她只说不必，我也只好罢休，之后，我们互相留了手机号码，这样，她就走出了门，一只手扶住门框一只手穿鞋,刚穿了一只,还是找我要了一把伞,我连忙去找了把伞出来给她,她接过去,鞋也穿好了,原地走了几步,"好了,"她说,"我会来找你玩的,到时候再还你伞。"

"现在不怕我是变态狂了吧?"我笑着问她。

"切,谁怕你呀,反正我是没怕过的,"她像个美国大兵般对我麻利地敬了一个军礼,蹦蹦跳跳着跑下楼梯,跑到楼梯中间的时候一回头,"不过你还真是有点变态哦,一个大男人又是养花又是烧菜的——真变态!"

五月将近的时候,我的书也差不多要编完了,这次编的不再是人生格言,而是一本《中外刺客传》,虽说工作要复杂得多,但是绝对不会更有趣,好在收入还算令人满意。我每天还是睡到日上三竿才起床,哦不,差不多半个月都没出过太阳了,起床之后就听着音乐在那张东北小炕桌上工作,如此这般,一天、一个星期、一个月,就这么飞也般度过了。

我差不多已经作出了决定:编完这本书我就罢手不干了。现在存在银行里的钱,应该足够我充裕地度过在尘世里的最后一段时光,尽管我并不知道这最后一段时光究竟要到哪一天才算戛然而止。

其间沈囡囡经常打电话过来,我偶尔也打电话过去,比如今天晚上,我本来都睡着了,她来了电话,劈头就问:"林忆莲的演唱会想去看吗?"

"可以啊——"我惺忪中抓着手机,稍微迟疑了一下说,"什么时候?"

一般而言，流行歌手里我只喜欢香港的一支乐队，就是刘以达和黄耀明组成的达明一派，在短暂而又一言难尽的青春期，我终日都在听他们的歌，什么《十个救火的少年》啦，《那个下午我在旧居烧信》啦，只要听到旋律就会不自禁地哼唱起来，总是舍不得放下，到现在也还是。林忆莲就要听得少些了，虽说谈不上有多么喜欢，但也绝不反感。

"哦，对了！"我只稍微一迟疑，沈囡囡就听出了什么不对劲的地方，"我忘了你是要听英文歌曲的人啦，算了，我还是另找别人吧。"

"别呀，就我了，给我个为你服务的机会啊，呵呵。"

"哈，这还差不多，那好吧，下个星期二晚上，在球场街的体育场西门门口见，正好把你的伞还给你。"她停了停继续说，"告诉你一个秘密吧，这两张票也不是我花钱买的，是偷的。"

"偷的？"

"是啊，其实也不算偷，酒吧里的客人掉在桌子上了，被我捡着了，等了几天都没有人找回来，那就只好让我去享用了。不过说真的，捡了之后也没对别人说，感觉自己倒真有点像偷了东西了。"

"嘻，原来这样啊。"

"对了，跟你说件事。"

"什么？"

"要是和我在一起玩的话，尽量别听英文歌曲啊什么的，像我们这种高中都没毕业的人，你越听不越是骂我们没文化么？要是再碰上脾气不好的人，比如我吧，没准就和你打翻了哦。"

这种说法我倒是第一次听说,倒也新鲜,便说:"保证做到,其实我也就是一个俗人。"

听罢我的话,她在话筒那边笑了起来,"那好吧,我们下星期二晚上见?"

"好,到时候再见。"

房间里没有开灯,但是外面却有月光,淡淡的、薄纱似的幽光透过窗子洒进来,房间里的衣柜、电视、一堆堆的书和CD在幽光里影影绰绰,使我不禁疑心根本不在自己的房间,而是重回了小学二年级时的一次春游:掉了队,一个人在山间的竹林里走着,直到天黑了都转不出竹林,但是我根本就不觉得害怕,甚至觉得永远都转不出去才好,月光照得竹林间的小路简直可以称得上雪白,松鼠和果子狸在我看不见的地方奔跑,在堆积于地的竹叶上踩出沙沙的声响,即使是在读小学二年级的我,也无法不觉得心醉神迷。

我点了根烟,暗自想:睡是睡不着了,反正时间也还早,还不如出去走走。于是胡乱套了件衣服起床,下了楼梯,路过草坪时找了几根小木棍,给那排连日来饱受雨水折磨的紫薇搭了几个花架,这才出了院子。到哪里去呢?想来想去,决定到旁边的师专里去走走,毕竟校园还是最有生机的地方。

校园里也是有好几条林荫道的,我想找人少的地方走走,竟然不好找,一对对年轻的情侣从我身边走过,又消隐在树影和花丛的深处,这并不奇怪,此时的校园里要是没有情侣的踪影的话,在我看来反倒是不正常的事情了。在一座葡萄架的下面,我找了僻静的靠角落的地方坐下,满怀喜悦地看着那些或坐在石凳上或躺在草地上的要比我小几岁的年轻面孔，其实也看不清楚，可就是忍不住想看。一定会有人觉得我是那种患上了某种不好启齿的病症的人吧，要不然为什么老是盯着谈恋爱的人看呢？

这并不是第一次。我就是这么一个人：平日里走在大街上，只要看到手牵手的情侣，我总是忍不住要跟着他们多看两眼，哪怕一看便知的早恋的中学生，我也不放过，看得简直是津津有味，为什么会这样呢？就是觉得高兴，觉得自己正在过的生活是美的，身边有人正在谈恋爱就是证据，如此而已。

可是，今天晚上，在被月光映照、被西风吹拂的葡萄架下，看着看着，我却顿生了伤感。

我也是谈过恋爱的，我也是有过女友的：有的人死了，有的人还活着；有的像我一样时至今日还是独自一人，有的却早早就变成了别人的妻子。

我几乎是狂奔着跑出师专的大门的。就是想跑，就是不想回家，从湖滨公路跑到梨园广场，跑过东湖鸟语林，跑过著名的东湖宾馆，在快靠近水果湖的地方停下了，喘着粗气往前走。没什么特别的目的要跑到这里来，看到这里人多就停下来了，是啊，想找个人多的地方待待，想找个人说说话，不是在电话里说的那种，而是面对面地坐下来，可以清晰看见对方脸上的表情，听到他的鼻息。

最好是个女孩子。

最好是个可以做爱的女孩子。

说起来，在我的三步之内，已经太长时间没出现过可以做爱的女孩子，奇怪的是处于我这样的年纪，却并没有太想和女孩子赤裸地躺在一起，也没有自慰，偶尔一闪念的时候，我也经常不免觉得纳闷：到底是怎么回事呢？这世界上必然有个掌管此事的神灵，平日里是沉睡不醒的，唯独今天却醒了，施了魔法要我身体里掩藏着的那一部分袒露出本来的面目，就像我本来是好好睡着的，却有人拿了一株狗尾巴草撩拨我的耳朵。神灵的目的达到了，我坐在汉白玉桥上，不自禁想起过往里赤裸着和女孩子躺在一起的情景：温热的嘴唇，湿润的毛丛和双方的身体散发出的海风般咸腥的气息，以及更多更多。

今天究竟是怎么了？

满脑子想的都是要和女孩子一起。

蓦然，一个电话号码被我记了起来，电话的主人是我从前的女友，已经好几年没有联络过，还是在去年，突然在司门口的一家专卖店里碰见了，我是独自一人，她却和丈夫在一起，怀里抱着他们刚刚出生的婴儿，一见之下，颇觉尴尬，可能也正是为了掩饰住尴尬吧，不约而同地打了招呼，还留了电话号码，整个过程多少有些慌乱，但应该还不至于被她的丈夫看出什么端倪。不久前，她忽然打了个电话给我，但是并没说什么，只说突然想找个人聊聊，终了也没多聊就挂了电话。

我突然想见见她，她的电话号码一旦浮上心来，立刻就变得无比清晰。

我下了桥，寻了一处公用电话亭给她拨电话。话筒里响过三声，她来接了电话，听到我的声音，她"啊"了一声，与此同时我听到了孩子的哭闹声，应该就在她怀里抱着，她一边和我讲话，一边还要去哄孩子。我和她当初在一起的时候毕竟涉世未深，今天听到她吹着口哨哄孩子的声音，心里顿时感觉出几分异样的温暖：孩子的哭闹声如此好听，她吹出的别扭的口哨声也是如此好听。

孩子稍微安静了些后，她问我："还是一个人吗？"

"是啊，啊，你过得也还好？"

"我——"她迟疑了几秒钟，"我离婚了。"

"哦，"我没来由地心里一紧张，胡乱应了一句，"怎么会这样呢？"

我全然不曾想到，我胡乱问了一句，竟使她立刻就在话筒那边哭了起来，她哭着说，"你来吧，你现在就过来！"

半个小时后，我到了她住的地方，她住的地方在武汉绝对能算作"高尚住宅"了，虽说离了婚，但是日子应该还是非常好过的，不然也不可能住到这种地方来。假如我的意识里还有一缕被称为"理智"的东西，说实话，那东西其实不断在提醒我不该置身于此时此地，但是，还有一种更为巨大的东西拉扯着我上了出租车，那东西到底是什么？

说不清楚。说不清楚的事情太多了。

我进了电梯，上到九楼，她已经站在电梯口等我了，还在哭着，见到我从电梯里出来，一下子便冲过来扑在我的肩膀上，哭声更加大了，身体也在我怀里战栗着。我就这样扶住她，背靠着电梯，也不知道说什么好，便干脆一句话也不说，只在心里叹息了一声，伸出手去轻轻地理一理她的头发。

楼道里并没有开灯，但是一点也不昏暗，她家里的门只是虚掩着，里面晕黄的灯光从门里流泻出来后，我得以看清楚她的脸。

楼道的西端是一扇窗户,窗户外面就是幽幽夜空,依稀可以看见几颗冷清的星星,因为冷清,愈加显得可有可无;这时候,她家里的座钟响了起来,十二下,每响一下都拖着漫长的尾音,几乎使我觉得这声音永无结束之期,就在这几欲使人绝望的钟声里,一股潮水般的虚无从我身体上漫卷过去,我几乎都能听见它经过各个器官时发出的声响。

一下子,我紧紧将靠在肩膀上的她抱在了怀里,不由分说地亲她,亲她的脸、睫毛和嘴唇,她想挣脱我,根本就挣脱不开,我使出了全身的力气,她几乎连呼吸都很困难,终了,似乎是叹了一声,她的全身松软下来,我的舌头终于触到了她的舌头:温热中带着一丝凉意。我的手掀开她的睡衣,伸进去,握住了她并没有戴胸罩的乳房,乳头竟是湿润的,想是刚刚给孩子喂完奶,她的身体打了一个冷战,呻吟了一声,猛地搂住我的脖子,两个人的舌头终于像两条湿漉漉的水蛇般绞缠在一起了。

我们站着的地方,离她家虚掩着的门只有十几步远的距离,我根本想不起来是怎么走完这十几步进了她的家的。进了她的家,只有客厅里的座钟不时发出嘀嗒嘀嗒的声音,除此之外再无别声,孩子想是已经睡着了。我一把将她抱起来,往一个房间里走去,"别别,"她轻声叫了一声,"孩子——"

就进了另外的房间。

我们的舌头还继续绞缠在一起,但是如有神助,轻易就脱去衣服变为了赤身裸体,与当初相比,她显然是丰满出许多来了,我将她压在身体底下,依次亲过她的耳朵、脖颈和乳头,亲过她还没完全回复平坦的小腹,最终停在了她的肚脐上;她说了一声

"我们这是在干什么呀",却猛然坐起身来,也不要命般亲我的嘴唇,而她的手,不觉间已经握住了我坚硬的下边。

在她潮热的掌心里,它愈加坚硬。

恍惚间,她坐在了我双腿上面,坐在了那坚硬之物的上面,我进入了她,她开始起落,闭着眼睛,片刻间身体就起了汗,我把头埋进她的双乳之间,死命舔她乳沟里的汗水,房间里只有微弱的橘红色的光影,我们的影子双双映在墙壁上,就像两条垂危时刻的鱼。因为垂危,所以挣扎,所以挣扎得如此激烈。

我不知道持续了多长时间:差不多穷尽了凡是能够想到的姿势,最终我还是没有一泄而尽,尽管我是多么想就此瘫软在床,化作一缕青烟凭空消散,直至死无葬身之地,可是我却做不到,到后来,我感到自己就像在贵州旅行时见到的木雕人,表情虽然栩栩如生,但是任何感觉都没有了,是啊,任何感觉都没有了。下边一直坚硬着,有那么短暂的一瞬间,我怀疑是不是有什么问题,"有问题又怎么样呢?"我又在心里说,"由它去吧,反正我是个满身都是问题的人了。"

她的呻吟声骤然大起来,两只手疯狂地撕扯着我的头发,继而拉过我的手,使我更加紧地去握住她的乳房,此前微弱光影里清晰可见的汗珠再也不见,因为已经是大汗淋漓了。我更加激烈地进入她,就是在此时,她的呻吟声突然转为了哭泣,号啕大哭。

我看着她,伸出手去理一理她的头发,没想到她却一把就将我的手打开了,捧住脸,侧过身去,继续哭着;我也干脆不再说话,喘着粗气闭上了眼睛,脑子却晕眩起来,就像置身于旋转木马之上,旋转木马呼啸着以闪电般的速度堕入一个深不可及的山洞，为了能好过些，我用两手捧着、揉着脑袋，一点用都没有，那旋转木马还在往下飞堕，一直要堕入外星球里去！

胸口处一阵钻心的疼痛。

到杜离的公寓楼里的时候，至少是凌晨三点了。下了这么长时间的雨，空气里竟隐隐有了一丝清香，我在楼下小花园边上的一条石凳上坐下，点了一根烟，满大街就只有我一个人，给我做伴的只有花坛里随风摇曳着的月季，即使在后半夜的此刻，我也能感觉出月季花的猩红之色是多么浓重，就像满世界的血在朝我流淌过来，我的脑子又晕眩了起来，差点就没坐稳，我重重地吸了口烟，将烟蒂弹出去，抬头一看，杜离的房间居然还亮着灯。

杜离真是个可爱的人。深更半夜有人敲门，他也不隔着门打探一番，门铃声刚停，他就跑来开了门，不过真的见到我站在他面前，他多少还是有些诧异，径直就问："出了什么事情吗？"

"没有没有，"我笑着说，"就是来找你喝喝酒。"

我说的也是实话，就是想和他喝喝酒，他住的公寓楼是那种带着尖顶的建筑，从顶楼的露台上就可以轻易爬上斜坡形状的屋顶，我和他有好几次都带着啤酒上去喝，想坐着就坐着，想躺下往背后一倒就是了，经常是这样：喝着喝着，天际处就泛起了鱼肚白。

三两分钟之后，我们就抱着一堆啤酒上了露台，继而爬上屋顶，天地之间一片空寂，只有偶尔驶过的汽车发出轻悄的声息，夜空里落起了稀疏的雨点，若有若无，不过这若有若无的雨点倒是使夜幕平添了几分迷离之气，就像我们根本不是坐在城市里的楼顶上,而是像两个古代上京赴考的书生,走累了,干脆就在荒郊野外坐下来,四周遍布桑麻,随时都有惊世女鬼从桑麻丛中现身出来将我们掳走。

"说真的,"杜离灌了一大口啤酒,"是有女朋友了吗?"

"……没有啊,"我颇觉诧异,"怎么会问起这个来呢?"

"到现在还出来乱转的人心里总有点事情吧,能有什么事情呢,无非是有了女朋友呗,要不有什么好烦的?"

我倒还真是第一次听见这样的说法,就呵呵笑着反问他:"那你呢,你不也是到现在还没睡吗?"

"我嘛——"他长长地伸了个懒腰,喝完最后一口啤酒,将啤酒罐揉成一团掷向远处,往后一倒,舒服地躺下,又打开另外一罐,大大地喝了一口,"我还真是爱上了一个女人。"

"哦,是吗?"

"是啊,是女人,不是女孩子。"

"怎么讲呢?"

"是飞机场里的洒水车司机,送小男到机场的时候认识的。前阵子,小男的一个同事家里装修,请我帮忙画图,那天下午正好小男来取图纸,取完图纸后还要急着回机场赶晚上去昆明的航班,我又刚刚拿了驾照,还是想卖弄一下车技吧,就借了同事的车送小男去机场,到了机场,天已经黑了。

"和小男在大厅里分了手,我还不想回城里,就在大厅外面转着,机场附近不是有很多农田啊鱼塘啊什么的吗,我想朝那边走走看,毕竟没事的时候谁也不会经常出城。其实说起来机场离咱们的那小花圃也不算远了,我还想着待会儿再开着车去小花圃那边看看呢，不知不觉就走出去了好远，走到了一片棉花地前面，我回头一看，果然，机场已经在我后面远远的啦。

"我也不管什么干净不干净，就坐在田埂上抽烟，机场照旧是灯火通明的，人来人往，倒是让我觉得坐在那儿抽着烟真是舒服极了，被风吹着，人都软了，不信你想想看，咱们有多长时间没在田埂上坐过了？差不多就这个时候吧，我背后的棉花地里边突然响起了一阵音乐声，好像还有人在拍什么东西，音乐声只响了几十秒钟就听不见了，可是我告诉你，就这几十秒钟音乐声就把我吓得出了一身冷汗——我都以为我碰到鬼了。

"还真没碰到鬼。你知道我这人的，越是遇到这种事情就越是想看个究竟，听说鬼都怕火，我还特意点了根烟，又忘记了抽，拿在手里就进棉花地里去了，越往里走音乐声越清晰，我心里也越害怕，不知不觉就把手里的烟像火把一样举起来了，往前走了两步，棉花地就到了头，前面是一片空地，空地上长满了杂草，你猜我看到了什么？人。女人。而且是个正在跳舞的女人。

"就是我喜欢的那个女人。穿着裙子，我也不知道她在跳着什么舞，但是，从见到她的第一眼起，我的心里就咯噔了一下，我喜欢上她了。到底是为什么？我他妈的到现在想破脑袋都没想清楚。就是喜欢。那时候其实我连她长什么样子都没看清楚。"

我不禁瞠目结舌，如此怪异的相遇之于我，到目前为止还是闻所未闻，可是，怪异并不等同于无稽，"凡是存在的就是合理的"之类的话对我也不起作用，我更愿意去相信，相信一个失明的孩子说他看见了天堂、晚饭后散步的人被外星人所劫持以及东湖里的一个小岛上出土了恐龙蛋；这一切正如我的不相信：我，一个体重七十八公斤、身高一米八一的人，竟然真的就是要死的人吗？

啊，竟然就是真的。

"那么……之后呢？"我问。

"其实只看见她跳了两三分钟，马上就没跳了，因为音乐又没声了，当然了，音乐声本来就是小得不能再小的，录音机肯定也有问题，刚才我听到有人在拍着什么东西，大概就是她在拍录音机。看来她不会再跳了，把录音机关掉之后，提在手里，一边擦着汗就一边朝我这边走过来，应该就是要走了，我赶紧在棉花地里藏好，看着她从我身边走过去，闻到她身上的味道，不知道为什么，心里是从来都没有过的紧张，真的，以前从来没这么紧张过。

"过后想起来，只记得闻到了她身上的味道，也不知道是香水味儿还是汗味儿，总之是味道吧。我跟了上去，那时候根本就不知道她是干什么的，就是想跟上，而且凭直觉我和她一定会发生什么事情。碰到喜欢的女孩子马上就觉得要和她发生什么事情，这种感觉你有过吧？"

"自然是有过的。"

"她往机场那边走过去了，我也大致能猜出她就是机场里的员工了，不过她没从大厅里进去，而是顺着棉花地走到了飞机跑道旁边的一扇侧门边上，一推门进去了，你知道那时候我在想什么？想怎么才能认识她。满脑子想的都是这个。我也跟着进了门，在十几架飞机中间穿来穿去，看着她上了一辆车，坐上了正驾驶的位置，机场里暗得很，只有马上就要出发的飞机还闪着灯，我好不容易才看清楚她上的是辆洒水车。

"她就是那洒水车的司机,因为她一坐上去车就发动起来了。我一下子就慌了,刚才还满脑子想着怎么才能认识她,不想了,拔腿就朝洒水车跑过去了,车才往前开了两步,我扑了上去,车灯还挺刺眼,那感觉怎么说呢,有点像越南战场上突然被南方军的探照灯照住的美国大兵,洒水车也嘎的一声就停住了,她完全不知道发生了什么事情,坐在里面看着我。我什么都不管了,跑上去,拉开车门,劈头就对她喊了一声:'我喜欢上你了,明天我还要来找你的!'说完就跑了。"

"就这样了?"

"就这样啦,第一天就这样啦,但是第二天一大早我就又借了同事的车,开到机场里去找她了。"

"听上去真不错。"我喝了一口啤酒说。

"是吗?"他一下子坐起身来,堆在我们之间的啤酒罐哐当一声,我这才看见,那么多啤酒已经快被我们消灭一空,剩下的几乎全都是空罐子了,他追着问了一句,"你也觉得不错?"

"对,不错,后来你们认识了吗?"

"能不认识吗?"他呵呵一笑,"认识了,像我这种人,只要喜欢上了她,她就是拿枪赶我走我也不会走,也不是痴情啊专心啊什么的,就是非认识她不可,都不想管她愿不愿意认识我。"

"是个什么样的人呢?"我问。

"结了婚,所以我才说她是女人不是女孩子啊,"他继续说,"以前当过舞蹈老师,后来丈夫吸毒,家就败下来了,孩子也送给了别人养,她只好再出来找工作,但是别人只要一听说她丈夫吸毒就都不要她,生怕惹上麻烦。就这样了。对了,我是彻底喜欢上她了，可是我不知道她到底喜欢上了我没有——"

"那以后打算怎么办呢？"

"让她喜欢上我啊，还用问么！呵呵。"

"总是会有麻烦的吧。她那丈夫不是吸毒的吗？"

"不管了！"他再次躺下，舒服地一伸懒腰，"我就这一条路走到黑了。哦，对了，我还有事情要问你呢。"

"什么事？"

"我记得你编过一本《香水手册》之类的小册子吧，对香水肯定是有研究的了？"

"还行吧，怎么，想送香水给她吗？"我也一口喝完了仅剩的啤酒，"那就听我好好给你说说吧。香水这东西说起来其实是相当复杂的，光香气就分前味、中味和后味，要是想买贵一点的，可以买'CHAUMET'这个牌子，前味是黑莓和青苹果，中味野玫瑰、豆蔻和薰衣草，后味是桃子和香柏，听上去不错吧；要不你就买'Elizabeth Arden'，前味是山谷百合和摩洛哥橘子花，中味是——"

杜离突然没了声音，我回头看时，他已经睡着了，侧着身子，安静得像一个刚吃完奶的婴儿，我也不再说话，躺下来，交叉着双手当枕头，也无所思地去看天际处隐隐约约的一抹鱼肚白，白里泛着红，红光将城市里的群楼不由分说地罩入其中，就像发了脾气又温和起来的父亲，伸出手来轻轻地抚着群楼的头顶，而我，连同我身边一只只揉皱了的啤酒罐，则不在其列，就像村上春树在《神的孩子全跳舞》里说的那样——变成了小说家笔下"一堆废弃不用的形容词"。

第三章　那么蓝，那么黑

"哎呀，气死我了！"一见到气喘吁吁的我，沈囡囡马上就叫了起来，"你怎么到现在才来啊？手机也打不通，真是气死我了！"

我是跑路过来的，七点半准时从武昌坐出租车出发，一下长江二桥就开始堵车，离体育场不到两公里的地方堵得更厉害了，本来想打她的手机，一摸口袋，发现手机竟然忘了带出来，别无他法，我只好从出租车上跳下来，一通狂奔，终于还是晚了，离演出开始的八点半晚了二十分钟，她居然还在门口等我，不过，看到我累得快虚脱的样子，她也大致能猜测出我一路跑来的辛苦，过来挽着我的胳膊进场。

"喂，你这个人很奇怪，知道吗？"一边往里走她一边说。此时大概林忆莲已经唱完了她的第二首或者第三首歌，欢呼声此起彼伏，掌声和唿哨声也夹杂于其中，林忆莲在舞台上用她还算标准的普通话说着感谢的话，至于她到底在讲什么，我估计全场至少有一半人都没听清楚。

"啊，怎么讲？"我站住了，多少觉得有点好奇，"我到底哪里奇怪了？"

"没看见你笑过，郁闷，真是郁闷——"说着，她伸出手来在我脸上划弄了几下，左右两手的食指和拇指一张开，"嗯，这样还差不多，不过也不好看，天哪，和你在一起真是郁闷！"

我大概知道她是想在我脸上划弄出笑容来，我可能也真的笑了，但是我知道即使笑了也是苦笑，没办法。和活在今天的大多数年轻男人一样，我也有过妙语连珠的时刻，那样的时刻早就从我身上消散不见了，消散到哪里去了呢？我倒是想找回来，可惜它并不像前一天晚上喝醉后遗落在餐厅里的钥匙，第二天一觉睡醒后还可以再去取回来。

找不回来了，再也找不回来了。

"以后你叫我囡囡吧？"见我去看她，她又补充了一句，"认识我的人都这么叫我。"

"……好啊。"

也不知道她今天晚上是怎么了，我的话还未落音，她马上就说："那你现在就叫一声试试吧？"

我犹豫了半天才说："还是算了吧，想叫的时候就怎么样？"

"也好。"她哈哈一笑，伸出一根手指在我额头上一点，"不好意思了吧，别嘴硬，我知道你不好意思了。"

我能怎么办呢？唯有苦笑而已。这时候林忆莲的感谢话大概也说完了，接着开始唱，唱的是首英文歌，我努力想听清楚歌词，根本就听不清楚，心里倒是想：无论如何，身边的沈囡囡，哦不，是囡囡，是绝对不会喜欢这首歌了，因为是英文。看来我们也真的是来晚了，根本就挤不到我们要去的地方，只好退回到检票口，从这里还依稀可以看见一点舞台上的景况，后来想起来，我对身着一身绿衣的林忆莲的全部印象，大概只有舞台上的一个绿点那么大。不过囡囡同志偷来的票也不过是四等票，也就是说，即使我们真的挤到我们想去的地方,那里的情况想来也绝对不会比这边好多少。

"你说这样的演唱会是不是特别没意思?"她转头问我,头发差不多盖住了她的半张脸,"要说实话哦。"

"是觉得没多大意思。"我也干脆承认了。

"那好,你别看了——"我还在诧异地看着她呢,她倒是飞快地三下两下就站在了检票口左边的铁栏杆上,站上去后一低头,见我还在看着她发呆,马上叫起来,"还傻着呐,快来把我扶住啊。"

"哦哦。"我这才知道她刚才问话的意思,原来是要我扶住她,让她来看,我马上伸出手去扶住她,又不知道扶哪里好,干脆实话说了吧:扶哪里都觉得心里有点慌。结果还是扶住了她的腰,"好好,就这样。"她说着将身体放软一点,这样,她虽然站着,也差不多等于坐着了:坐在我的肩膀上,左手则搭在我的肩膀上。如此一来,她坐也坐得轻松,我站也站得轻松了。

上天做证,我的心颤了起来。全身上下都充满了异样的感觉。

我点了一根烟,悠闲地抽了起来。悠闲,这普通的两个字,对我来说似乎好久都不曾有过了。晴天的关系,夜空幽蓝幽蓝,我就抬头去看天上的星座,说起来我还是要感谢我编了得以糊口的小册子,正是它们常常能让我在周边发现小小的乐趣,就像现在,我一边在脑子里想着自己编过的一本关于星座的画册,一边在夜空里准确地找出了那些我都能叫得出名字的星座,也自得其乐。

巨大的蓝,无处不在的蓝,身边的演唱会全然与我没了关系,我成了蓝色的一部分，就像置身于神话里的某处场景：苦修多年后羽化成仙的时刻就要到来了，天庭里已经派来了使者，它们站在云端含着微笑向我招手，其时清风轻轻吹过满山的丛林，扑簌作响，幽虫在看不见的地方伴以奏鸣，我通体清澈，飘飘欲仙，当时的夜空也像此刻一般蓝，纯净，薄如蝉翼，简直可以吃下去；我的心智突然有几分错乱，觉得此时此刻就是彼时彼刻，恨不得马上就踮起脚尖飞上云端，往无处不在的蓝色里纵身一跳，就此灰飞烟灭，再也不睁开眼睛。

没有那么容易，我只能是我，此时此刻只能是此时此刻。就像被太阳灼伤了眼睛，就像看电影时屏幕上出现了太多眼花缭乱的打斗，我骤然感到有些吃不消，眼前发黑，险些站立不住，身体也摇晃了一下，心里倒是一惊，生怕我扶着的囡囡从铁栏杆上摔下来，还好没有，她已经看入迷了，丝毫没注意到我有什么不适。我闭上眼睛，喘着粗气，努力适应这突至的黑暗，太阳穴生疼生疼，我知道，这是那种名叫"再生障碍性贫血"的病在提醒我，要我认识到自己的处境：活该躺在自己的房间里度日，凭什么和女孩子跑来看演唱会？那黑暗和此前的幽蓝一样巨大，使我深陷其中不能自拔，迷幻中，黑暗里有一束强光，愈加加重了黑暗的广阔。

蓝是那么蓝，黑是那么黑！

早在去年，我和囡囡第一次见面的那天晚上，她就问过我"活着是否有意思"之类的话，后来她自问自答：活着简直太有意思了！她的自问自答的确不是虚言：一场几乎连歌手的声音都听不清楚的演唱会，她却是看得不时笑出声来，好几次都要跳起来鼓掌，因为是站在铁栏杆上，这才没有轻举妄动。

只有一件事情颇有意思：演唱会快结束的时候，林忆莲走下舞台，在众多安保人员的保护下走近观众，且走且唱，印象中港台的歌手似乎并不像我们这边的歌手一样喜欢和观众握手，林忆莲倒是不时和人握手，这样一来，场面上就有了些骚动，许多人都争先恐后地跑了上去，将她围成了一团，这时候，有人大喊了一声："林小姐，你要注意小偷啊！"人群顿时笑成了一片，依我看来也是颇有意思的插曲。

从体育场里出来，去了囡囡住的地方。本来说去江边寻间酒吧坐坐的，刚一出出租车，关车门时没注意，一下子卡了手，卡得不轻，大拇指的指甲都差点掀起来了，球场街离囡囡住的地方已经不算远了，她说她那里碘酒啊棉球啊纱布啊什么的都有，干脆就去她那里，她来包扎好了，我想了想，就吩咐司机朝她住的方向开去了。

她住的地方，其实是一所卫生学校，荒凉得很，操场周围的杂草都快有半人高了，也难怪，今天这样的学校恐怕的确很难招到什么学生了。她其实并不住在她姑妈的家里，进了她姑妈的家以后，全家人都已睡了，屋子里只有窗外泛进来的微弱的亮光，她回头对我"嘘"了一声，叫我别说话，我就沉默着跟她穿过狭小的客厅和更加狭小的一条过道，来到阳台上。没想到的是，阳台左侧的墙壁被推倒了，装了一扇门，穿过这道门，其实我们就到了另一幢楼里；这时候，我的脚似乎踢着了个什么东西，不料那东西竟然一下子从地上跳起来，三下两下就跃上了阳台的栏杆上，又在栏杆上跑了个遍，花盆都被踢翻了好几个，我这才看清楚是只猫。

"真不容易啊，"好不容易在一扇门前面站住，囡囡掏出钥匙开门，我都忘记疼了，"像两个探子，随时有可能被人抓起来点天灯。"

"啊，受点委屈手好得快，"她开了门，先开灯，之后对我一弯腰一伸手，"请。"

我吓了一跳：她住的房间太大了，不是一般的大，原来是间实验室，到处都是木架，架子上放满了装着各色溶液的大玻璃瓶，好像住的不是她，而是什么满脑子怪念头的科学怪人。我正要继续打趣她，她却叫了起来："天哪，你的手——"我低头一看：血还在流，流得满手都是，"快来快来，别耽搁时间！"说着，她三步两步朝角落里挂着的一块碎花布那边奔过去，跑近之后将那块布一掀起来，闪身进去，一块铺着蓝精灵图案床单的床垫、一只低矮的床头柜和床头柜上闹钟啊镜子啊之类的小东西映入眼帘，床垫前面也铺着一大块碎花布，原来那里就是她的闺房。

"嗯，不错，几天下来就好了。"囡囡蹲在我身前，相当细致地为我消了毒，将伤口包扎好，像看一件什么艺术品般仔细看了好几遍，抬头见坐在床垫上的我还在打量着她的闺房，就问，"很奇怪我怎么会住这里吧？"

"那倒不是。"我说，"就是觉得这里和我住的地方太像了，也是要翻阳台啊什么的，对了，两个人都是睡地铺。"

"哈，不笑话我就好。"她笑了一声，"我哪有你那么奢侈啊，你那儿什么都有，我这儿什么都没有。"

"哪里哪里，"不知道为什么，我的心情竟然好得很，觉得浑身都非常轻松，往后一躺，靠在墙上，掏出一根烟来点上，抽了一口之后才想起来不妥，连忙问她，"躺一躺没问题吧？"

"躺呗，"她一掀碎花布，跑到外面拿进来一只玻璃杯，放在床头柜上给我当烟灰缸，"跟我别客气，我也不会跟你客气。"

"好。对了，要说武汉的房价也不贵，你干吗不租间房子去住呢？"

"答案很简单。两个字：省钱。"

"这样啊。"接下来不知道说什么好了，就抽着烟去看挂在墙上的一幅画，一幅俄罗斯风景油画：金黄的、高耸的麦秸垛，远处夕照里流光溢彩的河流，更远处墨绿色的村庄，端的是给人以心旷神怡之感。不过一看就是印刷出来的复制品，画框也磨损得厉害，只怕是有些年头了，我随口问，"你是从哪儿到武汉来的？"

"不是告诉过你吗，这么快就忘记了？"她示意我往里面躺一下，然后在我身边坐下来，不过她还是又说了一遍那城市的名字。

"……这么省钱，是遇到了什么麻烦事？"

"没什么特别麻烦的事情，因为天天都有麻烦的事情，"她抱起一个枕头放在腿上，把脸贴在枕头上侧身对我说，"本来是没必要这样的，主要是弟弟得病的时候家里借了钱，后来还是没救活，但是借的钱总是要还的，父母年纪也大了，只有靠我了。"

我沉默了半响，还是问了："很可爱吧——你弟弟？"

"是啊，非常非常可爱，那孩子，比我小七岁，每天晚上都要和我睡，要睡就好好睡吧，偏不，非要我抱着，好多回半夜里全部都尿到我身上了，开始也没注意他得病了，只说他一天比一天胖，直到最后确诊下来，说他得的是尿毒症，我都说什么也不相信。

"我就是为了他才退学到武汉来找工作的，想挣了钱寄回去给他看病，我走的那天早上，到医院里去看他，那孩子毕竟还没到懂事的年纪，高兴地在病房里跑来跑去，逢人就说：'我姐姐要到武汉去了，要挣钱给我看病！'临走的时候，我都已经出了门，他又喘着气追出来，把他平常玩的两颗玻璃球递给我，还故意装出一副神神秘秘的样子，说是这两颗玻璃球能保佑我，叫我别……告诉别人……别人要是知道了的话，就……就不灵了……"

她哭了起来，我的心里也一阵震颤，伸出手去想拍拍她的肩膀，蓦地，一丝阴影迅疾从我心里闪过，终于还是抽回了手。

"算了算了，不说这个了，"她一吸鼻子，一扬头发，"说点高兴的吧。"

她并不知道，高兴起来对我来说是件多么困难的事情；她也不知道，我即将要面对的就是和那孩子一样的结局，但是，和那孩子不同的是，我没有她这样一个姐姐，不会有人在我死后泪流满面。刹那间，我虚弱不堪，一个敌人都没有，可我却分明看清楚了对准我的刀枪，我感到自己的心在猛然紧缩，就像抽血化验的时候用针头刺进手指时的疼痛，那钻心的疼痛一点点在体内放大，像疼痛一般放大的还有我的恐惧。

我第一次如此真切地感受到这么大的恐惧。

"哎呀，你怎么了？"可能是我的脸色已经不对了，囡囡惊叫了一声，"是不是病了？"

"没事。"我生硬地挤出笑来，"可能是烟抽多了。"

"不对，肯定有问题，你瞒不过我的，"说着就伸出手来在我额头上轻轻一触，"还好，没发烧，这样吧，你就在这儿睡吧。"

"不不，我还是回去了。"

我正要起身，被她一把按住了，又往床垫前的碎花布一指："喂，想什么好事呢？我这儿还有好几床褥子，垫起来就是了。"随后，她奔出她的闺房，在外面忙活了一阵子，端进来一盆热水放在床边，一边卷袖子一边命令我，"来，把袜子脱掉。"

"干什么？"

"洗脚啊——"还不等我反应过来，她不由分说地夺过我手上的烟，在玻璃杯里灭掉，然后就这么看着我。我迟疑着，终于还是脱掉袜子，把双脚放进了热水里，她开始低下头给我洗脚，长头发不时垂下来盖住她的脸，她得不时用胳膊将头发理到肩后，我万万没想到会这个样子，不知道该干什么好，也不知道该说什么好，只听任一股热乎乎的东西在体内流淌，那应该就是被称作"暖流"的东西了，"哈，你还是美人脚呢。"这时候我听见她说。

"是啊，我也觉得奇怪，像我这么个大男人，竟然长了双美人脚。"

"你知道么，"她为我擦好一只脚，将它放在床上，又从热水里捞起另一只脚，没急着擦，定定地看着我说，"你长得太像我弟弟了。"

"是吗？可是我比你都还大啊——我至少也要比你大三四岁。"

"说不清楚，就是觉得像，好像应该这么说：我弟弟长大了可能就是你这种样子，连脚都长得那么像。"说着擦完了另外一只脚，把它往床上一扔，"好了，舒舒服服躺下吧。"

我依言躺好,她端着水出去倒了,之后跑来揿亮床头柜上的台灯,再风风火火地跑到门边去关掉外面的灯,屋子里顿时暗下来,又过了一会儿,我耳边就响起了她洗漱的声音,不知道为什么,这寻常之声竟令我感到了如此大的激动,不自禁想起一个词来:家庭。是啊,如果我还能活下去,应该也会是有家庭的吧。

我竟然也有机会躺在床上听着熟悉的人洗漱的声音。

我现在就像置身于自己的家庭之中,多么不可思议。

一时间,我确信我的身体和心都柔软到了极点,或者说这世界在变得柔软,一点点流进了我的身体里,使我充实,觉得只要活在此刻就已经是最大的满足。幸福,我把这个词念了一遍,想:只要在如此情境里停留过一分半秒,就是最大的幸福了,因为我居然没想到死。全身仍然虚弱无力,一点也不想动弹,"那么,就不要动弹了吧,"我在心里对自己说,"什么生啊死啊的,全都与我没关系了。"

事实上,像我这样的人,活着又能如何呢?也不过是春风十载、秋草几度罢了,所谓"东风吹碧草,年华换、行客老沧州",说的大概就是我这样闲散到了极点的人吧,满街都是。对我来说,千载奇逢,不如听雨看书,一生清福,只在散步种花,并没有人告诉我,我是如何落后于这个时代的,但是我的确已经落后了,千真万确;再者,这广大世界,无论少了谁,日月也还是照样交替,红尘依旧滚滚,月满则亏,月亏则盈,所以,只要我活着,我大概也总要心乱如麻,总要心猿意马,终了,还是换不来那数声横笛、一叶扁舟。

正胡思乱想着,囡囡已经换好睡衣抱着几床褥子进来了,麻利地铺好，之后往上一躺，舒服地叹了口气，这方寸之地溢满了她头发上的香波味道："想什么呢？"

"想你呢。"我笑着说，"其实你一点也不厉害嘛。"

"啊？"她顿时叫起来，"难道我什么时候厉害过吗？"

"厉害过，一开始我还以为碰上了什么混世小妖女呢。"

"切，不管你信不信吧，我这人最软弱了，别人只要对我笑一下，我心里都感激好半天，可能一个人在外的关系吧，总怕受欺负，所以嘴巴上凶点倒也不稀奇。"

"其实要换了别的女孩子的话，像今天晚上我只怕早就被赶出去了。"

"我不会，我是个一根筋的人，只要见人有难处，就忍不住想上去帮一帮，其实人家的情况比我好得多，真的，都碰到过好多回这样的事情了。"

我说的是实话，不觉中，与初见时相比，囡囡对我说话的语气已经温和出许多来了，其实不用她说我也知道：像她这样从外地来的女孩子，在这样一个茫茫都市里活着，其中艰难肯定是一言难表的，如若没有一点小小的机心和刁蛮，生活只怕会更难过下去。

"睡吧，"她探起身来关了台灯，"今天没去酒吧，少挣了一晚上的钱哦，明天一早我要去快递公司多加一个上午的班。"

我脑子里却忽然浮起了一个念头，"囡囡，"我叫了她一声，"明天干脆陪你送快递去吧？"

"那怎么行，难道你不工作了？"

"想歇一阵子，先歇两个月再说。"

"这样啊，那好吧。"她嘻嘻一笑，黑暗里我也似乎看清了她的眼睛，"那我可就要对你下毒手了。"

"什么毒手？"

"我平常送的都是小件，你来了咱们就可以送大件了，挣的钱多嘛。"

"一言为定，那……睡吧？"

"睡吧。"

我的确困倦已极了，反而睡不着，体力一点也没恢复，连翻个身都觉得麻烦，但是不知道为什么，心中隐约觉得欣喜，开始的时候并没觉得自己多么高兴，意识到之后就想刨根问底：我到底在高兴什么呢？突然，一个念头闯进我脑子里："难道我喜欢上了——"一念及此，即使身处于黑暗之中，我也能感到自己大惊失色了，就像做贼般看了看囡囡，马上就逼迫自己不再继续想下去，而是悄无声息地掀开那面碎花花布，看着外面满架的玻璃瓶发呆。外面起了风，风还不小，窗户都发出了吱吱嘎嘎的声响，屋子里的水龙头似乎也没关好，淅淅沥沥地滴着水，慢慢地，我闭上了眼睛。

大概是早上五点钟的样子，做了梦，而且是个怪梦：本来是在满目皆绿的山冈上走着，突然掉进了一口井，井底里长满了杂草，井壁四周的泥巴也都湿乎乎的，井上刮着西北风，使我觉得更加通体冰冷。井只怕有三层楼那么高，所以凭我一人之力虎口脱险是决然不可能的，我只有在里面蜷缩成一团等候上帝安排。就这样过了三天，其间风吹雨淋，吃了不少苦头；到第三天下午，我已几近于奄奄一息，冗长的昏睡后一睁眼，眼前竟然出现了个一丝不挂的裸女，我求她带我上去，她一口应允，条件是要我和她做爱，说是已经好几千年没做过爱了，我别无他法，强自撑着虚弱之身上前拥抱她，亲她，抚摸她的乳房。

就是这个时候，醒了。

天哪，我该如何说清楚这尴尬的时刻啊：我的怀里居然抱着囡囡，我亲了她，手还依然放在她的胸前——一下子，我就像被电击般一把推开她，霍然直起身来，像垂死的野兽般大口大口喘着粗气，上天做证：我对自己的厌恨达到了极点，我恨不得一刀就结果了自己的性命！我粗暴的一推，也使她彻底清醒过来，我根本就不敢正面看她，只用眼角的余光看见她掀掉了盖在身上的薄薄的被单，也坐起来靠在床头柜上，头却还是低着，头发将她的脸差不多蒙得严严实实。

两个人都没有说话。

"……对不起……我，"总过了有一分钟的样子，我压抑住一浪散去一浪复来的厌恨，还是对她又说了一次，"对不起。"

除此之外我真的再不知道说什么好。

"啊。"我只听见她"啊"了一声。

我本来想立即就站起身来拔脚狂奔，但是从囡囡姑妈家里已经传来了隐约的咳嗽声，我现在跑出去的后果可想而知，想了又想，终于还是没做任何动弹。气氛却变得愈来愈难以承受，一阵难忍的疼痛从腿上的某根神经生起，迅疾往上扩散，这么说一点也不夸张：有那么短暂一刻，我甚至疑心今天就是我的末日；天气并不算太热，我却满头大汗，全都是冷汗，因为身体一直是冰凉着的；这还不算完，我的太阳穴是经常都有生疼之感的，现在却是疼得无以复加，我咬紧牙关想抵抗住这疼痛，可是根本就抵抗不住，眼前一阵阵发黑，头脑里却是阵阵发蓝，那蓝色浓到了极处，真正是令人晕眩，我真的快受不了了。

受不了了。

突然间，囡囡开口说话了："我就那么不值得你喜欢么？"

不是。我喜欢囡囡。我再承认一遍：我喜欢囡囡。

在和她一起送快递的半个月里，只有"快活"二字能准确表达我的心情，作息时间也发生了相当大的变化：早晨起来还是要长跑，从我的小院子一直跑到磨山下的那座拱桥上再折回来，之后好好侍弄侍弄那些花，之后从隔壁找些书来读，要么就是听着音乐什么也不想地凉席上抽烟，到了中午随便吃两口饭，就坐车去汉口接她，通常我都要在那卫生学校的操场上抽完几根烟她才会出来，我要是晚了的话，她也会站在操场上等我。

接下来就到快递公司去领工，我照旧抽着烟在楼下等她，领完工出来，我们便直奔客户处去取要送的货品，再送往客户指定的地方，一趟送完便接着再送一趟，如此一个下午，快的时候甚至可以送上四五趟；囡囡也还真是说得到做得到：不再只像过去那样送送信啊书啊光盘啊什么的了，现在连电视机和微波炉什么的都送上了。

半个月下来，我对武汉也熟到了不能再熟的程度。

她没在我身上发现任何不妥之处，我并没有再像那天晚上般突然变得虚弱不堪，甚至连电视机这样的大家伙我搬起来也不觉得费力。连日阴雨之后就是持续不断的高温，城市变成了蒸笼，所以，在搬弄这些大家伙的时候，很多时候我都汗如雨下了，但就是不觉得累，囡囡则在一边给我起了好多绰号。就像今天，从江汉路到花桥竟然走了一个小时，下车之后，烈日炎炎，我干脆脱了T恤交到她手里，光着膀子心急火燎地抱着两个藤沙发往前走，囡囡却突然叫起了我"包子"，我不明所以，就问为什么叫"包子"，她的答案倒是很有些道理，"这么大的城市都变成了蒸笼，你不是包子是什么?"

我也哈哈一笑，"那你呢，你不也是包子吗?"

"没错，"她小跑两步，为我擦了汗，又把手里拿着的一瓣西瓜塞进我的嘴巴，"你是男包子，我是女包子!"

"包子也分男女?"

她想了想，"对啊，包子不分男女——"很快展颜一笑，"那我是芹菜包子，你是豆沙包子!"

我继续问："为什么你是芹菜的我是豆沙的?"

"还用问么，宝贝儿，"她将剩下的西瓜吃完，跑上来帮我的忙，"豆沙有红豆沙有黑豆沙，你看看你自己，都黑成什么样儿了，整个一个黑豆沙，我的T恤起码是绿色的吧，所以说你是豆沙我是芹菜。"

她的回答的确很有想象力，我苦笑着承认，"好好，你是芹菜我是豆沙。"低头一看，果不其然：身上也不知道在哪里撞到过什么，黑黢黢的，加上汗如雨下，就更加惨不忍睹了，不过虽然如此，我的心情却是高兴得不能再高兴。

也有这样的时刻——晚上，我差不多筋疲力尽地回了家，拿着要换的衣服去东湖里洗澡，沉默着在水底潜游了几十米远，再浮出水面，扶着灌木丛边那条被萤火虫环绕着的小船的船舷，大口大口地喘着粗气的时候，经常忍不住去想：这样的日子还应该继续下去吗？我，一个要死的人，还应该在囡囡身边待下去吗？

根本就不敢往下想。

我不得不一遍遍问自己相同的问题：我喜欢上了囡囡吗？

我欺骗不了自己：我已经千真万确地喜欢上她了。有天晚上，都快半夜两点了，我在江边的一幢三十年代遗留至今的老洋房门口坐着等囡囡下班，这老洋房早就卖给了一家银行，现在是这家银行的储蓄所，酒吧一打烊，囡囡第一个冲出来，站在门口四处看我在哪里，我刚要招呼她，一转头，从储蓄所的玻璃门上清晰地看见了自己：笑着，傻呵呵地笑着，从来都没这样笑过。那时候我就知道：完了，我喜欢上她了。

我想过从她身边即刻消失，再不暴露于光天化日之下，甚至仔细想过去哪里了却残生，喝着啤酒听着电台，结果，《1812序曲》听完了，《远离马槽》听完了，《风雪配》也听完了，那可爱的DJ放的整整两个小时的音乐都听了个遍，脑子里也想不出任何所以然，我不知道什么时候才能想得清楚点，我只知道：一到第二天中午，匆匆寻了地方吃罢午饭后，我会一刻也不耽误地坐上去汉口的车。

转眼已经是六月中旬了。今年长江里的洪峰虽说来得快，但退下去也不慢，电视和报纸预报过的可能出现的惊涛骇浪，现在被证明只是一场虚惊。和囡囡在一起，每一天都过得特别快，因为朝夕相处的关系，她到底是怎样的一个人，这种我时而想起的问题也可以不用再费心琢磨了：在某些时刻，她甚至完全不再是当初印象里的她了，毫无刁蛮之气，甚至也厉害不起来，送东西到武昌来的时候，只要有时间就和我一起来我住的地方坐一坐，走的时候，我的房间便被她收拾得清清爽爽了，下次再来，看见我的房间又乱了，就叹着气说着"你呀，可真拿你没办法"，那感觉像什么呢，就像——

像个姐姐。尽管我的确要比她大两岁还多一点。

有时候，在街上走着，她跑上来给我擦汗，擦完了还要盯住我看半天："真奇怪，你怎么会比我大呢？"

"啊，我为什么就不能比你大呢？"

"明明还是个小孩子嘛，"她摸摸我的脸，再摸摸我的头发，"越看越像我弟弟，你干脆叫我姐姐算了。"

她甚至不是开玩笑的样子，我倒被她的认真吓了一跳，"不是吧？"

"怎么不是啦，不管了——"即使身处众目睽睽之下她也丝毫不以为意，上来揪我的耳朵，"今天非要你叫不可！"

"……"

终了还是没有叫，她也放过了我，见我一脸困窘，就一挥手说："算了算了，看你怪可怜的，放过你了。"

尽管如此，她也会露出她年纪小的破绽来。有一天在武昌送完快递，她眼睛不舒服，不想再回汉口去领工，就去我那儿待了一会儿。到了吃晚饭的时间，我去市场上买了菜回来自己做，本来她是不敢在我面前表现她的厨艺的，但是那天心情好，烧鸽子的时候，她非要抢着烧，这种时候我是从不和她做太多争辩的，就乖乖让位给她来烧，自己则回房间里去听音乐。

过了会儿，她端着鸽子汤出来了，放上炕桌，将汤勺递给我，让我先尝，我大概知道她会做成什么样子，但也只好依照她的命令先尝一口：咸得实在是难以下咽，赶紧接连喝了好几大口啤酒。她还坐在炕桌边双手托着腮逼迫我再多喝几口，我当然不从命，她大概也明白了原因，"哼，我做的汤就那么难喝呀？"她叫了一声，拿起汤勺大大喝了一口，还啧啧有声，可是一下子，她脸上的表情凝住了，我都快忍不住要笑出来了，她却转得很快，"不错嘛，嗯，味道不错！"

"那你就多喝一点。"我也故意使坏。

"喝就喝，"她果真继续喝了，"谁怕谁呀！"

一时间，气氛变得颇有意思：我们就像武侠片里正在斗内功的高手，一句话也不说，异常深沉，我喝我的酒，她喝她的汤，其实我能感觉得出来，我们都想笑了。突然间，她喊了一声"我不行了"，我一点都来不及反应，手里的啤酒已经被她抢了过去，大口大口喝着，就像在岸上搁浅了整整一夜后又重归水中的鱼。

我再也忍不住，哈哈大笑起来。

哪怕是后来，她喝完啤酒，又去卫生间里漱了口，跑出来找我算账，将我推倒在床，用枕头盖住我的脸，又用双手掐住我的脖子，说着"掐死你掐死你"，我也一直在笑着，在枕头造就的黑暗里，我的心里一阵战栗：倘若世间果有神灵，我愿意对祂三叩九拜，哀求祂施展仙术，将时光就此冻结，再不向前。

如囡囡自己所说，她也有"一根筋"的时候，依我看来，这样的时候不光有，而且还多得很。比如送快递的时候，只要有公共汽车坐，她就绝对不会坐的士；比如买衣服，哪怕别处的衣服再好价钱再公道,她都不会买,非要到司门口的一家名唤"巴黎世界"的店里去买,因为那里面的一个售货小姐从前曾经和她一起送过快递。我陪她去过一次"巴黎世界",说实话,堂皇的店名并不符实,里面卖的大多是些出口时检验没有过关的衣服,因为价钱便宜,式样也绝对算得上时尚,所以还是吸引了很多我们这个年纪的人。在里面买的衣服或多或少都有些问题,但这难不倒囡囡,她买了回去,要么扎个领子要么剪掉半只袖子,穿起来就更显特别了。

像囡囡这样从外地来武汉的人,夏天总是异常难过,眼睛啊鼻子啊总会出些问题,囡囡的眼睛里就生了滤泡,三四天了,眼睛一直微微红肿着,我便劝她休息几天再说,她却根本不听我的话,慢慢就红肿得越来越厉害了。昨天晚上她给我打电话,我听出她的声音不对,一问,果然是眼睛疼得厉害,毛巾蘸了冷水后正在她眼睛上敷着呢,我立即就说再不能如此下去了,我陪她去协和医院看看眼科,她想了想同意了。

所以今天一大早我就起床了,在湖边长跑了一个马拉松之后回来,天色才刚刚亮,满目皆是弥天大雾,洗漱完毕,我就出门寻了家豆浆店喝豆浆,之后坐上出租车去汉口,半个小时后,等我出现在卫生学校的门口,囡囡已经捂着眼睛坐在操场里的一对双杠上等我了。之所以如此早,还是囡囡提醒的,说是像协和这样的医院每天病人都多得很,晚去了恐怕连号都挂不上。

因为是早上,天气清凉,还有几丝微微的南风刮着,在操场上走着的时候,看着杂草轻轻地摇晃着,看到南风吹起了囡囡的头发,心里竟涌起一股温暖之感,觉得自己的身体落到了实处:

我和囡囡走在去医院的路上，就像小时候我在宁夏穿过胡杨林走在去学校的路上，眼前所见哪怕只是双杠和杂草，也不能不使你觉得心情舒畅到了极点，那种感觉就像上学的路上，穿过胡杨林后遇见了一大群藏羚羊。

早在几年之前，我读到过一个甘肃诗人写的诗，诗是仿照西北花儿写的，叫作《半晚夕的月光》，其中有这么两句：半晚夕的月光，半晚夕照；满巷道跑的是我，跟抓贼的一样。说的是个小伙子见不上心爱的姑娘，急得在姑娘家门口的巷子里跑了一整夜，别人问他在做什么，他就回答说在抓贼。

走在囡囡身边，我也分明能感觉到自己在抓贼，身体没动，心里却在抓贼。

听囡囡的果然不会错，早早赶到医院挂了号，排到第二个，到九点钟医院开始上班的时候，眼科外面的足足五排长条椅上已经坐满了人。囡囡进了诊室，过了一会儿出来，告诉我医生要给她动个小手术，只有这样才能彻底清除眼睛里的滤泡，麻烦的是动完手术后要用纱布将眼睛蒙上六至八个小时才能拆开，这样的话，今天肯定是送不成快递了，晚上去酒吧只怕也有问题。囡囡先是懊恼今天又要少挣工资，女孩子的一面终不免显露出来："你说会疼吗？"

"当然会疼。"我想故意吓吓她。

"那怎么办，要不你陪我一起进去吧，我要疼了就使劲掐你，"说着叫了一声，"天哪，我这辈子最怕进医院了！"

我当然没问题，但是医生却不让，终了还是她一个人进了手术室，我只好回到长条椅上坐下来，随意翻着份进医院前买的报纸，其实什么也没看进去：相对于囡囡说的害怕进医院，我对医院的恐惧丝毫不会比她小，即便在生病之前，每次迫不得已地走在医院里的走廊上，心里就会条件反射般生出挫败感，"无趣"，这两个字本来就在身体中的某一角落里藏着，一进医院，福尔马林的气息就像食物般唤醒了那两个字，横冲直撞，没法不让你对万事感到虚无；至于现在，自从我知道自己患上了再也无法治好的病之后，每次上街，只要一看见医院和名目繁多的专科门诊，我就要神经质般立即将脸掉往别处，没办法，几乎成了本能。

我去找个地方抽烟，在昏暗的光线里转了好几条走廊，还是没找到合适的地方，郁闷着折了回来，竟然一眼看见了久未见面的小男，她正好从楼梯口出来，我正要上前和她打招呼，却看见她身边还有个打着伞戴着口罩的男人，在室内还打着伞，不免让人心生怪异，而且，那男人戴着的口罩实在太大了，伞也压得低低的，根本就看不清楚他到底长什么样子，但是有一点是可以肯定：我从来没有见过他。我想了想，也就没有上前。小男还是一副对什么事情都感到好奇的样子，他们刚刚找了个地方坐下，小男就又起身去看四周墙壁上挂着的宣传画了，那个人没有跟上去，不知道为什么，我觉得小男似乎和平日里我见惯的样子有点不同，到底哪里不同，我也说不好。

后来，我又在昏暗的光线里转了好几条走廊，绕到手术室的正对面，背靠在墙壁上继续翻报纸，小男如果不是像平日里那样东看看西看看的话，我们应该就不会碰面了。没过多长时间，手术室的门开了，先出来的是个护士，随后就是囡囡，她是被护士手牵着手搀出来的，眼睛已经被蒙上了纱布。

看起来，整整一天我都要变成囡囡的私人护士了。本来说好从医院出来就上我那儿躺着休息的，搀着她刚走出医院，脑子里不知怎么想起了郊外的那块花圃，就和囡囡商量：还不如叫辆出租车把我们送到那里去待一天，囡囡当然说好，只说坐出租车太奢侈，商量了半天，还是决定先坐出租车去航空路，在那里坐民航班车，到快上机场高速的时候再下车步行过去，她既然已经决定，我也只好从命。

上民航班车之前，我买了不少的零食、橙汁和啤酒，还买了把小剪子。一个小时后到了花圃，久不来了，花圃里的马缨丹掉了不少叶子，也是，马缨丹是需要大量水分的植物，前段时间虽说是雨季，但雨季过后我就一直没来，它也实在渴了。我便先将囡囡在田埂上安置好，二话不说先干掉了一罐啤酒，之后立即用空酒罐去不远处的一条沟渠里盛水，来回给一共九株马缨丹浇了好几遍；忙完了，又看见马缨丹边上的九重葛长出了"徒长枝"，所谓"徒长枝"，具体说来就是当枝叶都是横向生长的时候，却有几根枝条直直地伸向天空，既不美观，又影响开花；如此一来，我来之前买的小剪子就派上用场了。

"亲爱的弟弟，"我正忙着呢，囡囡叫了一声，"你姐姐我要上洗手间。"

"这里哪有什么洗手间啊，全都是就地解决，"我笑了起来，看见远处有片蓖麻地，就对她说，"要不上蓖麻地里头去解决？"

"好，"说着手一伸，因为失去了方向感，所以她说话时脸总要微微朝我这边斜一斜，"还愣着干什么，快上来侍候你姐姐呀！"

"哦哦。"我马上跑上去，将她搀起来，地上显然没有在城里那么好走,尽管我在旁边小心侍候,她也趔趄了好几下,手却始终抓着我的胳膊。终于到了那片蓖麻地,走进去,"就这里吧。"我说了声,放开她,正欲转身离开,到蓖麻地外面去等她,她却不放我的胳膊,"我要你也在这里。"

"啊?"

"别啊呀啊的,你听清楚了——我要你留在这里。"

一下子,我全然不知道该说什么好了,背对着她,脑子就此停止了意识,只依稀听见几声鸟鸣,远处还传来几声牛哞,顷刻后,我耳边响起了一股低低的清脆的声响,就像置身于野外,隔着几道山谷听见了方圆十里之外的泉水从一棵古树底下涌出来,旋即听不见了,我听见囡囡喊了一声:"好了。"

我却没有将身体扭转过去,尽管她的眼睛上蒙着纱布,看不见我,但我就是害怕看见她,呆呆地站在远处,至于脑子里到底在想什么,只有天知道。突然,两只手从背后将我环绕了,囡囡的脸贴在我的背上,我甚至能感觉到她头发的柔软,心里一下子就黑了,"傻瓜,"她的脸在我背上轻轻地蹭着,"我喜欢上你了。"

"啊,喜欢上你了。"接着她又说了一句,有点像自嘲。

"……"

"很丢人是吧,按说不应该我先开口的,女孩子嘛,可能是今天被你侍候得感动了吧,忍不住了,再说——我还是你姐姐呢,啊,小孩子总要讨点便宜。"

我再也忍不住,猛然回头,一把将她抱在了怀里,狠命地使出全身力气,要她离我越近越好,她也紧紧搂住我的脖子,我逼迫自己什么也不要去想,将一切事情推到身体之外,并没有亲她,就是想抱着，好像临死之前终于抓着了个什么东西；她也明白了我的所思所想，安静地偎在我怀里，安静地用两手抱住我的腰，安静地继续用脸在我胸前蹭来蹭去；我感到自己的身体彻底柔软下来，心里就像积着一堆雪，气温升高，积雪正在慢慢融化，听觉也格外灵敏：囡囡的呼吸，远处机场高速上迅疾驶过的汽车，蓖麻叶上爬过的昆虫，我确信，他们全都留在我的记忆里了，有一天，这些记忆会连同我的身体一起被埋葬。

只持续了两分钟的时间，像是一盆冷水浇在了头上，我清醒过来，颓然推开囡囡，走到田埂上坐下，撕碎手里的烟，用拇指和食指碾着烟叶，一点点碾成粉末，一定有哪根神经出了问题，小臂狂跳不止，真的是狂跳不止；我的突然抽身，差点就让囡囡没有站立住，她呆了，站在原处，随后就听到了她的抽泣声。

"你不喜欢我？"她哽咽着说。

"……不是，"我实话实说了，"我喜欢你。"

"你明明不喜欢我！"她哭着叫了一声，蹲了下来，想要用手去捂住脸，可是眼睛蒙着纱布，她只好放下手，突然又站起身，朝我这边跑过来，一边跑一边喊，"你就是不喜欢我你就是不喜欢我！"跑着喊着，脚下被一块坚硬的泥巴绊了一下，身体一斜，就要倒地，我冲上前去抱住了她，终了还是没有抱住，两个人仰面倒下了。

那句我费尽心机都没能说出来的话，现在终于不请自到："囡囡，我快要死了。"

我喜欢的那个甘肃的诗人，仿照西北花儿写了很多诗，除了那首《半晚夕的月光》，还有一首《边疆辞典》，里面有这么两句：花花世界你走过，你是肉疼；人烟里，你是人一个，你是心疼。按理说，我早过了对月伤心的年纪，也不会愚笨到从电视剧里和小说里寻找自己影子的地步，可是，这两句诗还是击中了我，是啊，我的肉在疼着，我的心在疼着，疼痛无处不在，在院子里散落了一地的花瓣上，在喝完后掷出去又迅速被车轮碾过的啤酒罐里，也在囡囡端盘子的酒吧里画满了舒尔茨漫画的天花板上。

每天晚上都要在那酒吧里坐上一整夜，是囡囡的命令，她不光下了令，落实起来也不掉以轻心：每天晚上，她一送完快递就到我这里来，两个人一起做饭吃，之后去汉口，去她端盘子的酒吧，她给我安排的位置，是二楼上最靠角落的地方，帮我拿来啤酒之后，她就去忙她的了，整个过程里只和我说很少的话。我不知道她这样做到底所为何故，但是也没问：抽着烟，喝着啤酒，看着武汉关的钟楼和天花板上的舒尔茨漫画，听着酒吧里的音乐、长江上的汽笛声和到整点时钟楼的报时声，不觉中一个晚上就过去了。

到第五天，我终于还是憋不住了，那时候是坐在从武昌去汉口的公共汽车上，行至长江二桥上，我问了，"囡囡，咱们这到底是在干什么啊？"

她也答了，三个字："谈恋爱。"说完停了一会儿，接着直直地看着我的眼睛，"或者说我在准备谈恋爱。"

我躲避着她的目光，终于还是说："……何苦呢？"

"我觉得很值得呀，"她甚至是冷冷地答了我一句，"很公平，我知道了你的情况，也该让你知道我在想什么，实话说吧，我现在在想还要不要和你在一起,想得差不多了,百分之九十九还是要和你在一起。你做好准备。"

我叹息了一声。

"在我下决心之前,奉劝你一句,别跑,你知道我的,跑到哪儿我都有办法找到你。"她又冷冷地说了一句。

一直到这个时候,我才知道她为什么每天要把我拴在她身边了,她是不给我跑走的机会,我的身体里立即就有一股暖流开始横冲直撞,实话说吧:恨不得当即就抱着她痛哭一场。但是没有。

她上班的时候,就更加不和我说话了,当她从我身边走过去,我们的目光都很少碰在一起,除去我的躲避之外,她大概也不想让别人知道我是接受了她的命令安坐于昏暗一隅的吧。酒吧里的其他人倒是觉得奇怪:每天都在固定的时间来,到打烊时才走,也没有同来的人,我轻易就能从他们的眼神里看出些许迷惑。

昨天晚上囡囡却说话了,因为这一阵子沿江大道的两头都在施工,来酒吧的人不多,二楼上除我之外再无别人,她本来在楼下忙着,突然就跑上了二楼,在我身边蹲下,伸出手来抚着我的脸,哭了起来,"你,怎么就要死了啊?我才刚刚喜欢上你,你怎么就要死了啊?"说着,她的头撞在我的膝盖上,我的眼眶一酸,眼泪险些掉出来,强自镇定之后,汩汩灌了几大口啤酒,颓然靠在墙上闭上了眼睛,恍惚里听见她又哭着说了一句,"我还等着你照顾我呢!"

我的手颤抖着伸了出去,抚摸着她的肩膀,还有她的头发,她一把将我的手抓在手里,放在膝盖上,她将头枕上去,顷刻之后,我的手就全都被她的眼泪打湿了,只有在这个时候,我才仔细地看清：几天下来，她已经瘦了许多了。

"别跑，好吗？"她抬起头来，擦了一把眼泪，我的手还抓在她手里，吸着鼻子，"我知道你要跑的。"

"好，我不跑。"我咬紧牙关答应了她。

今天晚上，在二楼上的角落里坐着，不知怎么想起了小男。不管怎么说，那天在医院看见了她，还是要打个电话给她，问问她是不是有什么事情，于是就打了，电话接通之后，没想到小男正和同事在游泳馆里游泳，说起来那游泳馆离这里并不算远，小男就说游完泳了就到这里来和我聚一聚，还嘱我也叫上杜离，我便接着给杜离打电话，家里却没人接，手机也提示说是"不在服务区"，只好作罢。

差不多过了一个小时的样子，小男来了，我问她医院的事情，她竟然矢口否认，说是两三年都没去过医院了，我不禁目瞪口呆，"这，怎么可能呢？"

"怎么不可能啊，大哥，"她从包里掏出一块口香糖，剥去封纸后示意我张开嘴巴，我刚一张开，她就准确无误地将口香糖扔了进去，"要记着多喝蛇胆哦。"

每次聚会，只要有小男在，在座的人都会觉得十分轻松，她身上挥之不去的孩子气总是让大家觉得快乐，今天也不例外，她一打开包，里面竟传出来了青蛙的叫声，把我吓了一跳，她笑着向我敬了个美国大兵式的军礼，连声说着"不好意思"，接着就从包里掏出一只宝贝来，我定睛一看：果然是只活生生的青蛙——要是换了别人，无疑会即刻晕倒过去——谁见过把活生生的青蛙装在包里当玩具的女孩子？我倒是见怪不怪了，把青蛙放在一边，问她："我为什么要多喝蛇胆啊？"

"明眼呗，"她拿着青蛙在我眼前一晃一晃，"免得下次再认错人。"

这不可能，我绝对没有看错：那天在医院，和一个中年男人在一起的就是我眼前的小男。正要接着再问的时候，囡囡上来了，大概也是青蛙的叫声吸引上来的，见到我身边坐着个女孩子本来已经够吃惊的了，那只青蛙无疑更加使她觉得匪夷所思，站了两步远的距离盯着小男看，终于走过来，在我身边坐下，"我已经决定了，我要搬过去和你一起住。"

这下子轮到小男吓一跳了，她的心思顿时从青蛙上移开，看看我，再看看囡囡，两只大眼睛不停地转着，终于恍然大悟了，指指我，再指指囡囡："你们，在谈恋爱？"

"是！"还不等我开口，囡囡就一把挽住我的胳膊，抢先说了。

第四章　恋爱的纵火犯

天还没亮，天地之间一片静穆，只有冷清的街灯还在幽幽亮着，我和囡囡坐在一辆敞篷货车上，起来得太早了，囡囡靠在我身上又睡着了，我却异常清醒，抽着烟看着身披雾霭与灯光的洪山广场、黄鹤楼和长江大桥，看着看着，心里就生出了一股不舍之感，就像是此次别后再无相见之期。洪山广场上的石凳、黄鹤楼下的葱茏草木，还有长江大桥上为数不少的损坏了的栏杆，此等景致平日里之于我大约是没有关系的，今天却似乎有一个声音对我说："记下吧，把它们全都记下吧。"这大概就是所谓的"贪恋"了。

一念及此，就赶紧借着些幽光去看囡囡，多看几眼就想伸出手去摸摸她的脸，我的手刚触到她的脸，她就"嗯——"了起来，在浑然不觉中躲开我的手，往我怀里更深些扎进去。即使在梦里，她也像白天那样对我撒娇耍赖，应该是下意识的吧。

我不得不承认：此刻我是天底下最幸福的人了。要不然，我的小臂为何又要禁不住狂跳起来？

其实，我和囡囡不过是出一次并不算太远的远门罢了，几天前就定下来了：快递公司老板的朋友，在离武汉六个小时车距的一个土家族自治县举办一次"樱桃节"，同时要举行一次演出，演出的日子快近了，发现戏装不够，就赶紧打电话要快递公司的老板在武汉想办法借了一大堆戏装，我和囡囡此行的任务，就是把戏装送到对方的手上。快递公司老板的确是节约到了家：他的另外一个朋友今天正好要运一批面粉到我们要去的地方，所以，此时此刻我和囡囡便置身于满货车的面粉之中了，不过幸好有一大堆戏装供我们垫在身下。

囡囡说到做到，那天晚上从酒吧出来就住到了我那里，再没有住回汉口，好在是夏天，我那里到处都铺着凉席，只给她找块盖在身上的毛巾被就行了。过了几天，她回了一趟汉口的姑妈家，将自己的行李差不多都搬了过来，我从来没对她说起，但心底里实在喜欢这样的感觉：哪怕夜半三更，我的手边突然没烟了，等我买完烟回来，走在巷子里看一眼我的房子，囡囡模模糊糊的身影映入眼帘，我竟会激动得手足无措：那个影子是在等我。在我虚度过的二十多年光阴中，像这样的时刻还从来不曾有过。

有时候，外面下着雨，我背靠在墙上看影碟，她在屋子里忙着，无非是给花浇浇水啊洗洗菜啊什么的，要么就是把两个人破了的衣服缝补缝补。认真说起来现在还会针线活的女孩子可是不太多了。其实囡囡也不会，有时候，我正抽着烟，她"哎呀"叫了一声，朝我这边扑过来，一手搭着我的肩膀，另一只手举到我面前："你看，破了。"我定睛一看，食指上渗出了一个小红点，果然是被针刺破了。

我把那根手指拿在手里揉一揉，接着看影碟，囡囡对我叫起来："你一点都不关心我！"我只好放下影碟不管，用嘴巴去吸那个小红点，一直到再没有血渗出来，她才得意扬扬地冲我做个鬼脸，"哼，这还差不多。"

唯有一个底线：无论如何，我绝不和囡囡合盖一床毛巾被。囡囡晚上睡觉的时候颇不老实，喜欢掀被子，喜欢滚来滚去，有时候滚着滚着就滚到我身边来了，还要抢过我的毛巾被盖在身上，如此一来，我便要每天晚上醒来几分钟，为她盖被子，如果她已经抢了我的被子，我就只好再拿起她的盖在身上了。

有一天，都已经快到早晨了，囡囡起床上洗手间，回来之后，不由分说地挤进了我的被子，我想翻身背对着她，她却把我的肩膀一按，不让我动弹，接着把头枕在我的胳膊上，掀起我的T恤，把手伸进去，在我身上来回游弋，那时候我并不清醒，还以为是在做梦，就在囡囡的手越过我的小腹继续往下滑去的时候，我顿时清醒过来，差不多是粗暴地将她的手拽出来，翻了个身，也不说话，等待着她的发作，可是她并没有发作，只是幽幽地问了一句："你还能活多长时间？"

"不知道。"我看着屋檐前挂着的一滴欲滴未滴的水珠说，突然冲动起来，"你还是走吧，也许明天早晨我就死了。"

"偏不走，告诉你，想赶我走没那么容易，"她"哼"了一声，声音却低缓下来，"求你一件事，好吗？"

"什么事？"

"好好和我谈次恋爱，就算对得起你自己吧，反正你也没亏着什么，要亏也是我亏了，说实话吧，到现在我也不相信你是要死的人，怎么都不相信，可又没法不信，我也在想：怎么会这样？我为什么非要和你在一起啊？一次都没想清楚，还是因为我喜欢你吧，这种事情，只怕没有一个人能说清楚。"

她并不知道我的眼眶已经全然湿透了,我强自镇定着掩饰住哭音:"因为我长得像你弟弟?"

"不是。"她的口气坚决起来,"并不是这样。我偷了张你的照片,没事的时候就偷偷拿出来和弟弟的照片对一对,看看到底是不是长得像,现在我总算看出来了,其实长得并不像,之所以会有那种感觉,可能还是因为先喜欢上你了吧,对了,知道我什么时候喜欢上你的吗?"

"……不知道。"

"我想过了,就是第一次在这儿吃饭,喝鱼汤的时候,看着你做鱼汤的样子,当时我心就怦怦乱跳起来了,一个鱼汤做得那么好的男人,哪怕就是再坏也坏不到哪里去,对自己的女人肯定也不会差,真的,当时我就知道我们之间一定要发生什么事情,后来也证明了我想的都是对的,你看,每次送快递的时候,只要是重东西你肯定就抢在前面搬,根本不让我沾手——

"还有我眼睛动手术的那天,其实也没发生什么不得了的事情,我走到哪里你就把我搀到哪里,手牵着手,胳膊碰着胳膊,那时候我就知道自己完了,非要喜欢上你不可了,不对,比喜欢要严重得多,'爱'?啊,可能是吧,可是那个字我又说不出来,说出来了就好像在说台词一样,不是踏踏实实地日子。我就是想和你踏踏实实地过日子。

"对了,要是你,你会说那个字吗?"

不会。她所希望听到的那个字,从她搬来和我一起住,一直到我们置身于满车面粉中的此刻,我始终没有说出来。我还没有告诉过她:无时无刻我不是在满心欢喜中度过的,也无时无刻不感到自己正置身于一场孽障之中——我现在和一个贪吃糖果的孩子别无二致，明明知道牙齿会被蛀空，但我还是只要一闻到糖果的味道就心猿意马，正如她囡囡不管把我看得如何严实，我也还是明明有机会一去永不回一样。

我确信我的身体里还是有"理智"二字存在的，因为一直有一个声音在迫使我离开囡囡，但终于还是没有。

"弟弟呀，想什么呢？"囡囡醒了。

"在想上哪里去玩一次。"我说的是实话，我脑子里终日都在盘算着上哪里去找个地方住下来，再也不回到武汉。

"你想跑？"她的脸色骤然紧张起来，"别跑，跑到哪里我有办法把你追回来，早告诉过你了。"

"不见得吧，"我也是鬼使神差，对她说，"有个地方你追不到。"

"哪里？"

"天堂。"我说。我不知道自己怎么会想起来这么说，大概是心情莫名其妙地好起来了的关系吧，也难怪，货车驶出了城市，驶上了高速公路，沿途的城市渐渐被青葱的田野所替代，满目里不再是高楼、汽车和郁郁寡欢的行人，而是换作了池塘、白鹅和大片大片的桃园，奔跑的孩子、电线上蹦蹦跳跳着的麻雀，还有轰鸣着的拖拉机，不觉间就像瓢泼大雨般洗清了心里的幽暗部分，正所谓：一片秋山，能疗病容；半声春鸟，偏唤愁人。

"天堂？"囡囡一把抓住我的手，"你想干什么？"

"你放心吧，不是要自杀啊什么的，想起来了而已，"我哈哈笑起来，逆着风大口大口吞咽下新鲜的空气，"对了，你小时候有没有什么理想？"

"当然有了，"说着她不好意思地吐了吐舌头，"想当演员。"

"难怪难怪，长得漂亮嘛。"我继续问，"那你想演什么样的角色啊？"

"切，你骂谁呢，我傻我知道，"她照着我的肩膀擂了一拳，"想演那些受苦受难的角色，没想到吧。"

"受苦受难？"

"是呀，要么就是为掩护同志被敌人抓着了，又是坐老虎凳又是穿竹签什么的；要么就是忍辱负重，受尽了误解，最后也没过上好日子，别人看着都流眼泪的那种，像《渴望》里的刘慧芳，反正是悲剧，反正要受苦受难，还一定不能是光为自己，怎么说呢，有点像牺牲，对，就是牺牲。

"从小到大我就是这样，就说不上学来武汉打工这件事情吧，我也知道弟弟的病没救了，我就算挣再多的钱寄回去也没用，可就是要来，觉得非要为弟弟牺牲不可，你不许笑话：我来武汉的时候，坐在汽车上，脑子里全是刘慧芳的影子，还忍不住把她的生活想象成就是我的生活，想着想着眼泪就掉下来了。"

一个人的理想，竟是为别人去牺牲，如此怪异的理想我在此生里还是第一次听说，她就寻常般随意说着，我听来却觉得心惊肉跳，似乎有一根针扎在我最敏感的地方，我不得不再去想想她说过的"一根筋"，"一根筋"到了这个地步，我的脑袋都蒙了，全然不知道该说什么好，"那么，你现在——"我迟疑了一会儿，还是问了，"是在为我牺牲吗？"

"不知道，"她侧过头来，直直地盯着我，"但是我知道我爱上你了，我要一条路走到黑了。"

"……"我再说不出来一句话。

"那你小时候的理想呢？"正恍惚着，听见她问了我一声。

"纵火犯。"我想了想说。

"哈，纵火犯？"

"是啊，小时候我在宁夏，住得离戈壁滩不远，宁夏那地方雨少，干得很，划一根火柴差不多就能把戈壁滩点燃。小时候我身体差，要是遇到打架什么的，别人还没动手呢，我就先倒下了，所以也没什么人和我一起玩，我都是独来独往，多少有点自闭，可能也正是身体差的关系吧，我反而特别喜欢那些有力量的东西，像摔跤啊什么的，大人们杀羊的时候，我一个人躲了老远偷偷看，满地都是血，既害怕，又觉得刺激。

"我们那儿不是有很多胡杨吗？有的干枯了，就收到一起，在院子里堆起来当冬天里的柴火，有时候堆得比我们住的屋顶都要高。我们那条街上有个年轻人，他哥哥打群架的时候被人用西瓜刀捅死了，他也是那种瘦瘦的身体，听说肾有问题，平常也不大说话，谁都不会想到他会为他哥哥报仇。可能是打他哥哥的人太多了吧，他报仇的办法就是烧街。"

"烧街？"

"就是把整整一条街烧掉。烧之前大概准备了好几天，在每家院子里堆的胡杨上都偷偷浇了油，我放学回来的路上，正好看见他开始点火，一家一家地点，从一家院子里刚刚跑出来，马上就跑进了别的院子，没多大工夫，整整一条街道就烧起来了，他一边举着火把往前跑，嘴巴里一边在叫着什么，声音很大，但是我一句都听不清楚，他脸上的五官都扭曲在了一起。我完全被眼前看见的吓呆了。

"满街的人都从院子里跑出来了，都吓傻了，只有我一个人跟在他后面跑，他跑到哪儿我跑到哪儿，他一直跑着叫着，我真不敢相信，一个身体和我差不多的人，怎么一下子变成了那个样子。我还记得那天天上有好大一团火烧云，太阳也没落山，地上的火，还有天上的太阳和火烧云，把我的眼睛都快刺瞎了。

"那时候就想当个纵火犯，当然是不可能实现的，后来也有了具体点的目标，但是后来不管在哪里，做梦的时候老是梦见变成了纵火犯，举着个火把到处跑，倒不是在烧街，就是举着个火把到处跑，跑着跑着自己就强壮起来了，一下子变成了比楼房还高的巨人。"

一口气，我讲了这么多。

"是这样的啊！"我都讲完有一会儿了，囡囡还在盯着我的嘴巴看，可能还在想象着我讲的那幅景象吧。过了一会儿，她兴奋地一拍我的肩膀，"将来咱们要是上了天堂的话，蟠桃宴啊什么的都不参加，我就陪你当纵火犯，把玉皇大帝的后花园烧掉，怎么样？"

黑的是夜幕，白的是土家族人的头巾，绿的是樱桃树，红的是山顶上的篝火和挂在樱桃树上的樱桃。我拎着瓶樱桃酒端坐在一棵樱桃树下，醉眼蒙眬地看着远处的囡囡和一大群人围着篝火又唱又跳，和我一样，她手里也拎着一大瓶樱桃酒。我又何曾想到过自己会置身于如此场景之中：就像一场狂欢，漫山遍野的人都拎着樱桃酒且唱且舞，不曾到此地的人一定会觉得遇见了土家族人的盛大节日，其实不是，所有的人聚在一起只是为了送葬，现在，死去的人正和篝火一起被欢乐的人们围在了中央，其实，说是一场盛大的节日也没有错，眼前情景在土家族人那里本来就被称为"跳丧"。

我背后的樱桃树上传来一阵细碎的声响，抬头一看，原来是一只不知道名字的鸟正好落在树枝上，扑扇着翅膀。我顿时想起一句诗来，诗是一位德国诗人献给他名叫埃利斯的亡子的：当乌鸫的叫声从林子里响起，埃利斯，这就是你的死。

说来话长。中午到了县城，这才知道，樱桃节虽说是在县城里举行，演出却是在距县城四十里远的一个镇子上，那镇子从古到今都是樱桃盛产之地，但是路不好走，仅有的一条公路也形同虚设，所以，要想去那里只有步行。我多少觉得有些丧气，问囡囡怎么办。"能怎么办？"囡囡绕到我背后把我往前推了一步，"继续走呗。"

那就继续走吧，不过说实话，因为一路上都是在樱桃林里穿行，倒并没觉得多么累，满目里都是绿色，满目里都是红色；要是渴了的话，抬手摘头顶上的樱桃吃便是，这里的樱桃比别处的樱桃都要甜些，成熟期显然也要晚些，大概是霜冻期比别处要长的关系吧。在铺天盖地的绿色里，阳光愈加明亮，简直可以称得上绚烂，天气却并不热，清凉的风从山谷里吹出来，掠过村落里的烟囱和树梢，吹翻了囡囡在县城里买的草帽，我迎着风奔跑着追赶草帽，一时竟觉得回到了多年前在宁夏的一幕之中：在一条并不宽阔的小河里游完泳之后，四下无人，天地静默，我赤裸着奔向了火烧云笼罩下的一座古城堡。

"喂，你看!"我正埋头在前面走着，突然听囡囡叫了我一声，一回头，吓了一跳：囡囡竟然穿了一件戏装在身上，是花旦穿的那种，穿起来还不算完，还故意做出一副在舞台上走台步的样子，见我哈哈大笑，她更得意了，双手抱拳对我一弯腰，学着越剧里的音调："梁兄，英台有礼了——"一言未毕，忍俊不禁，也和我一起哈哈大笑了。

说着就朝我扑过来，两只长长的袖子垂在地上，差点就把她绊倒了；扑到我身上来之后，笑得更加厉害，气都喘不过来了，突然，眼珠一转，鬼精灵劲就上来了，拿出一件小生穿的蓝布长衫，非逼着我也穿上不可。

我拿她一点办法都没有，不光苦笑着穿上了戏装，还戴上了戏帽，看起来也应该和舞台上的小生差不多了。

幸亏一路上没有人遇见我们，要不然非被吓昏过去不可：樱桃林里走着两个穿戏装的人，一边走还一边哈哈大笑，要是我走在哪条山路上蓦然遭遇此等情状，可能也照样会被吓得魂不附体。心情舒爽至极，不知怎么想起了越剧《红楼梦》里的《葬花》一折来，应该是在电台里听过的，此前从未唱过，现在却自然而然哼了起来："……听何处哀怨笛风送声声，人说道大观园四季如春，我眼中却只是一座愁城，看风过处落红成阵，牡丹谢，芍药怕，海棠惊。"

"你还有这种本事啊？没想到没想到!"囡囡一巴掌拍在我的肩膀上，揪住我的衣领，"不行，你得教我!"

那就教吧。于是，囡囡便挽着我的胳膊，和我一起边走边唱起来，其实我顶多也就是一知半解，往往唱了两句就不知道接下来该怎么唱，几次准备作罢，可是她不依不饶，我只好硬着头皮继续往下，至于跑调跑到了什么地步，只有天知道。不过，我真是高兴，无法用语言形容的高兴，心里觉得奇妙：就在几个月前，我还是独身一人地满城市乱转，也从未打算将自己要死了的消息告诉任何人，而现在，我身边的女孩子不光知道了我的死讯，还喜欢着我，爱着我，挽着我的胳膊。一想到这里，我的心就禁不住轻轻而激烈地战栗起来。

——我们行在天上的神，我不管了，我要在眼前的欢乐里沉醉下去了，如果你在天有灵，就保佑我死在这欢乐里再也不醒来，权且当作是我的回光返照！

"侬今葬花人笑痴，他年葬侬知是谁，一朝春尽红颜老，花落人亡两不知——"唱到这里的时候，我们已经爬上了一道山冈，躲藏在群山里的镇子终于影影绰绰地现出了轮廓。

"太可怜了，"这时候，我听见囡囡说，"我要是林黛玉，就先把自己葬了，管它是芍药还是海棠，两眼一闭，就全都和我没关系了！"

我转过头去，一边脱掉身上的戏装，一边盯着她看了那么三两秒钟，明明心里有团乌云，说出来还是句玩笑话："有个性。"

四十里路走了三个多小时，终于到了，不过总算顺利地找到了接洽的人，对方也还相当热情，可是今天回武汉显然是没有可能了，对方告诉我们，到武汉的车一天只有两班，今天的两班车早就发走了，没办法了，只好在这里住一晚再说，接着，他们就在镇子上的招待所给我们安排了两个房间。

从招待所推窗出去,就可以见到一条干净异常的河流,并不深,清可见底,河床上怪石林立,囡囡显然是高兴坏了,从她的房间蹿到我的房间,又从我的房间蹿回她的房间,最后一遍进我的房间的时候,重重往床上一倒,对着天花板说:"真希望一辈子住在这里算了。"

"那咱们就在这儿住一辈子好了。"

但是,我打趣的话根本就难不倒她,她猛然一翻身,正对着靠在窗户边抽烟的我,"这可是你说的,算不算数?"

"……不算数。"我狠狠地抽了一口烟,笑着对她说。

在此地,即使到了晚上八点,天光依然大亮,寻了家小店吃罢晚饭之后,经人指点,我们上山去看陨石,听说河对岸的山上有一块陨石,至少有一千公斤重,躺在那里和一座小山峰差不多大,已经有百多年光景了;我和囡囡卷起裤管,踩着河床里的石头过了河,钻进密不透风的竹林,沿着一条若隐若现的小路慢慢往前走,鸟声鸣啭,泉水叮咚,眼前所见皆是生机盎然,假如自己的身体里有什么污浊之处,置身于如此情景中,也早就一扫而空了。渐渐地,天色黯淡了下来,夜晚降临了。

怪了,尽管来之前已经详细问过了那块陨石藏身的地方,但就是找不见,转着转着就迷了路,脚下的小路渐渐消隐在草丛里,天色越来越暗,我点起打火机,扶着囡囡在竹林里东奔西突,好不容易又找出一条路来,顺着这条路往山顶上爬,不过心里倒是一点都不着急,只消回头看一看,满镇子的灯火就近在眼前,依稀还能听见河边有人在石头上捣衣服,只是觉得有点遗憾,那块陨石倒是真没办法谋面了;快到山顶的时候,耳边突然传来一阵嘈杂的声音，就像是有一大群人聚在一起看戏，仔细听听又不像，因为不止一个人在唱，好多人都在唱，山顶处还隐隐有火光。我和囡囡顿时来了精神，迎着火光赶紧往前跑。

然后就看见了跳丧。

实话说，不光是鄂伦春族的风葬，还有土家族的跳丧，我都在书里看见过，眼睛都在那一页上停了不短的时间；所以，我想象过风葬，也想象过跳丧，实际上，当眼前所见闯入眼帘，当我见到篝火和篝火之间的门板，门板上用白布包着头、穿着新衣静止不动平躺着的人，我几乎在第一刻就已经知道了：这狂欢的景象正是跳丧，那平躺着的人就是死者。

可是，我还是必须承认，我从来没有见到过这样的葬礼：不管是男人还是女人，是年老还是年轻，所有的人都尽力扭动着自己的身体，那甚至称不上舞蹈，却要勾走你的魂，夺走你的魄。在篝火的映照下，我和囡囡都能看清楚男人们赤裸的背上的汗珠，背是古铜色的，汗珠却是亮晶晶的，而汗珠就是他们的全部秘密——身体里的悲伤正在和汗珠一起流出来，也和那些古怪的号子一起被他们喊出来。天上的月亮仿佛都被地上的景象惊呆了，停在当空不再流转，在巨大的震动里，我的灵魂出了窍，月亮的灵魂也出了窍，在两颗钻石般放出荧荧光芒的星辰之间，两缕魂魄相遇，两缕魂魄都要号啕着承认：奇迹，眼前正在发生的是一场奇迹。

极度的晕眩中，我感到自己似乎生了一双火眼金睛，轻易洞穿夜色，跟随死者的灵魂腾云驾雾，最后，停在了一个云蒸霞蔚的地方：只差一步就是天堂，但死者的灵魂却停在一朵云团上再也上不去，灵魂也会喘息，我清晰地听到了灵魂累极之后喘息的声音；就是这时候，地上的舞蹈，地上的号子，地上的篝火和汗珠，化作一团神力破空而来，托起那朵灵魂停歇的云团，顷刻之间，"冰川消融，海盗称臣，美人鱼歌唱"，天堂里豁然亮起一束光，灵魂御风而行，孩子般扑向那光，顷刻间从我眼前消失，一切归于平静；而地上的人还在唱着，跳着，他们还远远没有到结束的时候——悲伤等同狂欢，缘尽之处，即是缘起之门。

一下子我就哭起来了，我哭着，紧紧地攥着囡囡的手，囡囡也完全明白了眼前的景况到底所为何故，一句话都没说，也只紧紧地攥着我的手。

紧紧地攥着。

所谓死，所谓灰飞烟灭，竟是这般快乐的事情！

后来，我们加入了狂欢的队伍，唱啊跳啊，每个人都灌了起码三瓶樱桃酒，我终于感到有点支撑不住，就汗流浃背地拎着第四瓶樱桃酒坐到了一棵樱桃树下，我醉了，但是还没到酩酊大醉的地步，就坐在那里喘着气，继续喝着樱桃酒，脑子里一片空白；囡囡也醉了，她还在人群里跳着，好几次都摔倒在地了，但她压根就不以为意，站起来接着跳，隔一会儿就对我招手："来呀，快来呀！"见我没有去，她就拎着酒过来了，刚刚走到跟前，一个趔趄就倒在了我身上，爬起来，脸对着我的脸，说："你，你没用，你醉了。"

"我没……没醉。"我的口齿也完全不清楚了。

"你就是醉了！"说着她把我一推，我的身体扑通就仰面倒下了，"哈哈，一推就倒了，说，说你没我能喝吧。"

"你没我能喝!"我大吼了一声。

"好好,你,你比我能喝,那你,你有我可怜吗?"

"我当然比你可怜!呵呵,告、告诉你个秘密,我他妈的,就快死啦!"我汩汩喝完了酒瓶里的酒,一伸手把她手里的酒瓶夺过来,一口气全部喝完,使出全身力气大喊了出来,"我就要死啦,我他妈的就要死了,谁还比我更、更可怜哪?"

"我!我他妈的比你更、更可怜!"

"你,你他妈的凭什么比我更可怜?"

"因为我他妈的,要、要死在你前面!"

"为、为什么?"

"因为你,你不喜欢我!"突然,她从地上站起身来,踉跄着拿起掉在地上的酒瓶,狠狠砸在我身上,一边砸一边哭着喊,"你凭什么不喜欢我!你他妈的凭什么不喜欢我?!"

我再也忍耐不住,又号啕着哭了起来,我哭着,一把将她拉到我的怀里来,疯狂地、不要命地亲她,将舌头伸进她的嘴巴里去找她的舌头,终于,找到了,绞缠在一起,再也不分开,我要和她一直绞缠到死!她也哭着,掐住我的脖子,越掐越紧,我宁愿被她越掐越紧,我也宁愿将她抱得越来越紧,让她丝毫不能动弹,除了嘴还在我的舌头上吸吮着,再无一处还有力气——我们行在天上的神,我不管了,我要在眼前的欢乐里沉醉下去了,如果你在天有灵,就保佑我死在这欢乐里再也不醒来,权且当作是我的回光返照!

我抱起她,走到樱桃林的深处,脱下自己的衣服垫在草地上,将她放上去,然后,我替她脱光了衣服,使她全身赤裸,我压在了她身上，抱起她的脸，贪婪地看，怎么看都看不够，她再无声息，安静地看着我，顷刻之间，那个哭泣的囡囡不见了，取而代之的是一条洁白的银鱼，一条沉默的银鱼，一条慌乱的银鱼，在轻微的触碰之间，她的身体竟然一阵哆嗦。

月光透过樱桃树的缝隙洒在她身上，细格状的光影仿佛就长在了她的皮肤上，我舔她的乳头，就像在舔着月光；身旁的草叶上也生起了露水，沉默地溅到我们身上，我抚摸着她的小腹，一手冰凉；即使远处的歌声大得足以惊起歇脚的鸟群，我们依然能听见对方粗重的喘息，这时候，从树林里飞来两只蝴蝶，就在我们头上飞旋不止，仿佛天上的神灵为我们派来的见证人；迷乱中，我的手往下滑去，越过肚脐，触到了毛丛，湿润，温暖，沾着露水，我的手停住，再也不想动，囡囡的喘息声骤然加重，一下子倾起身来，将我搂得不能再紧，我能感觉出来，即使是她的皮肤，也都在激烈地颤抖着；我进入了她。

我多么希望被她紧紧包裹，幽居于那温暖的地方再也不肯见人！

"疼，"她叫了一声，两手突然松开，抓住身旁的草，只有两三秒钟，两只手再重新放回到我背上，指甲深深地刺进了我的肉里；我怕什么东西硌着她，就抱着她往旁边挪了一点，停下来，看着她，她微笑着，笑容里的那种宁静之感是我此前从未见过的，我确信我的身体不再由头发、肢体、血液和更多的东西组成，组成我身体的只有一个字，那个字我从未对囡囡说起过：爱。她笑着，对我点了点头，我朝着更幽深的地方前去，觉得自己融化成了一阵风。

从没有过这么坚硬：越深入她，就觉得离她越近，最隐秘的地方越来越近，两颗心脏也越来越近，就像冬天的晚上在荒野里走着，远远看见一堆篝火，撒开双腿就要狂奔过去，满身的雪花扑簌而落，雪地上的脚印旋即消失于空蒙之中；我没说错，囡囡的体内就燃着一堆篝火，我就是飞蛾扑火的松枝、蒺藜和麦芒，我要自取灭亡，我要在火焰和灰烬里找到自己的天堂！风、蝴蝶、樱桃树、囡囡的笑、草叶上的露水，即使我化成一堆粉末，它们也将在粉末里留下痕迹。

留下痕迹的还有囡囡的一声"疼"，在最后的时刻，在我像一辆星光下的火车般呼啸着驶向终点的时候，囡囡的嘴角又动了一下，也就是这时候，我如遭雷击，一下子就僵硬了——我意识到了一件事实：囡囡是处女。上天做证，无论用什么样的语言都无法说清楚我刹那间的慌乱，脑子成了空白，比没开场的电影幕布更加空白，比月光下的盐滩更加空白，比空白更加空白；如果费尽气力后我的脑子还稍微能有所思所想，那么，我想的就是这个：我在作孽，我在自己的罪孽里越走越远，我再无翻身之日了！我能听见自己的喘息，我也能感觉到自己的鼻子又在发酸，我还能看见囡囡仍然在温柔地看着我；突然，囡囡的手从我的背上移到腰上，禁锢着我，似乎害怕我转瞬之后就消失得再无影踪。

囡囡！我又哭了，囡囡也又哭了，我哭着，叫着囡囡的名字，更深地进入了她，更深地进入了我的天堂。

我知道：当我的腰被一双手紧紧禁锢住的时候，囡囡，这就是我的死。

回武汉的第二天，囡囡不再要我和她一起上街送快递，好说歹说都不行，她没说原因，其实我也清楚：她是不想我的身体出什么差错。我就径直和她说了："像我这种病，要是运动一下的话，其实是一点坏处都没有的。"

"那也不行，你就给我好好在家待着，听见没？"见我苦笑着点头，她语气也温和下来，"哎，你现在是我一个人的了，对吧？"

"对对。"

"知道就好，照我的话去做就是了，别唧唧歪歪的啦。"

在从那镇子回武汉的途中，我就已经想好：只要我活着一天，就再不去想死的事情，总之，可能让囡囡不高兴的话，我是一句也不会说了。当阴影偶尔像闪电般从脑子里掠过，我就掐自己的虎口，几天下来，虎口上还真掐出印记来了，不过效果显然不错，每次一听到囡囡显得特别胸有成竹的样子来吩咐我一件什么事情的时候，我就忍不住打趣两句，至少不会再像从前：脸上刚刚要笑起来，又被活生生地憋了回去。

这样也好，我就留在家里给她洗衣做饭好了。说实话，从前尽管我的厨艺不错，但总是我一个人过日子，做不做都无所谓，反而在外面随便吃两口的情形比较多，现在则大不相同，我每天都要精心买菜回来，找合适的食谱，变着花样做给囡囡吃，认真的样子连我自己都觉得吃惊。如此这般，我一天下来的工作并不轻松，毕竟多了一个人一起生活，毕竟还不想生活得太简单，所以，我也只能等那台老式洗衣机轰隆作响的空隙里看看书和影碟了，不过，收音机倒是一直开着的，收音机里不放音乐的时候我就听CD。

到了晚上，囡囡回来，拿起筷子或者汤勺尝一口我做的菜，啧着嘴巴说我"变态狂，真是变态狂"的时候，我常常觉得自己是天下最幸福的人，站在那里，嘴巴上没说什么，实际上我是在掩饰自己的手足无措。

吃了晚饭，我们要么坐在窗户边聊天，要么就去东湖边散散步，兴致来的时候也去巷子口的师专里遛上一圈，不管走到哪里，囡囡总是挽着我的胳膊，一会儿在左边一会儿在右边，路也不好好走，像小孩子走亲戚似的路上突然走不动了，耍赖似的靠在我身上，懒洋洋地，要是遇到小石子空啤酒罐什么的，就非要踢着它们往前走不可，好多次，看见她可爱的样子，我都要不自禁地微笑起来。

也哭了一次，前天晚上哭的。倒不是我惹她生气了，开始时两个人好好地看着一部叫作《动物园旁边的美术馆》的韩国电影，我靠在一个枕头上，她靠在我身上，我突然想起了《再见萤火虫》里的节子，越看越觉得两人长得像，按理说节子只是个四岁的小姑娘，可我就是觉得像，大概还是撒娇时的表情太像的关系吧，就对囡囡说起了节子，问她想不想看，此问实在多余：我刚刚说她和节子长得像，她就跳起来找影碟去了。

大概从第五分钟起，当节子蹲在学校的操场上等着哥哥回来，却不知道哥哥正在一间教室里眼睁睁看着母亲死去的时候，囡囡抽泣起来，一时间我颇为后悔让她看这部片子，但是已经晚了，我便让她一个人看，自己进卫生间里去洗澡；在卫生间里，我赤身裸体地站着，听见她的抽泣声越来越大，竟忘记了把淋浴的喷头打开；大概在卫生间里磨蹭了半个小时，我才裹着条浴巾出来，刚一出现在门边,一个枕头就破空而来,"要你叫我看!要你叫我看!"

我走过去,搂住她的肩膀,她一直哭着,怎么都止不住,很快就用完了一小包面巾纸,我站起来给她再找面巾纸的时候,她说:"以后,千万别要我再看这种电影了,害怕,实在是害怕。"说着竟打了个冷战。

刹那间,我又对自己厌恶到了极点,将手里的烟头放进烟缸,用力掐灭,"好。"

但是,一直到灭了灯后在床上躺下,囡囡还在哭,甚至到昨天晚上,她正跪在地上擦着凉席,又突然哭了起来,"真要命啊,"她一边找面巾纸一边对我说,"简直不能想,一想就要哭。"

今天晚上,在师专的林荫道上走着,囡囡的心情显然是好了许多,正走着,她又说起了节子,"其实,那么早就死了,对那孩子不见得不是好事。"

"是啊。"我也叹息了一声,点起一根烟。

"那么可爱的孩子,成长起来肯定特别难,要真是看着那孩子一点点变得不可爱了的话,倒还真不愿意她长大,虽然很残酷,可我就是这么想的。"

"终究——"我想了想,"还是活着好吧,不管长成什么样子,哪怕最后变成了个九个孩子的妈,也还是活着好。"

"啊?"她突然站住,眼睛里的光一下子热切起来,"你这么想?"

"就是这么想的。"

"真话?"

"真话。"

"太好了!"她像小孩子般往前跑了几步,嘴巴里还"啦啦啦"地哼着首什么歌的调子,再跑回来,摸了一下我的脸,"就这么说定了,什么时候都要想办法活下去,好不好?"

"好。"

"乖孩子。"她把两只手握紧了放在胸前,身体晃着,脸上笑着,眼睛闭着,过了一会儿睁开眼睛,"说吧,乖孩子,想要什么礼物?"

她的话才刚刚落音,我一把就把她拉到了怀里,找她的嘴唇,再穿过她的牙齿去找她的舌头,她的嘴巴里有股甜丝丝的味道,怎么说呢,就像刚刚吃过水果后还残留着的味道,再具体点就是草莓味道,每一次,我都用舌尖贪婪地寻找着新鲜的草莓味道。虽说路灯的光并不太亮,但是再怎么说我们也是站在林荫道的中央,不时有人从我们身边经过,我们根本就不管不顾,等我彻底地尝过草莓味道,才放开她,笑着说:"这就是我要的礼物。"

"坏蛋!"她摇了我一拳,转了转眼睛,找出个橡皮筋把头发随意扎起来,鬼精灵劲就上来了,"我知道,你已经爱我爱得一塌糊涂啦,是吧?"

"是。"我老实承认,也认真问了,"从哪儿看出来的?"

"眉毛。我每次下班回来的时候,你只要一看见我,右边的眉毛就要跳一下,呵呵,你自己都不知道吧。"

原来我的身体早就已经泄露了我的秘密,我下意识摸了摸右边的眉毛,摇摇头,"还真没觉得。"

"哎,说说你都是怎么爱我的啊。"

"怎么说呢，有点像在黑屋子里关久了，一出门，阳光一打下来，眼睛一下子就黑了。"我也是实话实说。

"真的呀？啊，真高兴真高兴，我的魔力怎么这么大呀！"她再用两只手一起挽住我的胳膊往前走，"想听我的感觉吧？"

"当然想了。"

"一开始也是你说的那种感觉，后来就有点怕了，怕不牢靠，你想啊，太阳照着，其实眼睛也就只黑那么一下子，我可不干，我得好好回味回味，呵，我现在变成个养蚕的人啦——"

"养蚕？"

"对，见过蚕吃桑叶的样子吧？就是那感觉，爬得又慢，嘴巴也小，只能一小步一小步地往前爬，只能一小口一小口地吃，哈，怎么样，我比你有办法吧，弟弟？"

"有办法有办法。"我点头称是，学着东北人的口音夸奖她，"真是个人才啊。"

"我简直就是自学成才！"她说着微微跳起来往前跑了一步，把我也跟跄着往前带了一步，"我太佩服自己了，来，站好，让姐姐我香一个。"

十二点只怕都已经过了，我们才回了家，之前在那废弃的公园里转了一圈。我想起那些鬼柳上吊死过人的传言，本不想去，但是囡囡非要去看看不可，说是第一次见我，哦不，是第二次，就穿着个破雨衣吃了那么大的苦头，必须得去坐上几分钟，"你就更舍不得让我不高兴啦"。于是就去坐了几分钟，感觉仍是不舒服，好像有只啄木鸟在树上，半夜三更还没歇下来，啄木声一直在耳边响着；回了院子，囡囡又蹦蹦跳跳着给草坪边的花浇了水，这才踩着咣当作响的楼梯上了楼,进了房间之后,我们做爱了。

几乎每天都要做爱。有时候,本来在干着各自的事情,比如她在收拾屋子我在看书,突然,要么是我要么是她,想了,径直就说:"想了。"还没说完,两个人就抱在了一起。

今天也是这样。进了门,两个人换好鞋,刚刚直起身来就抱在了一起。说起来也没几天时间,当我们身无片缕地缠绕在一起,差不多已经毫无生硬之感,就像两条至少游过了五条河流才聚到一起的水蛇,所谓的水乳交融,大抵不过如此吧。一不小心,我们翻滚到了床底下,不过也无所谓,反正到处都是凉席,偶尔一抬眼,看见窗台上的一棵马缨丹正在妖娆地开着:花蕾突然绽开,转瞬间就转为了花朵,一朵之后,跟着就又是一朵,我惊呆了,仿佛囡囡身上的那种神秘的气息消散在了空中,最后唤醒了它们。

那么囡囡,让我们的身体也开出花朵来吧!

其实,在盛开的马缨丹之下,在我的身体之下,还有一朵花也已经湿润地开了。

结束之后,我照旧把囡囡搂在怀里,双腿和她的双腿交叉在一起,点了一根烟,故意和她开玩笑,"叫我一声老师吧?"

"我为什么要叫你老师?"

"教会了你那么多东西——"我故意装出一副暧昧的笑容,故意直盯盯地看着她的乳房,"不要一学会就忘了老师嘛。"

"讨厌!"她一拍我的背,声音还不小,脸也肯定红了,红着脸来掐我的脖子,"变态狂,拿命来!"

"我说同志——"

"不听不听不听!"她竖起两根食指塞住两边的耳朵,在我怀里使劲摇着头,身体也动来动去,"变态狂变态狂变态狂!"

"哈,《我为卿狂》。"脑子里想起一部读大学时看过的香港三级片,就问她,"一部三级片,叶玉卿老师主演,改天找来给你看看吧,可是比我这个老师强多啦!"

"不看不看,璩美凤的还差不多。"

我想起了几个月前,当她第一次在这间房子里洗澡、喝鱼汤,也是说起过璩美凤的,就问:"你怎么知道璩美凤的啊,明明还是个小姑娘嘛。"

"送快递的时候送过光盘,那段时间都送疯了,男人之间送,女人之间也送,一开始我也不知道,慢慢就听说里面的女主人公是台湾的什么女议员了,老听说,就是没看过,倒真是想看看了,那天不是还问你有没有吗,啊。"

"就是,你别说,我那天还真觉得奇怪,第一次听见女孩子问人有没有璩美凤的光盘。"

"还有,"她翻了个身,趴在床上,两只胳膊托着脸看我,"我知道,你还奇怪像我这么主动的女孩子,怎么还是处女,对吧?"

"……"我也没什么退路,径直说了,"是,也是开始有点奇怪,现在不怎么想了。"

"我这是第一次谈恋爱,一点都不是挑花了眼啊什么的,就是没人追我,上学的时候接到过纸条,可是那时候我心思全在我弟弟身上,每天带他玩就觉得已经高兴得了不得了,到武汉来了以后,每天不是端盘子就是送快递,根本就没什么接触到男孩子的机会,再加上总怕受人家欺负,故意装得凶凶的,这下子就算真有人喜欢我也不敢开口了吧。

"真是说不清楚，我怎么会这么喜欢你，生怕你跑了，好像一错过就再也见不到了似的，"说到这里她亲了一下我的眉毛，舒服地叹了一口气，继续在我怀里躺好，"你说，要是我不说我喜欢上你了，是不是打死你你也不会说？"

"是……"我还是老实承认了。

"哼，我就知道。"我听见她这么说了一声，随后就不再说话，我也不再开口，照旧和她交错在一起，忘了关的电台里在放着爵士乐：Red McKenzie 的 *Fan It*——《煽动它》。是啊，煽动它，说的就是此刻如我般的感觉，我感到自己的身体从上到下无一处不是运动着的，即使平平常常地和囡囡搂在一起聊着天，我其实也一点不觉得平常，一股跳动着的情绪总是要从我打开的身体里跳出来，牵着我的目光，让我去看盛开的马缨丹、屋檐下晾着的囡囡新买的一条蕾丝花边内裤，去嗅囡囡身上的味道：她的头发、乳房和腋窝。

慢慢地就睡着了。

上天啊，假如你对我还存了几分眷顾之心，就保佑我还是像前一日那样生活吧。

和我希望的一样，日子就这么重复下去了。老实说，自从囡囡搬过来，早晨醒后手一触就是囡囡光滑的身体，那种沉醉下去的念头一下子就上来了，根本就不愿意起床去跑步，囡囡先是懵懂着叫我，叫上三声我还是没反应的话，她就要一坐而起，二话不说地掀掉我身上的被子了，到头来，我还是只有愁眉苦脸地起床；不过奇怪得很，每天上午，她都要到隔壁的图书馆里去待上一阵子，我坐在房间里，不时就能听见隔壁传来书从书架上掉下地去的声音，就好像是在找什么东西一样，我问过她，她却叫我不要多管闲事，我也就只有老老实实闭口不谈了。

还有件奇怪的事情，她喜欢上了看报纸，每天回家都带一大堆，看得也相当认真，还动不动就找我要支笔过去，在报纸上写写画画，端的是让我感到纳闷。

没过几天，后一个谜底揭开了。一天晚上，吃过晚饭之后，我在阳台上洗刷完碗筷，进了房间，却发现她躺在床上吃着山楂片看起了电视，不禁觉得奇怪：平日里都是一放筷子就要手忙脚乱地赶去汉口的酒吧，今天是怎么了？连忙问她，她的话却把我吓住了，"不去了，我把酒吧的工作给辞了。"

我还以为是发生了什么不得了的事情，胡乱拿起一条毛巾，擦着手在她身边坐下，"出什么事情了？"

"没有，天下太平，"她示意我张开嘴巴，刚一张开，她就准确无误地将一枚山楂片扔了进去，哈哈一笑，"我找到新工作了。"

"什么新工作？"

囡囡便吃着山楂片一一道来，我也总算知道她一连好几天翻报纸到底所为何故了。原因说来简单：找工作。最终找到了一份短工：对方是一家相当大的物业管理公司，那公司管理着许多堪称辽阔的小区，而且档次不低，近来工作的重点就是给各个小区的草坪剪草，这些小区大多都在武昌，报酬也很是不低，最关键的是报纸上的广告说明了只收晚工，至于为什么只招晚工，她自己也尚不清楚。

"那么，草剪完了还找晚工吗？"我问。

"找啊，应该是好找的吧，"她又拿起一袋薯片，挑了两片出来，一片给我，一片自己吃下，还故意咬得清脆作响，"放心吧你，像你姐姐我这么聪明的人，怎么会找不到工作？"

我大致可以猜测出来，囡囡之所以不愿意在汉口找工作，无非是为了有更多时间和我待在一起，心里一阵热流流过，轻轻地抚住了她的肩膀。

老实说，我还真是感谢囡囡找了这么份工作：我又可以和她一起满大街东游西逛了。第二天晚上，我和她一起出了门，步行着到了一个名为"丽水花园"的小区，先在物业管理公司签了到，领了剪草机，这才进了小区，只有进了小区才知道他们为什么要招晚工了：不知何故，偌大的小区竟无一户人家入住，只有院子门口停着一辆看房车，房子显然卖得很不好，如此一来，白天和晚上也就无甚区别了，而且，晚上剪草的话，轰隆作响的剪草机至少也不会影响看房子的人的心情吧。

难道别的小区也是像这样空无一人吗？我还在走着神，囡囡倒是半点都没放松，马上就坐上了剪草机，开始工作。伴随还算低沉的轰鸣声，立刻就有一小片草地被削平了。也是，前段时间雨水一直不停，雨水停了之后，草就开始疯长了，就这一个小区，我们起码要连来三个晚上才能完全修剪好。囡囡终究还是第一次干这样的活，才开出去两步，没坐稳，哎呀一声就摔了下来，站起来拍着衣服上的草渣的时候，剪草机倒是径自往前跑了，我赶紧追上去，将它停住，自己坐了上去，不让囡囡再干，虽然我也是第一次，但是对付这样的家伙我还是比囡囡有把握得多。

后来，草坪上跑来了一只松鼠，并不奇怪，这里本来就离珞珈山不算远了，我的房间里也是时常有东湖上的水鸟光临的。囡囡却一下子来了兴趣,高兴地叫着,跟着那小东西一路追过去,那小东西好像钻进了一幢楼边的草丛里,囡囡蹑手蹑脚地走近,小心翼翼地弯下腰,突然张开两手扑向草丛,结果那小东西逃之夭夭了,她自己倒是一头碰在了墙上,哎呀叫了一声,我心里一紧,正打算关掉剪草机跑过去,她倒反而一点事情都没有似的,揉着头,又追着从草丛里飞奔而出的小东西往院子口追去了。

假如我是那只小松鼠,就不会和囡囡做太多的反抗,因为我知道没有用,她的"一根筋"脾气不上来也就算了,一旦上来,我不知道别人会怎么样,反正我只有束手就擒。果然,那可怜的小东西跑到哪里她就跟到哪里,一直到最后,逃无可逃之后钻进了院子口那辆看房车的车轮底下,可能自己也转晕了吧,终了还是被囡囡像个汽车修理工那样仰面躺在地上凑进去抓在手里了,看着这场小小的争斗,我不禁哑然失笑。

"你看呀,你看呀!"囡囡将松鼠捧在手里,大声喊着朝我跑过来,又是没留神,根本就没注意到脚下那排低矮的栅栏,踉跄了两步,还是摔倒了,我的心里又是一紧,囡囡却还是一点也不觉得疼似的朝我跑过来,跑近了,拉过我的手去摸那小东西身上细密而温暖的绒毛。

我正要打趣两句,她却把我甩在一边,兀自走远了,站在一盏路灯下面高高举起来看,看了好一阵子,打算放它走了,捧着它蹲下,对准我,又指着我对它说:"小家伙,看到你哥哥了吧,乖,上哥哥那儿去,"说着往前轻轻一抛,那小东西还没开始跑,她却突然想起什么来了,对着我哈哈大笑起来,"说错了说错了,我还是你姐姐呢!"

地上微风轻送，夜空里繁星点点，我的心里一阵哆嗦——明朝末年的江南名妓董小宛曾嫁与才子冒辟疆为妾，缱绻九年，董小宛香消玉殒之后，冒辟疆曾抚琴长叹：余一生清福，九年占尽，九年折尽矣；又说：虽有吞鸟梦花之心手，亦莫能追述。我无数次地想过，单凭冒辟疆为董小宛写下的一部《影梅庵忆语》，如我有幸和他们同生在一个时代，我宁愿做个为冒辟疆写书时磨墨的书童，但我是置身于此时此刻，我在爱着，我在疼着，我只有一个愿望：从天降下一只巨手，将此时此刻拉长，再拉长，长得不能再长；管他夜来风雨，管他月落乌啼，我只想入非非，我只春风沉醉。

第五章　晴天月蚀

七月里，我打了一次架。在洪山体育馆，对方是一支摇滚乐队。那天下午我本来在中南路上的一家超市里逛着，买些香皂啊零食啊之类的东西，囡囡打来电话，告诉我说正在长江大桥上，要送东西去洪山体育馆，累得很，晚上还要接着去剪草，所以送完这趟就想径直回家睡一觉了。我便从中南路赶到了洪山体育馆的公共汽车站牌底下，大概抽了两支烟，来了一辆车，囡囡下来了，怀里居然抱着两支黑管，这才知道第二天晚上洪山体育馆要举行一次摇滚乐演出，那两支黑管就是送给其中一支乐队的。

进了体育馆，看见好几支乐队都在扯着嗓子排练，千篇一律地留着长头发，其中不乏一些经常能在电视里和报纸上露露脸的角色，说实话，我对这些角色素无好感，原因很简单：我听不得他们歌词里"双手托起明天的太阳""爱我就给我"之类的话，即使风云一时的唐朝和黑豹乐队，在我看来也不过尔尔。

我们要找的那支乐队却不见踪影，打听过后才知道刚下飞机，现在正在来体育馆的路上，怎么办？只有等。等人对送快递的囡囡来说显然不是什么了不得的事情，再加上眼前又的确有几张还算熟悉的脸孔，囡囡就颇有兴致了，拉着我找了个僻静的地方坐下，眼睛睁得大大的看排练，不时笑着，不时拿起黑管来吹两下；

我倒是很快就烦躁了起来，不过只要囡囡高兴，我也尚能忍受。

没想到的是，这时候，一个长头发的家伙突然从台上跑下来，我们根本就不知道发生了什么事情，囡囡刚刚吹了两声黑管，小声哈哈笑着把黑管捧在胸前，那家伙就已经跑到了我们身前，二话不说，对准囡囡胸前就是一脚，"你吹什么吹，给我滚蛋！"囡囡完全没有防备，真正是惨叫了一声仰面倒下，我只稍微愣怔了两秒钟，马上朝囡囡扑过去，要把她扶起来，可是，她连起来的力气都没有了，只咬着嘴巴，一句话都说不出来，胸前一只高帮大头鞋的鞋印赫然在目。

我疯了，一把将囡囡身边的黑管抢在手中，从地上一跃而起，对准那家伙的脑袋狠狠砸去，那家伙应声倒地，黑管砸上去后也飞出去了好远，我根本就不肯罢休，看见舞台下面有个一人高的话筒架子，狂奔过去，一把抄起来，再狂奔回来，使出全身力气往下砸，那家伙完全没想到我会像这样发疯，惨叫着，眼睛里满是惊恐之光；突然，有人在背后踹了我一脚，我一转身，刚看见更多长头发的家伙朝我扑来，就又挨了好几脚，我也踉跄着倒下，一团人便围着我拳打脚踢起来。

在拳打脚踢中，我根本毫无还手之力，耳朵里轰鸣起来，就像有成千上万只蜜蜂在身边嗡嗡飞旋，我伸手一触，发现耳根处淌出了血，眼前也阵阵发黑，这时候，突然有人惨叫了一声，面前闪开一条缝隙，我模糊看见囡囡举着一个电吉他冲过来，见人就打，哭着，喊着，全然是一副拼命的样子。

后来警察来了，把我和囡囡带去附近的一个派出所，之前在一个小诊所里包扎了一下，一直到晚上八点，我们才获准从派出所离开，紧接着就要去磨山下的一个度假村里割草，那度假村也是刚刚建好，空无一人，最矮的草都有半人高，去了之后，两个人都没说话，可能是都没多少力气吧。我的手也酸疼不止，连剪草机的方向盘都握不住，就先停下来，坐到一块砖头上抽烟，囡囡坐在我旁边，低着头，头发都垂到地上了，她没管，拿着根小小的树枝在地上画着些什么。

"哎"，囡囡叫了我一声。

"怎么？"

"今天我心里好高兴，真的，那时候躺在地上，身上疼得要死，心里高兴得要死。"

"怎么会这样呢？"

"看见你为我拼命——实话说吧，这就是我想要的。"

"女孩子都是这样的吧？"

"不知道，反正我是。应该算是我主动追你的吧，现在虽然在一起了，可还是老怕你没么喜欢我，有时候你在前面走着，我就在后面问自己：他真的那么在乎你吗？好笑吧。今天完全放了心，你是肯为我拼命的人，我也可以放心为你拼命了。"

我一下子就急了，伸出手去拨开她的头发，使她的整张脸都露出来，"你听着，我不需要你为我拼什么命，你只要好好活着就行了。"想了想，狠着心继续说，"其实，你应该一走了之，我也该做个了断了。"

"啊，现在才说已经晚了，想知道我现在什么感觉吗？"

"什么感觉？"

"高兴，紧张，但是一点都不觉得害怕，有点像个女地下党员，正走在给解放军送信的路上，知道有可能要出事，说不定送信的地方早就有人埋伏好了等着我去呢，可就是要去，好像天生就是为了被人家抓去坐老虎凳的，不坐老虎凳就像白活了一回，你说，我是不是有点像受虐狂啊？"还不等我回答，她站起身来，欢快地朝剪草机跑去，"哈哈，走喽，送信去喽。"

在那度假村里工作了足足两个小时，我们才收拾好草渣回家，去门房里还剪草机的时候，却怎么也叫不开门，门卫不是睡熟就是出去了。正叫着门，囡囡一把把我拉住，好像突然发现了个什么大秘密似的说："要不咱们就开剪草机回去吧？"

于是，我们真的开着剪草机回去了，磨山就在东湖里面，背靠着一座更大些的山，从空中看下来的话大概就是座半岛的样子吧，所以，我们回家的路，其实就是每天早晨我长跑的路线，每一座石拱桥、每一处灌木丛甚至每一处萤火虫欢聚之地我都了如指掌；我多半都是步行，囡囡开着剪草机在前面跑，跑远了就再折回来，她的笑声和剪草机的轰鸣声惊醒了一只在灌木丛里过夜的兔子。兔子惊魂未定地跑上了路中央，慌乱地看着我们。囡囡坐在剪草机上和它打招呼，"喂，小家伙，上哪儿去呀？"小家伙不领她的情，很快就又跑向了另一片灌木丛。囡囡的笑声就更加大了。

再往前走，我们就碰上了萤火虫。

囡囡立即将剪草机停住，跳下来，奔向萤火虫，人还没站稳，手就先扑上去了，萤火虫闻风而散，她一个也没抓住，"啊，怎么回事啊？"她一边叫着一边追着萤火虫跑远了，我抽着烟，看着她快活得不知如何是好的样子，突然觉得眼前的一幕似曾相识，好像就藏在哪本书里：不是《猎人笔记》就是《远离尘嚣》，要么就是凯伦·布里克森夫人的童话——是啊，童话，我正置身于一部童话之中：被月光照成了银白色的湖滨公路、公路两边在黑暗里仍是一片青葱的云杉、远处湖上随意荡漾着的装饰成卡通形状的游船——你又怎么能说那从剪草机上跳下来追赶萤火虫的姑娘不是从某个千年城堡里跑出来的公主？

我说是，她就是。

只是我不是什么王子，我只是她的仆人。

突然，我觉得鼻子一热，猛然想起去年春天的那个上午，大惊失色地正要仰起脸，血已经从鼻子里流了出来，我赶紧用手捂住鼻子，把脸仰起来，一股久违了的咸腥味道顿时弥漫了我的整个口腔，与此同时，满手都沾上了血。血。血。我紧张地看着一步步跑远的囡囡，再紧张地看看自己的手，绝望就将我的全身上下填满了。我绝望地奔向湖边，二话不说就在灌木丛旁边匍匐下来，将脑袋扎入湖水，扎得深一些，扎得再深一些，良久之后，一直到我再也支持不住，才扑通一声从水中抽出脑袋，大口大口地喘着气，像一头中弹的野兽。

转瞬之间，天上地下，林间水底，到处都写满了绝望。

"哈哈，抓着了抓着了，不许动！"

星期天的上午，我和囡囡都睡了个大懒觉才起床，随便热了热昨天的剩菜当作早饭，吃完之后，我趴在床上看凯伦·布里克森夫人的小说《走出非洲》，囡囡则又是一个人钻进了隔壁的图书馆，半个小时后，我正看到"月蚀"那一节，读着那个吉库尤火车站的印度站长写给凯伦的信，忍俊不禁的时候，囡囡突然拿着一本书翻窗户跑过来，刚刚要和我说话，又止住了，将书放在窗台上，眼睛朝门口看去，我就听到了杜离的声音，"不许动不许动！"回头一看，果然，杜离和小男都来了。

囡囡和小男是见过面的，我便介绍杜离和她认识，介绍完之后，正要招呼他们坐下，一转头看见门外停着辆越野车，应该是杜离开来的，果然，小男立刻说明来意，原来是来找我去郊外的花圃的，"不过，主要目的是去机场，"小男在听着MP3，随着音乐的节奏摇着头，一指杜离，"他要介绍他的女朋友给我们认识。"

说实话，难得这么一个聚在一起的机会，我还真想和他们一起去，可是又绝对不想丢下囡囡不管，就怂恿囡囡和我们一起去，囡囡犹豫了一阵子，还是经不住小男拉着她的衣服一再劝说，答应了，打电话去快递公司说明了情况，之后拿着要换的衣服进了卫生间。等囡囡换好衣服，一行人下了楼，拉开车门的时候，身体一阵恍惚，我抬头看了看天空：真可谓是烈日当空，也是，细想一下，这几天正是一年中最热的时候。可能是天气太热了的关系吧，杜离把车开得相当快，如此一来，也总算是有了几丝风。女孩子和女孩子在一起总有说不完的话，囡囡和小男两个人坐在后排上，但是除了笑声之外我几乎再也听不清楚她们在说什么，杜离把车上的音响开到了大得不能再大的地步，奇怪的是杜离竟然听起了藏歌，一首《打青稞》之后，跟着就是一首《格桑拉》。

可能是他喜欢的那个人爱听藏歌？

只是他们都不知道，此刻我其实异常难受，眼前一片模糊，不管看什么东西，视线里总是要多出一个影子，一路上我都在不断揉眼睛，后来，我干脆不揉了，知道根本就没用，就闭上眼睛听歌，心里却在翻江倒海：碧空如洗的大晴天，我却看不清楚东西，我知道这对我来说意味着什么，但是根本就不敢继续想下去，到头来，也只有逼迫自己打断念头而已；其实，像今天这般情形已经连续出现好几次了，只是我对囡囡只字未提。

先到了机场，但是却没见到我们想见的人，杜离里里外外找了半天都没找到，就掏出手机来打电话，打了半天好像也没什么结果。没办法了，我们只好坐在车上等。囡囡和小男都是爱动的女孩子，等了一会儿，小男就带着囡囡四处闲逛去了，她对机场自然是要比我们每个人都熟悉得多，我和杜离就抽着烟聊了起来。

可是，一个小时之后，小男甚至都带着囡囡去看完她工作的那架飞机回来了，我们等的人还是没有来，杜离也终于烦躁起来，一扔烟头，"不行，我得去找她！"

这样，杜离便开着车将我们送到了花圃，他自己则去汉口找他没有等到的人，说好找到之后就一起来，之后就风驰电掣而去了。我们三个人倒是有事可干，小男他们来的时候就带了塑料桶啊铲子啊花肥啊什么的，我让两个女孩子坐在铺在地上的桌布上聊天，自己先干了起来：先给所有的花都施上一点花肥，再来一棵棵地浇上水，这样一遍下来也就到了中午，于是三个人就开始坐在那面桌布上吃东西喝啤酒，只有到了这个时候，我的眼睛看东西才终于清楚些了。

一直到下午两点钟的样子，花圃前面的那条土路上才响起了汽车的声音，杜离来了，不过却是一个人来的。

坐下来之后，一句话都不说，一口气喝了整整一罐啤酒，我们都不知道发生了什么事情,看着他,终于我还是问了:"是不是出了什么事情?"他照旧不回答,接连喝空了好几罐啤酒,颓然喘着长气,一根烟在嘴巴上含了半天也迟迟没有点上。

后来,囡囡和小男拿着把小剪子去给那些花剪枝,杜离才问了我一句:"刺客的事情,你知道多少?"

这个我恰好是知道的,因为我收手不干之前编的最后一本小册子就是《古今刺客传》,就说:"几乎全都知道,你想知道什么?"心里倒是觉得有点怪怪的,好端端怎么问起了刺客的事情呢?

"我想知道——"他突然直直地盯着我,"刺客杀人,一般都是什么方法?"

"什么方法都有,茶杯都可以当武器。像张良在博浪沙刺杀秦始皇,用的是一百二十斤的铁锥;晋朝的王谈为父亲报仇就是普普通通的锸刺了,'锸'其实就是那时候的一种什么农具,王谈把它磨锋利后揣在身上,有一天,他正好在一座桥上等到了杀父仇人,就把那东西掏出来,三下两下仇人就死了——"说到这里我突然觉得不对,一把拍在杜离的肩膀上,"哥们儿,你想干什么?"

"我想杀人。"

我盯着他,看了好半天,问他:"怎么会这样?"

"不能再这么继续下去了,我要和她生活在一起,我要和她结婚。"

"照说,结婚不是件什么很难的事情吧?"

"对别人来说恐怕是这样吧,对我,对她,就不是了。"

"你们的事情,她丈夫知道了?"

"是啊，知道了。今天本来已经接到了她，正和她从巷子口上走出来，碰见了她丈夫，那家伙一下子就窜进巷子口的一家餐馆里，我根本就不知道接下来会怎么样，她拉着我转身就跑，还没跑两步，她丈夫就大喊大叫着从餐馆里跑出来了，手里还拿着把菜刀。巷子里的人全都吓呆了，没人敢拦他，说实话，我心里倒不怎么害怕，觉得拿他有办法，哪怕他手里拿着菜刀，结果还是想错了。

"巷子是条死巷，只有三幢单元楼，她就住在其中的一幢里，我们拼命跑，那家伙就一直在后面追，楼只有四层，她住在第四层上，找别人借的房子，我们本来是想躲到房子里去的，可是连开门的时间都没有，没办法，就一直被他追上了楼顶。

"再也没地方可跑了，我就把她护在背后，一个人来对付他；他那时候可能是刚吸完毒，眼睛啊表情啊什么的都亢奋得很，根本就不光是吓唬吓唬我们的样子，我正要一个人上去和他周旋周旋，结果他举着菜刀就朝我砍过来了，我没躲，可是她却一下子从我背后闪出来了，挡住他的手，求他不要干糊涂事，他总算没有对我下手，一把就把她拽过去了，把刀架在她脖子上，逼我把口袋里所有的钱都掏出来给他。

"我二话不说就把钱全部掏出来了，放在地上，上去要带她走，可是他不让，大吼大叫地要我滚，我一下子就急了，真是想和他拼了，见旁边有块砖头，拿起来就要砸他，结果他根本就不怕，哈哈大笑，笑得眼泪都流出来了，一边笑一边对我说'来呀，来呀'，正笑着，一刀就朝着她的胳膊砍下去了，她疼得惨叫了一声，那家伙却根本不管不顾，笑完了才对我喊了声'滚，给我滚'。真的，我救不了她，当时我恨不得一头撞死算了，可是只有走，她也求我走，捂着胳膊朝我眨眼睛，叫我赶快走。

"我只好走了，我要是在旁边，他可能还会拿刀砍她的，好在我下楼的时候，警察已经到了，现在她到底怎么样了，我一点都不知道。"

我听着，那惊心动魄的一幕似乎就发生在我眼前，又想起自己的每一天过得又何尝不是惊心动魄？心中不禁黯然，问他："就没别的办法吗？她离不了婚吗？如果能离婚的话，远走高飞也是可以的吧。"

"离婚肯定是能离得了，"他苦笑一声，"问题是根本就不敢离，我和她可以远走高飞，她女儿怎么办呢，还有她娘家的人，那家伙已经威胁过她好多次了。"

不觉中，气氛沉闷起来，一下午都是，即使一向活泼的小男，也几乎没有蹦蹦跳跳，忙完了，几个人或坐或卧，都不怎么说话。我躺在田埂上，伸手一触便是九重葛，蝴蝶形状的花朵就在我脸边摇曳不止，一股淡淡的香气不断散发出来，让我觉得格外清醒，但是，心情并没有好多少，比花香更要巨大的虚无之感盘踞在心里挥之不去：人之为人，向死而生，结局本已注定，可是从古到今，从不见有人杜绝痴心妄想，从不见有人了却滚滚红尘，到头来，就如佛法里的"红炉点雪"，生也生他不得，死也死他不得。

如此而已。

天黑之后，一行人郁闷着去了江边的露天酒吧，消磨到十点钟。今天倒是奇怪得很，小男一个劲要酒喝，武汉关的钟楼刚刚响了十声，杜离一把推开面前的啤酒瓶，站起身来，"不行，我要

117

去找她！"说着拿起车钥匙就要离开，小男也跟着起身，说要和他一起走，我便叫来服务员结了账，一起作鸟兽散。杜离挽着小男先走，小男显然是喝多了，接连跟跄了好几下，每次都差点摔倒了，小男喝成这个样子的确是前所未见，不过，有些人就是这样：他即使喝得烂醉如泥，你也丝毫不觉得有什么讨厌之处，小男就是这样的人。

我和囡囡去坐轮渡回武昌。我喜欢坐轮渡，每次当船行至长江中央时，看着翻卷的旋涡和两岸明灭的灯火，总觉得自己不是活在将万千世人罩于其中的都市，而是到了苏州这样的地方，几次都是这样：当武汉关的钟楼开始敲响的时候，我还以为自己坐的船正到了寒山寺的院墙之外。

"求你件事情，行吗？"囡囡靠在栏杆上问我，江风不小，吹乱了她的头发，一只江鸥追着轮渡在夜色里上下翻飞。

"别说一件，一万件也行啊。"类似的俗话，肯定已经被这世上所有恋爱中的人们都重复过了，"说吧？"

"不行，你得先答应，得发誓！"

"好好，我发誓，"哈哈笑着双手合十，"玉皇大帝在上，小人在此立下誓言，唯沈囡囡命是从，若生异心，天诛地灭。"

"天诛地灭"几个字都还没说全，囡囡一拳擂在我的胸前，"你找死呀，就不会说点好听的吗？"

我赶紧问是什么事情，可是，她又闭口不谈了，我接连追问了好几次，她才哈哈笑着说："反正你已经答应了，回家之后再说不迟，记住你发过誓哦，不许反悔！"

到家之后，我才知道她求我的到底是件什么事情，也知道了她一连好多天只要有空就上隔壁的图书馆里去待着到底所为何故。刚刚进屋，我正弯着腰换鞋子，囡囡先进了屋子，从窗台上拿下一本满是灰尘的书，"你听好，"她直盯盯地看着我，"我要你去住院。"

我脸上的表情一下子凝固住了，"开什么玩笑呢？"

"早就知道你会这么说，"她拿着书，半跪在地上一步步挪到我跟前，抬起头来，气鼓鼓地对我说，"你刚才还答应过我的！"

我也盯着她看了几秒钟，告诉她："只有这一件事办不到。"

"不行，你非要办到不可！"她低下头翻书，书页哗哗作响，很快就翻到了她要找的那一页，站起身来，把那一页凑到我面前，"你看看，这上面也说了，虽然只有极少数极少数人治好了，但总是有人治好了，求你了，试试，好吗？"

我没看她的脸，将书拨到一边，一句话都没说，只对她摇了摇头，走过去，在床上仰面倒下了。囡囡在原处站了一会儿，也在我身边坐下来，不说话。

一时间我觉得屋子里压抑得简直不能忍受，好像置身于严重缺氧的高原地带，就决定出去走走。当我从床上坐起来，去门口换鞋子的时候，囡囡一下子跳起来，抢在我面前，站在门口把我挡住，哭着说："你要去哪儿啊？"一边说一边摊开双手抵住两边的门框，"你别走，我错了，我错了还不行吗？"

"放心吧，傻姑娘，"我强自挤出一点笑容，"就是想一个人出去走走，好吧？我也求求你了，让我一个人安静安静。"

她不相信，看着我，两手一直抵着两边的门框，终于，还是将手放下了。

刚走到巷子口，我就虚弱得几乎连一步路都再也走不动了，胸口疼着，但是再不像往日那般针扎似的疼，而是像有一台永动机在那里工作，不时排出废料，全都堵塞在一处，那疼被堵塞得越来越疼，冷汗涔涔而下，我咬紧牙关强自支撑着折回来，走到那棵吊死过人的鬼柳下坐下了。

我的大限，难道就近在眼前了吗？

果真如此，我是决然不会让自己躺进弥漫着药水味的病房，直至最后躺进阴冷潮湿的太平间的。不是因为我的病本就无可救药，囡囡费了那么多天找到的一点证据，依我看来，不过是编书的人给无望之人留下的一丝安慰罢了，至少在我，从来不曾听说得上和我一样的病之后死而复活的例子；更多是因为我害怕那种"无趣"之感，它会让我喘不过气来，去自寻了断，而我，不愿意自寻了断，我只希望自己悄无声息地离开，就像根本没来过这个世界，就像拂上了沙滩的海水，风平浪静之后，沙滩还是往日的沙滩；也为此故，即使在我深陷于孽障之中，并且在孽障里越走越远的时候，我也丝毫没有自寻了断的念头。

我承认了吧：尽管我每日里都在春风沉醉，但是，也从无一日不如芒在背——根本就不敢想接下来可能发生的事情，假如我的心底里尚有一丝良善，就该迷途知返，躲到一个囡囡根本就找不到的地方，静悄悄地等死，即便上天给我报应，将我碎尸万段，我也照样该一走了之，就像烟花，它们灿烂，它们夺目，但是，它们会灼伤人们的脸。

我是死路一条了，但是我要对所有的在天之灵号啕祷告：千万不要灼伤了囡囡。

我还要承认：我想过去哪个地方等死，想来想去，还是要去可以风葬的地方。想过我和囡囡一起去过的那个土家族自治县，可惜那里的人死了之后要"跳丧"，姑且不说不会有人围着我且唱且跳，我的本性恐怕也不喜欢这样热闹的场面。还是一个人坐着桦皮船出发比较好，人也还清醒，没有目的地，就这么随便往前漂，沿岸应该也是有一些人家的，坐在船上就可以向岸上的人讨些吃的东西，吃饱了再往前去；最后的一天，假如上天果真对我还存有眷顾之心，就该提前一个小时通知我，好让我跳进水里去痛痛快快地洗个澡，赤裸着上岸，寻一棵并不高大但树冠特别蓬勃的树，一点也不费力气地爬上去，躺下，慢慢闭上眼睛。

囡囡，也许，我明天就该出发了。

在鬼柳下面坐了半个小时，体力一点也没恢复，那种缺氧之感也没比在屋子里的时候缓解多少，我想动弹，去湖边让湖风好好吹一吹，可是根本就动弹不了，全身就只有抽烟的力气，我也干脆承认了这个事实，靠在鬼柳上，颓然吐着烟圈，看着幽蓝的烟圈在我头顶上缭绕，终至消散，我觉得自己的身体被一把利刃分割了，正追随着烟圈慢慢消失，再无影踪。

就在这个时候，看见了囡囡。我敢断定，她其实是一直跟着我的，蹑手蹑脚地从一丛夹竹桃背后探出头来偷偷看看我，赶紧就再缩回到夹竹桃的背后，生怕被我发现，就这样往返了好几次，每次都像是在做什么见不得人的事情。

每次都像有把刀子扎在我的心上。

"你看什么呀看！"我的脑子糊涂了，我竟然腾的一声站起来，对她大喊大叫，心肠在骤然间坚若磐石，"滚，你给我滚！"

"啊——"隔了老远我也能听见她"啊"了一声,根本就没想到我会这么说,一下子就哭了,"你叫我滚?"

"是我说的,你滚你滚,沈囡囡,你别再缠着我了!"

我知道,她真的是吓呆了,站在那儿不知道该怎么办,捂着脸,一步步往后退着,退了几步,心有不甘地再看看我,终于,她的哭声再无丝毫遮掩了,像孩子般一边哭一边跺着脚,突然之间,她不再捂住脸,对我说:"好,我滚,我滚——"说着,拼命就往前跑去了,一边跑,一边擦着眼泪,很快,巷子口就再也没有她的影子了。

在她跑走的一刹那,恐惧不由分说地将我席卷了,并没想到什么,就是恐惧,那感觉就像凭着一块木板在茫茫大海上漂流了整整一夜的人,一个大浪打来,那救命的木板顿时就被浪涛裹胁着再也消失不见了。不,我说错了,假如囡囡就是那块木板,她也救不了我的命了,我只能在海水里下坠,葬身鱼腹,如果那块木板仍旧在我身下,只会遭受和我同样的命运:即使不在海水里腐烂,也会被鲨鱼一口吞下。

可是话虽如此,假如有人真的置身于茫茫大海之上,我想,没有人愿意主动放弃那块木板;而我,正在放弃,将自己逼上绝路。

我正在从荦障里拔出脚来。

我还是想错了。过了五分钟不到的样子,囡囡又回来了,吃着雪糕,手里还拿着一支,朝我走过来,见我目瞪口呆地盯着她,她把手里拿着的那支雪糕送进我的嘴巴,"好了,还生气呀,我都已经原谅你了,唉,谁让我把你宠惯了呢,"说着,她伸出手来拨了拨我的头发,"好了好了,我先回去了,你一个人在这儿待着吧,省得惹你讨厌。"

说完还"啊"了一声。

在她咂着雪糕轻松离去,就像此前的争吵从未发生过一样的时候,看着她的背影:白色的吊带背心、靛蓝的牛仔裤、一双脚尖处各扣着一只蝴蝶结的拖鞋和腕子上的一对仿制的绿松石手链,就像条件反射,心底里又涌起了不舍之感,但是囡囡,我不会再上去和你并排走在一起了,我已经下定了决心:离开,并且一去永不回。

我也不知道是什么时间回小院子里去的,关好院子的门,却怎么也上不了楼梯,就坐在楼梯上喘气,此前眼前也是阵阵发黑的,现在就不再是一阵阵的了,眼前只是一片绵延着既无来路也无尽头的黑幕,再不像平日里那些有月亮的晚上,那种我熟悉的幽蓝幽蓝的颜色就像油轮失事后的海域,彻底被油腻而黏稠的黑色取代了。起初是能模模糊糊看见一点月亮的轮廓的,可是后来,那黑色一点一点涂抹了上去,像煎鸡蛋时被蛋白蒙住了的蛋黄,再也找不到了,至于那些我根本就看不见的星星,顶多也就只有撒在鸡蛋边的葱花那么大了。

黑了,彻底黑了。

第二天,囡囡走后,我开始准备,其实也没什么好准备的,主要还是钱:我打算把存在银行里的钱取出来,我带走三分之一,其他的给囡囡留下,我想:在大兴安岭里面生活,吃住都是在深山老林里,大概是花不了多少钱的,当那三分之一花完的时候,我闭上眼睛的日子也就到了。

平日里,存折啊身份证啊之类稍微要紧点的东西,就放在衣橱的一处角落里,也不是非要藏在这么隐秘的地方不可,而是我的房间里说起来连一个抽屉都没有,不放在那里还真就没地方可放了。后来,有次我要去银行取钱,拉开衣橱,在里面摸索了半天,竟然掏出了一张别的存折,蓝色封皮,而我的则是红色封皮,那么,这一张应该就是囡囡的了,本来也想看看她的存折上有多少钱的,想了想,还是没打开。

先是翻箱倒柜地找我用过的一个笔记本,我依稀记得那笔记本并不厚,薄薄的,上面印着各个省份的地图,不管怎么说,先确定下来自己怎么走、最终又去到哪里还是第一位的事情,找东西对我来说不是什么难事,只要是我收起来的东西,下次要用时总能准确无误地找出来。可是今天却是怪了,我明明记得它就放在堆得高高的一摞书的最底层,却怎么也找不到,不过我不急,借着找笔记本顺带着把屋子收拾了一遍,有路上用得着的东西就顺手拣出来放在一边。

后来,笔记本终于从一大堆靠墙堆放的DVD里找了出来,那张《忧郁星期天》的光盘不知道放到哪里去了,薄薄的笔记本就放在封套里面,但是,这显然不是我放的,难道是囡囡吗?我翻开笔记本,马上就知道囡囡为什么要把这本子藏得如此严实了:认识囡囡之前,当我在书上看到一段自己喜欢的话,或者有了什么胡思乱想,就喜欢在这个本子上随便记一记,但是不知道从什么时候起,囡囡也在那上面写写画画了不少东西。

囡囡的字写得并不好,加上又总是喜欢在我写过的地方见缝插针,所以辨认起来比较吃力,可是不知道为什么,看着她写的字,我的心竟怦怦直跳,拿着那本子坐上窗台,背靠吱呀作响的窗棂读了起来。

起先只是些"你的字没我写得漂亮""今天太阳很大,天很蓝,没了"之类的只言片语,初看上去似乎是我写的那些话的批语,我不自禁笑了起来;接着往后翻,她就开始画画了,画得还相当不错,我喜欢其中的两幅——一幅是画了两个人各拿着一只步话机在大街上找人,不用说,男的是我,全身都透着股精灵劲的女孩子是她,两人头上都画了个圆圈,圆圈里各有一句话:"豆沙豆沙,我是芹菜","芹菜芹菜,我是豆沙";另外一幅还是同样的造型,一幢摩天高楼的楼顶上,我作王子状半跪在地上对她摊开双手,头顶上的圆圈里写着"哦,我太爱你了,嫁给我吧",穿着拖地长裙的她却害羞地半闭着眼睛,头顶上的圆圈里写着"好幸福啊,不过,呵呵,有点不好意思……",稍微远些的地方,另外一幢高楼里一个满脸悲愤的女人,站在窗台上正要往下跳,她的圆圈里写着"她太漂亮了,天哪,我活不下去了"。

读着读着,眼圈便在不觉间迷蒙了,吸着鼻子继续往后翻,后面就不再是只言片语了,字数越来越多,怎么说呢,有点像日记:

"哈,他睡着了,肯定不知道我在干什么,今天怎么回事呀,都十二点钟了还睡不着,对了,写点什么呢?不知道。没读过多少书就是没读过多少书,不承认不行啊。他读过多少书?有一万本吗?也不知道。他可真是个孩子,睡着了还吃手指头,唉,我将来会有自己的孩子吗?他要是还能再活两年的话,真想和他生个孩子啊。"

写到孩子的时候,囡囡可能还是有些害羞了,先写了"孩子"两个字,可能想了想又划掉了,划掉之后再添上,终于还是划了,代之以省略号。

又是一段:"弟弟,姐姐想你了,告诉你个消息——姐姐谈恋爱啦。那个讨厌的家伙现在出去买烟了,姐姐抓紧时间和你聊一会儿,你现在在哪儿?踢球还是在打游戏机?脸上身上肯定又黑得一塌糊涂了,不过没关系,姐姐给你洗。对不起啊弟弟,姐姐现在想你的时间越来越少了,你不会怪我吧,第一次谈恋爱嘛,可不许笑话我啊。对了,那件事情,他得病的那件事情,肯定也瞒不过你,姐姐不要你帮着出主意,姐姐已经死心塌地跟着他了,只是想,你要是跟哪个神仙熟的话,跟他打个招呼,让他多活两年,怎么样?姐姐还想和他生个孩子呢,像你那样的孩子,好了好了,不能再说了,那家伙在开院子的门了,这是咱俩的事情,不能让他知道。"

看到这里,我的眼泪早就已经掉了下来,回头看着我和囡囡度年如日的房间:不过还是那些书和衣橱、剃须刀和洁面乳、我的衣服和囡囡的衣服,此时却横生了魔力,拉扯着我,要我变成空气、风和水,钻进它们,再不出来,并且永无死期;如若不能,我希望我自己变成和它们一样的东西,要么是条发带,要么是双拖鞋,贴紧了囡囡的身体的一部分,她走到哪里我就走到哪里。这时候,我悲从中来,从窗台上跳下来,隔了好几步远就一头往床上栽倒下去,抱着枕头,真的哭了,但是没有声音,将脸扎入枕头,深一些,再深一些。

过了一会儿，我流着眼泪从床上站起来，光着两只脚去衣橱里找存折——不管怎么样，囡囡，我要走了，并且一去永不回！

可是，无论我怎么找，结果也和刚才找笔记本时一样：什么也没找到，不光存折没找到，身份证也没找到，放存折的那个角落里空空如也。

我一下子就明白过来，存折和身份证，早就被囡囡藏起来了。

和囡囡在一起生活了这么长时间，我不是不知道，一句话，即使她多么漫不经心地说出来，后来也往往会被证明不是虚言，但是现在，真的找不到存折和身份证的时候，我还是蒙了，不知道该怎么办，脑子里却想起了和囡囡一起从武昌去汉口时的一幕，那时候，坐在公共汽车上，囡囡突然直盯盯地看着我说："不要跑，跑到哪儿我都有办法找到你。"

还是要跑。

我要耐心地找到存折和身份证之后再跑，没有任何人能迫我断绝此念了。

下午，靠在枕头上听着ENYA的新专辑 *MAY IT BE*，继续读《走出非洲》，继续读那吉库尤火车站的印度站长写给凯伦的信，其实，这本书我是读过好几遍了的，每次又都要多读好几次那封信，那印度站长之所以要给凯伦写信，主要是因为他得知了一个星期的阴天之后会有一次月蚀的消息，这个养了一大群牛的站长从未见过月蚀，心里忐忑不安，在给凯伦的信里说："尊贵的夫人，承蒙盛情，告知太阳将连续七天黯然无光，我只恳请夫人告诉我，那几天我还能让牛在附近吃草吗，还是应该把它们关在牛栏里？——不胜荣幸！"

一次即将到来的月蚀竟然让火车站站长担心起了牛吃草的问题，每次看到这里我都要忍不住笑起来。

今天倒是例外，眼睛停在书上，心思却全都在别处，已经做了决定：平日和囡囡在一起是什么样子，接下来还是什么样子，一直到找到存折和身份证为止，在没找到之前，断然不能让她看出丝毫蛛丝马迹。

时间静静流逝，转眼就到了黄昏，窗台上的花，还有院门外巷子里的夹竹桃，都被西天里映照而来的微红之光罩于其中，又散发出金黄色的光晕，那感觉就像是钓鱼的时候面对着的波光粼粼的湖面，窗台上那朵番茉莉花竟然幻化成了在水里深入浅出的鱼漂，我知道，那其实是我的眼睛又不好用了。这时候，院门一响，囡囡回来了。我下意识地再看一遍房间，只要觉得有什么不对劲的地方，就以飞快的速度整理一遍，应该是和她出门时的样子差不多了。

竟然忘记了买菜，所以，囡囡回来之后的第一件事情，就是和我一起去市场里买菜。买了两条鲫鱼和一束豌豆尖回来，我让囡囡坐在房间里看影碟，一个人来动手做饭，她应该是不会觉得我有什么异样之处的，还是像往日那样快活地盘腿坐着，吃着薯片，吃完薯片，又开始给手指甲和脚趾甲贴上豆蔻色的指甲贴片，那盒贴片可能是今天送快递的时候在小摊上买的，一看就不是什么很值钱的东西，但是她还贴得真是高兴，嘴巴也在哼着什么。

而我，一边做饭，一边却有意无意地盯着她，想着：她到底把存折和身份证藏到哪里去了呢？

一直在想着。

囡囡的破绽是我在吃饭的时候发现的，她起身去找汤勺来喝鲫鱼汤，我眼前突然一亮：她的牛仔裤后面的裤兜竟然在我不知道的时候用针线缝死了。我心里大致明白了八九分，但是不露声色，一边喝汤一边和她一起看还没放完的影碟。

"哎哟！"正看着影碟，她叫了起来，我转身看她，她正痛苦地咽着喉咙：原来是卡着鱼刺了。

我劝她喝点醋，好让鱼刺快点下去，可是她说什么也不干，理由是这辈子还没大口喝过醋，这倒是实话，即使我们去外面的饺子馆吃饺子，她也从来不蘸醋。不过这样一来，不管她是大口喝水还是大口吃饭，鱼刺也始终下去不了，我在一边看着，也只能干着急而已，半点忙都帮不上。

"这样吧，你先睡觉，"我出了个主意，"睡着了我就往你嘴巴里灌醋进去。"

我就知道她会同意。她就是这样的人：只要一件事情没有做过，那么她都是要试一试的。听了我的话，她果然答应了，没脱衣服就在床上躺下了，可能是一天快递送下来也的确太累了的关系，几分钟过后，我再看时，她已经安静地睡着了。我便轻手轻脚地拿起一只玻璃杯子去接了醋，再回房间，在她身边蹲下，花了好半天工夫才没弄醒她就把醋灌进了她的嘴巴，之后没有离开，伸出手去在她牛仔裤后面的裤兜上轻轻一触，果然，里面有张硬硬的东西，但是缝得死死的，我根本就下不了手。

下手的机会在十二点之后，那时候我们已经赤裸着在床上躺了半个小时，之前做了爱。

我一个人颇为无聊地看电视看到十点半钟，又翻了几页书，就进卫生间去洗澡，也没开灯，屋子里并不黑暗，窗外还是有些微光照进来的。我闭着眼睛冲了十分钟的冷水浴，正冲着，囡囡醒了，拖着双拖鞋进来小便，衣服也脱得只剩下了内衣。耳边一阵清脆的声响之后，她却并没有出去，站在那里，盯着我看了一会儿，突然问我："你是爱我的吧？"

我一愣怔，"当然啊，还用问么？"

"没事，就是想起来了问问，"她一拉门要出去，却又退回来，扑在我怀里，亲我的嘴唇，亲完了，"对我好一点，好吗？"

"……好。"

"不管什么时候，都别叫我滚，行不行？"

"行。"

"不行，你得再说一遍。"

"好，什么时候都不对你说滚。"

话刚落音，她的身体就再次扑进我的怀里，将舌头探进我的嘴巴，她的手也在我冰冷、赤裸的身体上上下游弋，就像一股火在顷刻间被点燃，我抱住她，舔她的牙齿，一颗颗地舔过去，那股熟悉的草莓味道就又把我淹没了，我喘息着，把头埋在她的胸前，一刻之间，觉得自己重新拥有了整个世界，是啊，整个世界都被我抱在怀里了；她的手在我胸前停留了一阵子，旋即下滑，握住我早已坚硬了的下边，之后蹲下来，脸贴了上去。

后来，我们抱在一起双双朝马桶那边挪过去，我坐在马桶上，她坐到了我的腿上。

实话说了吧，已经有段时日了，做爱的时候我虽然依旧能够坚硬地进入她的身体，直至最后，耳边响起她高潮时的胡言乱语，但是，几乎才进行到一半的时候，一种颓丧之感就悄悄出现了，那感觉怎么说呢，有点类似于预感到了某种危险正在悄悄向我逼近一样：在最癫狂的时刻，也是身体正在衰败的时刻。我的听觉向来灵敏无比，今晚更是如此，一直到我们从卫生间里出来，躺到床上去，过了一会儿，囡囡重新闭上眼睛，我的耳边还是在响着一种声音，就像一朵不堪虫蛀的花，挣扎了半天终于沉沉落下。

那是衰败的声音。

十二点以后，我要开始下手了。下手之前，我甚至是十分认真地打探了囡囡，还叫了她一声，她转了个身继续睡，没有搭理我，我轻悄地掀开和她合盖的毛巾被，踮着脚下床，从床边捡起她的牛仔裤，走到阳台上，看了又看，想了又想，决定还是先用水果刀把针线划断，拿到要拿的东西之后再想办法缝上，我一刻也没耽误，马上低下腰去在砧板旁边找水果刀。可是，我根本就没想到的事情发生了，正低着腰，手里的牛仔裤突然被抽走了，我大惊失色地回头，囡囡已经站在了我身后，看着我，脸上挂着不可捉摸的笑，"别找了，存折就是在这儿，但是你拿不回去，还有，你的身份证不是没用了吗，反正也没用，我一个星期前就把它烧了。"

"坐好，别动，老实点！"囡囡一使力气，生气地喊了起来，"叫你老实点没听见吗?!"

早晨起来之后，各自刷牙洗脸，一切还是照常，我心里暗自纳闷：照理说不会如此风平浪静的，到底是怎么回事呢？心里反正没底，就干脆也不和她说什么，而且，一股挥之不去的阴郁之气占据了我的身体：一场心力交瘁的"阴谋"未及展开就胎死腹中，不能不让人想起更多，比如我一息尚存的肉身，面临的也是和这场"阴谋"如出一辙的命运。

到底为什么总是会这样？

我的痴妄之念没有断绝。昨天晚上就想好了：还是要走，即使身无分文，即使身份证也化为了灰烬，我也还是要走；也许，我活该穷困潦倒地死在自己不愿意死的地方吧，那地方有可能是硬座火车的车厢，也可能是一片收割后的凌乱的麦田？

不管哪里都好，只要不是在囡囡的身边。

吃早饭的时候我还是这么想的，殊不知囡囡早就想好了对付我的办法，我的命运早就蜷缩成一条曲线，长在她的手心，她一握拳头就可以将我紧紧攥住了——刚一放下筷子，她就爬上了窗台，踮起脚去解屋檐下的晾衣绳，我不知道她要干什么，就呆呆地盯着她看，脑子里还在想着新的"阴谋"，不料她拿着那条堪称坚硬的晾衣绳满意地掸了掸之后，转身就问我："上过厕所了？"

"……上过了，"我还是呆呆地盯着她，"怎么了？"

"那就好办了，"她先把枕头拿来，靠在窗台下面的墙上，之后冷声命令我，脸上没有表情，"坐过来。"

"干什么？"此时我倒是一肚子迷惑了。

"少废话！"她不耐烦地踢了一脚枕头，"叫你过来就过来！"

我依言走过去，靠着枕头坐下，她立即也在我身边半跪下，把我的双手合在一起，又将晾衣绳对着手大致比画了几下，二话不说就开始麻利地绑了起来。我吃了一惊："你要干什么啊？"她不回答，三下两下就绑得严严实实，绑完了，抓住我的两手往两端里拽了拽，见根本就拽不开，这才满意，找来剪子，咔嚓一声剪掉了剩下的一截。整个过程下来，我的整个人都是傻着的。她绑完了，我也知道她是在干什么了，她是连身无分文逃跑的机会都不给我了。此前她肯定是没有这样捆绑过别人的，今天绑起来却异常麻利，假如没猜错，昨天晚上，其实我们两个人都没睡着：我在想怎样走，她在想怎样留。

双手被绑上之后，囡囡没有即刻罢手，拿着绳子继续在我腰上绑了一圈，绕到后面打了个结，这时候我差不多意识到她接下来会干什么了，站起来要逃，欲站未站之时，她一把将我按住，"动什么动？给我老老实实坐好了！"

"不是，我——"我都不知道自己到底想说什么，终了还是叹口气，听之任之了，我知道，无论如何巧舌如簧都没用了，不出意外的话，昨天晚上我模模糊糊睡着之后，她肯定跳下床来好好比画过一阵子——既量了绳子的距离，也找到了我的身体最终被牢牢定住的地方：打完结，她就着手里的剪子咣当一声打碎了一块玻璃，把绳子的另一头结结实实系在了玻璃框里，如此一来，如果我要是想走动两步的话，除非我有力气将整整一扇窗户拽下来，所以说，那完全就是不可能的。

一切都在她的预料和掌握之中，不服都不行。

之后，她打开收音机、影碟机和电视，接着找了张 DVD 放进影碟机里去，又搬了一堆书放在我身边，抽出一本放在我的膝盖上，"影碟只看一部，收音机可以听一天，书你想看哪本就看哪本。"一切忙完，她再细致地检查一遍，确信没有问题了才满意地抽手，背包，穿鞋，最后对我说，"就这样了，好好待着吧。"说罢将门从外面反锁上,耳边就响起了她下楼梯的声音。

只剩下我一个人了,电台里的主持人正在和打进电话的听众谈心:放心吧这位朋友,你不是有什么心理疾病,自慰在每个人身上都可能发生,包括年轻时的父母;另一边,电视屏幕上也出现了《天使爱美丽》的第一句台词:1973年9月3日18时28分32秒,一只每分钟能振翅14670次的加里佛里德丽蝇停在了蒙马特的圣凡塞街,在这时,一家餐馆里的餐桌上,风吹动台布,玻璃杯像在跳舞,但是没人感觉到。

这就是我此刻的生活,不管我愿不愿意,我都得过。

我确信我的脑子出了问题:有一段时间了,无论我看电影还是听音乐,已经没办法集中精力了,不是不想集中,而是无论怎么逼迫自己都做不到,经常是看着听着脑子就跑到了九霄云外,到了真的要去想一件什么事情的时候,脑子又不管用了,一片空白;今天也是如此,我想好好想想自己该何去何从,根本就不行,只觉得眼前的屏幕上一片缭乱,只觉得电台主持人变成了成千上万只蜜蜂,嗡嗡作响,终于,我空怀虚无地闭上了眼睛。

真是有所思必有所忆,在梦里,我坐着一架波音767飞机回了唐朝,跟随一个骁勇的将军远征西域,不幸被俘,被关进了一个千年石洞,终日里饮露餐风,终日里看着洞壁上的一片蜘蛛网发呆。终于有一天,解救我的人开着飞碟模样的旋转飞船来接我了,洞门被火箭炮轰开之后,我撒腿就跑,本以为从此身心解脱,没想到洞壁上的蜘蛛网突然降下,将我罩住,我越是动弹,它就把我束缚得越紧,我当然不会放弃这几乎是唯一的逃命机会,拼命挣脱,越挣越紧,越紧越挣。

这时候，大汗淋漓地醒来了，昏昏然正好看见囡囡进门，手里拎着几束青菜，我下意识地想起来：现在其实还不到中午，囡囡早晨出门应该是找新工作去了，自从割草的工作结束，一连好几天她都是一大早就出去了。

"怎么样宝贝儿？"囡囡的心情显然不错，在我额头上亲了亲，动手解下我手上的晾衣绳，一边解一边说，"可别怪我，你这完全是自讨苦吃。"

系在窗户上的绳子也解下来之后，我站起身来，揉着发酸的手腕，那感觉应该和一个放风的在押犯无甚区别。站起来之后，第一感觉就是要去打趣她几句，以使她相信我并没有胡思乱想，突然，心脏就像要跳出我的身体般剧烈疼痛起来，视线迅疾模糊，转瞬就完全变黑，我想说话，想呼告，可是一句话也喊不出来，盯着她看，脸上也还在笑着，一头就栽在了地上。

倒地之前，我看见了囡囡惊恐的脸色和她失手之后掉落在地的青菜，紧接着就什么也看不清楚了——囡囡，我什么东西都看不见了，囡囡，我眼前正在发生月蚀，可是囡囡，你能不能告诉我，当月蚀来临的时候，我们能赶着我们的牛群去往哪里呢？

第六章　睡莲和亡命之徒

"啊！你醒了？你想吃东西吗，要不先喝点水？太好了，太好了，你总算醒了！"

薄如蝉翼的昏暝中，似乎是走在哪条江南的小巷子里听到了什么人的召唤，我醒了，眼前除了囡囡的脸再无熟悉的东西，大概正是后半夜，光线幽暗，也没亮灯，更可怕的是鼻子周围始终回旋着药水的味道，我心里顿时有了不好的预感，只觉得房间很大，似乎还不止住了我一个人，我想看看，但是根本就抬不起头。这时候，我看见囡囡的脸一下子憔悴了不少，见我醒来，一把抓住我的手紧紧攥在她手里，想了想，我问了："我这是在哪里？"

她似乎骤然紧张了起来，迟疑着说："说了不许生气，好吗？"

我根本没接她的话，反问她："医院？"

"……是。"她怯怯地确认了我的预感，"知道吗，你已经睡了整整一天一夜了。"

我就知道会是这样，声音一下子就大了："那你就应该让我死了算了！你算是我的什么人哪？"

她被我吓得浑身颤了一下，只盯着我看了短暂的一会儿，低下头去，再不说话，能看见她的手握在一起，握紧了松开，松开了再握紧，肩膀就耸动起来，哭了。不过，见我想坐起来，马上就吸了一下鼻子过来扶我,我一把打掉她的手,她似乎是愕然了,站在那里不知道该怎么办才好,最后,她没管我,我刚刚费尽气力坐起来,她就把枕头垫在了我身后。

我微微喘息着打量眼前所见:病房,果然就是病房。房间恐怕有三十平米还多,一共有五张病床,但是并没住满,连我在内一共只住着三个人,窗外一棵高大的梧桐树的树枝几欲探进房间,还好有一阵穿堂风一直在吹着,总算使药水味道减少到了最低限度。

"我要回去。"我几乎是冷冰冰地说。

"好好,咱们明天就回去,好吧,今天先睡好,休息好。"囡囡一边披着我身上盖着的被单一边和我商量。

"不!我现在就要回去,我知道你在骗我!"

"真不骗你,来吧,乖,好好躺下——"说着又来扶我躺下,我再次打掉了她的手,她正说着,手突然空了,站了足有一分钟,坐下了,"啊,干脆说实话吧,我不会再让你出去了,已经取钱交了长期住院的押金,先取的是我的钱,以后也还是要取你的吧,不管你有多恨我,我也要这么做,不要说你不能让我改变主意,实话说吧,就连我自己都没办法说服自己改主意了,我就是这么个人啊,一点办法都没有。

"钱的事情,你别担心,反正现在咱们暂时还有钱,可以治上一阵子,没钱了我就多打几份工,你信不信我可以打十份工?十份工总是够了吧。不够我也还有办法,父母那边好像在分期付款给我买将来结婚的房子,现在也用不着了,可以退掉,不管你怎么样,我只要决定这么做了,你就拦不住我,除非你不喜欢我,可我看得出来，你是喜欢我的。"

囡囡就这么说着，随意地，口气里甚至还有一丝满足，就像终于要做一件大事情了的那种感觉，整个人看上去甚至都有几分悠闲，趴在床边，脸在我的腿上蹭来蹭去，不时理一理被穿堂风吹起来的头发。她不知道，她的一字一句都在要我的命：我的确终日在妄想风葬的事情，但是，我瞒不住自己，这不是我要逃之夭夭的全部原因，随着我和囡囡在一起生活的时间越来越长，风葬之于我甚至是相当不重要了。那么，到底是什么在要着我的命？答案就是她刚才说的那些话。上天做证：我没有一刻不希望囡囡只当我从来没在这个世界上存在过，她越早离开我越好，我仅剩的卑微的愿望，是希望她能再找到自己喜欢的人，成为九个孩子的母亲！

恐惧大到了极点，我的通体竟至于冰凉。

"我想擦把脸。"我对她说。

"是吗？"她一下子高兴地抬起脸，"好好，你等着，我先去把毛巾打湿了。"说着就拿了一条干毛巾三步两步奔出门外，在走廊里，我甚至都能听见她跑起来的声音。

就在这个时候，我拼了性命，鼓足全身力气，掀开被单跳下床，连鞋都没顾得上穿，拉开门就往外跑，不知道要到哪里去，可我就是要跑，一直跑到死，那甚至不是跑，因为体力不配合，只能把身体斜靠在扶手上往下滑，直到这个时候，我才注意到自己身上竟然穿着条纹病号服，顿生厌恶，三下两下就脱了，手一扬扔了出去，只剩下里面的一件圆领T恤，接着往下滑。

下到一楼的时候，楼上响起了噼噼啪啪的脚步声，听动静就知道是囡囡追来了，我站在空无一人的大厅里往东西两头黑暗的走廊里看了看，没发现藏身的地方，还是拉开那扇沉重的玻璃门冲了出去。门外照样空无一人，我毫无知觉地看着眼前的草坪、梧桐树和停车场远处的医院大门，蓦地就被大门外面的水果湖吸引了——我只消跑出医院的大门，往湖水里一跳，世界万事就与我彻底了断了，囡囡就可以成为九个孩子的母亲了；我再没有耽误时间，即使跑得再慢，跑一步也是一步，草坪挡了去路我就横穿草坪，跑过草坪再从停车场上众多汽车的缝隙里穿出去，大门和水果湖已经近在眼前了。

我猛然听见囡囡在后面撕心裂肺地喊了一声。

本能般回头看去，她在横穿草坪的时候被脚底下的栅栏绊倒了，正在爬起来，可能已经猜出了我打算干什么，跪在地上惨叫着喊了一声我的名字，与此同时，我们刚刚跑出来的那幢楼的好几扇窗子里都亮起了灯。

"你不是想死么？你不是要我再去嫁给别人么？"她哭喊着从地上站起来，从地上捡起一块小石子，"我把自己毁了再说！看看谁还再要我！"说着，拿起那块小石子朝着自己的脸划了上去。

我一下子就被打倒了，身体里无论积攒了多少力气，也在顷刻间化为乌有：这就是我的疼，这也是我的病。

终了，我喘息着，盯了她看了三两分钟，之后，乖乖地回去了，回到她身边去，低头看着自己的脚尖，两个人一句话都不说。沉默中，似乎有什么东西在我们中间流转，像是极尽喷薄后归于平静的岩浆，像是燃烧后滋滋冒着热气掉落在地的烟花，愈加使人不能忘记此前的惊心动魄。终于，我抬起头，看着囡囡，即使是夜晚里，她脸上那条淌着血的口子也照样清晰可见，就在右边嘴角更靠上一些的地方，手里的那块小石子还没有扔；她也看着我，嘴角边淌着血，脸上挂着眼泪，呼吸紧促，胸前一起一伏，良久之后，伸出手来，试探着抓住了我T恤的一角，见我没有将她的手打开，就一把攥紧了。

突然，我的整个身体都软了，半蹲半跪着抱住了她的腿，大哭了起来。我没说错，就是大哭，像一头目睹着自己的伴侣被猎人捕杀的公狼。囡囡也蹲下来，和我抱在一起，两个人都变成了孩子，哭得毫无顾忌，什么丢脸啊难为情啊全部丢置到了九霄云外，只想哭，只想哭声越来越大而身体越来越小，最后变成两张纸片，被风卷入空中，慢慢飘远，直至最后被垃圾处理厂的人一把火烧掉，彻底心宁，彻底身安。

有人开了窗户看着我们，也有人干脆从那扇玻璃门里走出来，朝我们这边走过来，自然是不知道我和囡囡到底发生了什么事情，就装作过路人般一遍遍在我们身边走来走去，我们不管：不管我们是什么人，不管这个世界是什么人的世界，对我们来说，此刻我们自己就是对方的全部世界。

不知道过了多长时间之后，我们从地上站起来，我带着囡囡去医生那儿看脸上的伤，好在我们本就在医院里，西去二百米就是门诊部；去了门诊部，我们敲开外科的急诊室，医生马上就开始为囡囡清理伤口，因为伤口是被小石子造成的，灰尘和石粉全都沾在伤口上，清理起来十分麻烦，可是囡囡根本就不把它当作一回事，一边配合着医生一边不断朝我这边看，就像是生怕她一眨眼的时间我就又跑了。

我不会再跑了。我真的不会再跑了。

要命！我千真万确地已经知道：我在要着囡囡的命！在急诊室里，短短的时间内，我连抽了五支烟，蒙昧已久的脑子异常清醒地急速运转：无论我做过多少妄想，从此刻开始将烟消云散，从明天开始，我将只做一件事情，那就是好好爱她，至于生，至于死，我决然不会再在上面做半点思虑，那枚划伤了囡囡的脸的小石子，就像佛陀的一声断喝洞穿了我的头颅，我要哭着向佛陀承认：自此之后，我也不要自己的命，我也不要囡囡的命，我要将所有的阴郁都堵塞到我身体之外，我要快乐到死！

假如我没有记错，在莎士比亚的《罗密欧与朱丽叶》里，罗密欧有一句台词：上帝造了他，他却不知好歹。

——说的就是我这种人。

我也有一个上帝，此刻医生正在帮她清理伤口。

我的心一下子就踏实了下来，抽着烟，满身都是自己难以想象的平静，就像一片连日阴雨的山谷终于迎来了云开雾散的时刻；也像被失事的油轮浸染过的海洋，终有一日恢复了往日的模样，月光下，游来了成百上千只鲸鱼。就是这样的平静。所谓生，所谓死，原来就住在我们的房子里，从生到死，无非是从阳台上去了趟洗手间，但是，在从阳台去洗手间的路上却站着个囡囡。

囡囡！

第二天晚上，也是后半夜，我们一起从病房里出来，在院子里遛了一圈，就在那扇玻璃门前面的草坪上躺下了。一整天囡囡都没离开我一步，即使去上洗手间，她也要站在门口等我，根本不管别人诧异地看着她。我劝了好几次,要她去快递公司上班,要不就去找找新工作看看,可是她只拼命摇头,一整天都坐在我的床边,其间只出去了两次,都是有护士进来了她才出去的,一次是买了几份报纸回来,一字一句认真地看,我知道,那是她在找工作;一次是在中午,她买了两份盒饭回来,我们分头吃光,正吃着,看见敷在她伤口上的纱布,问她:"还疼吗?"她笑了笑,又想起来了什么似的使劲摇头,就像是怕回答晚了我会发脾气一样,接着低头吃饭,我看见两颗泪珠从她眼眶里滑出来滴进了饭盒。

不知怎么竟然感冒了,并不厉害,就是鼻子里堵得难受而已,只有当我们在草地上躺下的时候,不经意间看着眼前日日重复的景致,才发现夏天其实已经过去了。

"你没骗我吧——"囡囡迟疑着问我,"真的再不跑了?"

"不跑了,"我笑着说,"你赶我我都不跑了!"

"真的?"

"真的!"

囡囡的眼神霍然亮了,转了个身,脸对着我的脸,"知道吗?我这两天都害怕死了,你没醒的时候就害怕得不知道怎么办才好,全身发抖,被医生看见了,劝我放平静点,说你是一定会醒过来的,其实我就是害怕你醒过来后跑掉,有阵子甚至就想你不醒过来才好,只要呼吸正常,我就可以放心守着你了,像生气啊什么的,心里倒真是一点都没有。

"以前总觉得死是离自己很远的事情,一定很可怕,但是说实话,自从我弟弟死后,我一点也不觉得可怕了,我根本就不觉得弟弟已经死了，只当他是和我做游戏，偷偷躲在家里的大箱子里了，我想说话就照样和他说话，他离我还是近得很，好像大点声音喊一声他就会从箱子里跑出来。即使跑不出来，又会怎么样呢？还是不觉得有什么，就当他在家里和父母吵了架，离家出走了，在别的地方长大成人，虽然难是难了点，可毕竟还是要长大成人的，总有一天，他还会跑回来向父母认错的。

"和你在一起也是一样，你别以为我在委屈自己啊什么的，跟你说，我高兴得很，每天都高兴得很，最高兴的就是你喜欢我、爱我，你想跑掉也还是因为爱我，我就是这么个人，只要有个人爱我，只要我也爱他，我就要为他做所有我能做得到的事情，甚至我要干什么都和他没关系了，完全变成了我一个人的事情，把命搭上去都没关系。"

"呀，你的鼻子怎么了？"说到这里时，她听出我的鼻子堵得越来越厉害，突然站起身来，说了一声"你等着"，就从草坪上跑出去，往门诊部那边的一个水池跑过去了。

再回来时，可能是心情变好了的关系吧，她的步子显然已经轻快了不少，手里拿着几朵睡莲，躺到我身边后递给我，"拿去。"

"干什么？"我一时弄不清楚。

"拿过去对着鼻子，多闻闻，一会儿就不堵啦。"

竟然还有如此奇妙的药方？我将信将疑地接过睡莲，拿起一朵凑在鼻子前面，用了力气来嗅，也是怪了，一股浓郁之香被我幽幽吸了进去，顿时神清气爽，鼻子好过了不少，果然是灵丹妙药，"你怎么会知道这办法的，是药方吗？"我问她。

"什么药方呀，我自己发现的，不光睡莲，别的什么花都可以，"停了停继续说，"我刚来武汉的时候也总是感冒，虽然说是姑妈，但这种事情我是从来不麻烦她的，只要没发烧，我就躺在被子里使劲捂，再到花坛里去折两枝花来，放在枕头边上，一边捂被子一边使劲闻花，一身汗出来了，感冒就好了，鼻子也通了。怎么样，会生活吧？"

"会。"我由衷称赞。

"所以说你就放心吧，不管你病得多重，我都会把你侍候得好好的，啊，像养猪一样把你养得饱饱的，当个'快乐的饲养员'，有句实话，你昏迷着的时候医生对我讲的——"

"什么实话？"

"和你说的一样，的确是没什么药可以治你的病，但是如果照顾得好，也还是有人能多活些时间，到底能多活好长时间，医生不肯告诉我，可能是怕我像别的人那样寻死觅活的吧，但是我觉得我肯定有办法让你活得比别的所有得了这种病的人都长，还是那句话，好好和我谈次恋爱，行吗？"

"好，其实我也想过了，以后再不会跑了。"

"真的吗?!"

"真的!"

这已经是今天晚上我第二次向囡囡确认自己死也要死在她身边了。

"小时候经常走夜路吗？"她又问了一句。

"倒不经常，我们那边天黑得晚，走夜路有过，但是不多。"

"我小时候经常走夜路，那时候还没我弟弟呢，我寄养在舅舅家里上学，父母在郊区工作，每到周末了，我就一个人走夜路回父母那儿,那条路荒凉得很,路上有片油菜地,地里好多坟,天气热的时候,鬼火到处乱蹿,我每次都害怕极了。

"后来,我每次要经过那坟地的时候就停下来不走了,站在路口上,等来人了一起走,那时候我的嘴巴可真甜哪,小姑娘家家的,非要给人家讲故事,心里紧张得要命,一边讲一边朝着坟地偷偷看;有时候就是人家来和我说话了,问我叫什么呀家住哪里啊之类的问题,我步子虽然走得特别快,但是回答起别人的问题来却特别慢,就是想多花点时间来牵走自己的注意力,免得老往鬼啊坟啊上面想;其实我每次都特别感激那些和我一起走夜路的人,到了分手的时候,我要朝这边走,人家要朝那边走,人家走远了之后,我往往都是站在那儿对着别人的背影看上好半天,然后才朝家里跑。

"其实,你不觉得咱们两个人也是在走夜路吗?把生啊死啊什么的全部放到一边,只当走夜路,到了该分手的时候,你要朝那个地方走,我也许就该停下来不往前走了,难道不是吗?之后的事情谁也说不准,也许我还会碰到自己喜欢的人?先不管,先把这段夜路走完了再说,你只听我给你讲故事就行了,哪怕我心里紧张得要命,那也是我自己的事情,和你没关系了。"

囡囡说完了,我也一字一句地听完了,想起囡囡过去也对我说起过"好好和我谈次恋爱"之类的话,心里暗生羞惭:其实,在我意乱心迷的时候,囡囡早就把我和她之间的所有事情都想了个透彻,囡囡的几句寻常之话,一点都不夸张,之于我真正是醍醐灌顶,我读了那么多书,花了那么多时间去想,但是,那些心乱如麻的所思所想根本就不如囡囡偶尔的一闪念,服了,彻底服了。不知道从哪里看到过的一句话在脑子里闪出来：活着的时候尽可能活得快乐一点，因为你可能会死很久。

想着想着，就笑了起来，问囡囡："知道你现在像什么吗？"

"像什么？"

"像个女政委，仗打完了，正坐在战壕里给我这个新兵做思想工作。"

"哈，那好啊，想不通了给你做思想工作，子弹来了帮你挡子弹，怎么样，我这个政委大姐不错吧？"

"不错不错，"我一捂肚子，"我现在饿得厉害，想吃东西，政委大姐有办法么？"

"没问题，"她腾的一声从地上站起来，"去珞珈山那边吃烧烤，怎么样？那边的烧烤摊都是通宵营业。"

"不好吧，"我想起来自己是置身于何时何地，迟疑着说，"既然是在住院，那就好好住吧。"

囡囡便与我细说了端详：其实，医生已经对她说过，像我眼下这种情形，必须每天住在医院里接受治疗，但是，只要身体没有什么异常反应，还是可以出去走走的，甚至想回家也行，只需要晚上再回来接受注射即可，当然，这只是一般情形，紧急情况还是要医生说了才算。

这样，我们便出了医院，在水果湖边站着等出租车的时候，我突然想起来，对岸就是我们第一次见面的地方，正想说点什么，囡囡说了句"你等着"就跑回去了，过了会儿跑回来，又采了好几朵睡莲，递到我手上，我心里一热，沉默着接了过来。之后我们决定不坐出租车了，就沿着湖边的路往前走，之后从武汉大学的后门进去，再出前门，烧烤摊就在前门外面的一条巷子里。正往前走着，囡囡拿了两朵睡莲插进了我的头发里，好长时间不理发了，长得很，睡莲就这样轻易插了进去，她又从腕子上取下两根橡皮筋，把头发和睡莲牢牢地绑在了一起，绑完了，翻来覆去地看，一边看一边哈哈笑起来。

"你成盗花贼了。"她说。

"是啊，现在我向政委大姐汇报一下我下一步的工作，"我笑着把她揽在怀里，"我准备联合别的盗花贼成立一个帮会，每个人都必须在头上插花，湖北的插荷花，河南的插菊花，见面一看就知道是同行，不插花就不准加入我们的帮会。名字嘛也想好了，就叫红花会。"

我一语未竟，她就笑得弯下了腰，眼泪都流出来了，笑完了，安静下来，冷不丁对我说："其实，我就是喜欢你这股不在乎的劲，哎，有时候眼睛里放凶光哦。"

"什么，我的眼睛里放凶光？"

"对呀，你自己肯定不知道，那天在体育馆打架的时候就是，像个亡命之徒。"

"我本来就是个亡命之徒。"我站住，哈哈一笑，"一个要死了的人，不是亡命之徒是什么？"

"瞎说什么呀！"她擂了我一拳，我立刻闭嘴不谈，听她谈，"每个女孩子都喜欢亡命之徒。"

"此话怎讲？"

"像《上海滩》里头，许文强和冯程程那样的故事，谁不希望自己是女主角啊，反正我喜欢，后来看香港的黑社会电影，周润发啊万梓良啊都喜欢演那种在黑社会里混的小角色，总是带着个女孩子在街上飞车，那时候我总想自己要是那女孩子就好了，就觉得那些亡命之徒死的时候身边有个女孩子，死的时候最好有音乐，像《阿郎的故事》里的那首歌，叫什么来着？哦对了，《你的样子》。"

"我死——"我本来想说我死的时候就放《王二姐思夫》，突然觉得不对，无论如何也再不能拿自己的死来开玩笑了，一句话便戛然而止，此举看起来颇令囡囡满意：她"哈"了一声，竖起食指对我点了点，表示夸奖。

从武汉大学的前门出来的时候，夜空里落起了雨滴，我抬头看去：在校门口两盏探照灯般的巨灯散发出的铺天光影里，雨丝像夏日里的禾场上扬起的麦芒般扑簌而下，探出院墙的桂花树的叶片被雨丝浸洗得更加幽绿，时已至此，烧烤摊的生意非但没有结束的迹象，来的人反而越来越多；烧烤一条街的背后，一家黑人留学生开的音像店竟然没有关门，还在放着音乐，说起来，那音像店也是我时常光顾的地方，此刻，音乐声穿过了雨幕，轻烟般向着我们头顶上的高远之处消散了，是女高音 Larue 去年灌制的一张民谣专辑。

我们坐下来，听着音乐找摊主要啤酒，恰好是一曲 *EARL BRAND*，我就随意拿起筷子伴着音乐的节奏在黑乎乎的桌子上敲打起来，啤酒拿上来之后，囡囡"啊"了一声，像是想起来了什么，一把夺过啤酒，"医生说了，不让喝！"

那就不喝了吧。烧烤端上来之后，我便边吃囡囡给我买的雪糕边吃烧烤，啤酒让她独自一人享用，如此有趣的吃法，此生还不曾有过，以后只怕也不会有很多，倒也吃得津津有味。不过总觉得哪里不对劲，从身边经过的人总是盯着我看来看去，脸上还带着笑意，就连端烧烤来的小姑娘也捂住嘴巴偷偷笑，我从上到下将自己打量了一番，丝毫没发现什么不对劲的地方，突然想了起来——我的头上还插着睡莲呢。

也没什么嘛，没什么大不了的，我在心里想着，继续听 Larue 的空灵之音，继续大快朵颐，过往行人都不知道，我身边坐着我的上帝，"百鬼狰狞，上帝无言"。不是说过往的行人就是狰狞的百鬼，只是说上帝不发话我也就不发话，上帝不觉得有什么不对劲的地方我自然也就不觉得。

一个头发上插花的亡命之徒，身边坐着他的上帝。

后来，也不知道过了多长时间，Larue 的音乐换成了士高舞曲，在不远处 552 公共汽车站牌下，大家都纷纷跳了起来，是几个韩国留学生先跳起来的，后来又有几个黑人加入进来，其中就有那音像店的黑人老板，手里还拎着个酒瓶，见到我，使劲朝我招手，嘴巴里不停喊着："Come on，Come on！"于是，亡命之徒就牵着他的上帝的手过去了：看到他们跳着喊着的样子，一下子也觉得自己的全身都充满了活力。在雨里，每个人的脸和头发都是湿漉漉的，但是每个人都恨不得要使出全身力气，那几个黑人不时伴以节奏发出呼喊声，不禁让人疑心自己来到了非洲，正在某个丛林部落参加一个古怪的驱魔仪式，群情迷醉，所有的人都癫狂了，就连那头上插花的亡命之徒也不例外，在临近虚脱的癫狂中，他握着上帝的手在心里偷偷许愿：时间啊，你滚流向前吧，我和囡囡要在这里停下，说什么也不往前走了。

说什么都要往前走，这日子还是得一天天地滚流向前。

自从住进医院，我就再没回过我的小院子，囡囡倒是每天都回去，因为要按照医生的嘱咐回去给我熬粥，粥是糯米粥，里面掺着打碎了的山羊骨，此外少量的盐、葱白和生姜还一样都不能少。真是难为了囡囡，单单是买山羊骨就几乎跑遍了整个武昌，最后还是在靠白沙洲长江大桥那边的一个市场上买到了，囡囡买了几乎满满一冰箱，每天熬了带到医院里来。把羊骨打碎的时候，可能是以前从来没做过，囡囡的手上被刀要么割伤要么划伤了好几处，缠着好几片创可贴。尽管如此，她一点也不觉得有什么麻烦的地方，终日里都哼着歌，有时候，我故意和她开玩笑："囡囡，觉得生活有意思吗？"这也是我们第一次见面时她问过我的问题。

"有意思啊。"回答得很干脆，而且非常认真，全然不是和我开玩笑的样子。

的确有意思：一下子找了四份工作，她早就高兴得不知如何是好，也忙得不知如何是好了。快递照旧还是送的，仍是送下午半天，上午她就在中商广场一楼的香奈儿化妆品专柜里找了份站柜台的工作，到了晚上她得再去帮一家房地产公司发广告单，就站在洪山广场上发，之外，每逢周末，她还要去帮黄鹂路上的一对年轻夫妇带孩子，如此一来，我和她每天见面的机会就少得可怜了。

我知道，她是想挣越多点钱越好，我住院不过十几天工夫，加上预交的押金，我的存款已经花去了三分之一。

即使这样，她从来没耽误给我送饭来，饭做得仍不太好，但却在越来越好，粥却是一开始就熬得相当好，因为医生详细地教给了她方法。每次来为我送饭，或者在送快递的路上跑过来和我待一待，手里要么拿着要送的东西，要么就是抱着一大堆刚从房地产公司领出来的广告单，坐在床边看着我吃，我只要吃完，她就高兴得很，趁着没人注意的时候偷偷亲我一下，"哈哈，这是奖品！"至于她自己，吃没吃，吃什么东西，她都甚是无所谓，好多时候都是我在喝着她熬的粥，她却只啃着个面包津津有味地看着我。

我心里一阵酸楚，眼泪儿欲滴下来，就更加大口地吃，"慢点慢点，"每逢这时她就要叫起来，"没人跟你抢！你急什么呢？"

那感觉，该怎么用语言来说清楚呢？

就像我的妻子，像个无论吵架吵得多么厉害，可是只要一见到丈夫饿了就要心急火燎下厨房的妻子。

天知道我有多么喜欢这感觉！

囡囡不在的时候，我的日子也并不难熬，她给我抱了一大堆书过来，既有《献给爱米丽的一朵玫瑰花》这样的小说，也有《绘图清代骗术奇谈》这样的闲书，对我来说，躺在床上看书度日就已经相当满足了，过了几天，囡囡又给我买了个MP3回来，就更是再好不过，听着爵士乐读美国小说，上天待我不薄了，人之为人，应当满足。

我的病房里除了我之外还住着另外两个病人，一个男孩子一个女孩子，年纪都比我小出许多，都刚刚才上中学就得上了和我一样的病，两个孩子可爱至极，也活泼至极，只要身体感觉好的时候，就蹦蹦跳跳地跑来要我讲故事，我决不推辞，反正看过那么多闲书，只需稍作回忆，十天半月都讲不完。讲完故事，我通常就要下楼去散会儿步，在草坪上或者长满了睡莲的水池边坐一坐，抽根烟，自从住进医院，我几乎不怎么抽烟了，奇怪的是一点也不想，说不想就不想了。只有在散完步回来，看着那两个孩子已经躺在床上睡熟的时候，总是忍不住朝他们鲜红得不正常的脸蛋上多看几眼，看着看着就不胜唏嘘了。

于是就接着看书，当楼梯上响起囡囡的脚步声，我就赶紧收起书躺下装睡，好让她觉得我是昏睡了一个下午，不如此她就要怪我不好好休息。

有的时候我是真的睡着了，但是奇怪得很，尽管她推门进屋的时候已经把声音压得低得不能再低了，我还是能一下子清醒过来。

也有坏消息：在我的身体里，那种衰败的声音没有一天停止过，除了鼻子出血和视力下降之外，周身的各处器官也常常疼得厉害，医生也没有好的办法，只是每天注射三次，以此维持我日渐衰败的造血功能。许多时候，我的肺部和肝部，甚至我的脚，都疼得差点要我闭上气去，全身无一处不是冷汗涔涔，最后，疼得实在没办法了，我就做如此之想：那具受苦受难的身体不是我的，与我毫无关系，我只需冷眼旁观就行了；或者：这具身体不是身体，是棵生了虫子的果树，雨季过后，虫子自然会被淹死，该开花结果还是照样开花结果；如此想着，几阵冷汗之后，痛感小了不少，也许它仍然是那么坚硬地盘踞在我的体内，一阵风就能唤醒它卷土重来。好多次，夜已经很深了，囡囡也已经睡着了——多数时候就和衣睡在旁边另外一张空着的病床上——我疼得几乎死去活来,脑子里满是大雨中的果树,虫子纷纷从树叶、树干上掉落在地,不舍之感就阵阵浮上心来:大限之日正在步步逼近,我住进不许外人进入的隔离病房的日子已经为期不远了。

为期不远了!

今天下午,正在给那两个孩子讲着《三怪客泛舟记》,接到了杜离的电话,语气甚是高兴,劈头就问我在哪儿,我想了想,没有告诉他,只说在街上逛书店,他立即就说要见我,我又想了想,觉得今天的身体感觉还好,就答应了,于是约在了小东门那边的葡国城堡见面。我脱下病号服开始换衣服,转眼已是秋天的天气了,得多穿些衣服才行,换好衣服,在病房外的走廊西头的一处水龙头底下洗了洗脸,用手指将头发梳了梳,和值班的护士打了个招呼就出发了。

武汉就是这么奇怪的城市:酷热的夏天甚至还留着尾巴,秋天的头就已经迫不及待地探进了城市,微冷之风尽管还掀不下梧桐叶,终究也是摇摇欲坠了。但是,这却是一年中我最喜欢的季节,走在不甚明亮的林荫道中,想起"生如夏花之绚烂,死如秋叶之静美"这句话,一丝若有若无的伤感便一点点浸染了身体,恰似我头顶上正在一点点变黄的梧桐叶。

但是,也想起了一个法国导演说过的一句话:做爱之后,连畜生也会伤感。哈哈,就此打住。

一进葡国城堡就看见了杜离,坐下之后,本来是要喝啤酒的,突然想起来囡囡夺过我的啤酒瓶,就改作了草莓汁,杜离也没问为什么,喝了一大口啤酒之后说:"我辞职了。"

老实说，在今天这个时代，听到辞职之类的事情，显然是不会太吃惊了，但杜离那份工作的确是相当不错的，收入很是不低，公司还分了公寓给他，就问他："不是做得好好的吗，怎么突然想起来要辞职呢？"

"没错，就是突然想起来的。"停了停，竟然一把抓住我的胳膊，"知道我刚才和谁在一起吗？"

"她？"应该就是那个我还从来不曾谋面的女孩子吧，哦不，是女人。

"不对。是她的女儿。小家伙已经和我处得相当熟了，成天非要缠着我叫爸爸，刚刚把小家伙从幼儿园接出来送到她那儿去了。"

"是吗？那真好。"我也由衷说道。

"接着说辞职的事情，知道我要去哪儿吗，你肯定想不到——大兴安岭，你想去的地方。"

"去大兴安岭干什么？"我真是诧异了。

"想远走高飞，带着她和她女儿一起走，正好我有个大学同学在那边设计一个度假村，叫我也过去，说是度假村的规模不小，够我们设计四五年的，收入也还不错，不会比在这边低。前几天得到消息的，一得到消息就在公司辞了职，房子也退了，我现在自己在花桥那边租了房子，怎么样，速度够快的吧？"

"啊？"的确是堪称神速，"可是，她丈夫那边没问题了吗？"

我们本来是面对面坐着的，听到我说这句话，他放下酒杯，走过来，和我坐到一边，我也不知道他要干什么，正看着他，他一把掀开自己的衣服，我一眼看去：整个小腹上都被一块硕大的绷带包裹住了，绷带上还隐隐有血迹透出来，显然是受过伤，而且还伤得不轻，我心里一惊，"她丈夫干的?"

纵使我的脑子再有想象力，也绝然想不出杜离的答案，他甚至是带着几分欣喜之情看着小腹上的绷带，再带着挥之不去的欣喜告诉我："是我自己干的。"

"啊？怎么会这样呢？"

"说来话长，一点点跟你说?"

"好，说吧。"

"原来我也以为用钱就可以打发的，心里想着多拿点钱出来给那家伙，也许事情最后就能解决了，可是根本就不行，实话说吧，我几乎把所有的活期存款都取出来给那家伙了，根本没有用，他照样想打她就打她，想不让她见孩子就不让她见孩子。不过我给钱都是背着她给的，她要是知道了的话，肯定又要躲我了，呵呵，每次有点风吹草动的，她就躲起来不见我，当然了，也是为我好，怕我惹麻烦，好在每次不管她躲到哪儿我都有办法找出来，一个办法，就是到机场里去等，不管怎么样她还是要去机场开洒水车的吧。

"那次又和那家伙碰到一起了，巧得很，还是在上次碰见了的那条巷子里，周末，我和她一起去幼儿园接了孩子回来，我抱着，正在给小家伙喂泡泡糖，迎面就碰上了。那天虽然没吸毒，但是照样一脸凶光，上来就要把孩子夺过去，那天也是怪了，不知道从哪里来的力气，我想，这件事情必须得彻底解决了，到底怎么解决，也没有想清楚，反正把孩子交到她手上之后迎面就走过去把他挡住了。

"他肯定没想到我会这样的，愣了一下就一拳朝我打过来了，我站在那儿没动，随便他打，打几下我就挨几下。他看看我，再看看她和孩子，就哭了，哭着揪住我的衣领问我为什么不还手，我就反过来问他：到底我要怎么样，他才放过她，和她离婚。

"他突然放开了我，盯着我狠狠看了好半天，说了一句话：'你拿把刀朝自己身上砍五刀，我就放过你们，你们想干什么都和我没关系了！'

"'你说的？'

"'我说的！'

"一下子，我全身都发热了，真的，都能听见血管在响，二话不说，扭头就进了背后的一家小餐馆，直奔厨房，看到菜刀之后一把拿起来，转身就冲出来了，也是巧得很，一直把我们从巷子里追到楼顶上去的那次，他手里那把刀也是从这家小餐馆里拿出来的，弄不好可能还是同一把刀。

"这时候周围已经围了不少人了，我根本就不管他们，只当没人在场，一出来就问他：'你说的话到底算不算数？'

"到这时候他可能还是不相信我会拿刀砍自己，她也抱着孩子跑上来了，使劲把我往后拉，眼泪流了一脸，那家伙就盯着她看，越看脸色就越难看，'算数，怎么样？'他一脸看不起的样子，哈哈就笑起来了，真的，真他妈的是哈哈大笑，笑完了转身对我吼起来，'砍哪，你他妈的倒是给我砍哪！'

"'你刚才说的话算不算数？'我问。

"'算，太他妈的算数了！'

"他的话还没说完，我就下手了，呵呵，真他妈的突然啊，快得把我自己都吓了一跳,我一把就把她推开了,掀起衣服就朝着肚子砍下去了,血过了一会儿才流出来,没等流出来我就砍了第二刀,旁边的人都大呼小叫的,我还真不觉得疼。说实话,那会儿连我自己都晕了,眼睁睁看着血一点点涌出来,快得很,一下子就把衣服染红了,啊,真是血染的风采。她像疯了一样朝我扑过来,孩子也哭起来了,我两眼一黑,扑通就倒在地上了,第三刀是没办法再砍下去了,浑身没劲,就盯着他看,也不说话,因为不知道说什么好,他也盯着我看,突然对我说:'你有种!'我靠,那时候我也不知道又从哪里来了力气,接着他的话就说:'还有三刀,先欠着,我会去找你的,剩下三刀照样当着你的面砍,不过你也记清楚你说过的话!'不知道怎么回事,他全身一下子哆嗦起来了,嘴巴里还在说着'好,好',转身就跑了,一边跑一边哭。"

"……一边跑一边哭?"听他讲着,我自己也像是身临了当时的情景,心里紧张得怦怦乱跳,气也喘不上来,迟疑了一会儿,还是想出一句话来问了。

"是啊,一边跑一边哭。说实话,那家伙其实也是个可怜人啊,读音乐学院的时候和她是同学,后来开琴行,在全国好多城市都有分店,生意做得相当成功,可惜染上了毒瘾。我能感觉得出来,他还是爱她的,而且不是一般的爱,要不然也不会一边跑一边哭;其实仔细想想,他打她,很多时候可能都是因为他觉得她要离开自己,这一点她也和我说起过,可是他打得实在太厉害了,根本就控制不住自己,据说身体已经虚弱得不成样子了,耳朵里都有幻听了,精神上也出了毛病,不是吵着要杀别人,就是吵着有人要杀他。

"我就碰到过一次。就是前天,我主动找到他住的地方去了。那次之后,我在家里躺了好几天,她也请了假照顾我。前天一大早,她去机场上班了,她前脚走我后脚就接到了同学的电话,我马上就答应了去大兴安岭的事情,不知怎么就觉得我和那家伙之间的事情就快了结了,答应之后就带着自己的刀出去了,觉得身体恢复得差不多了,至少可以再砍一刀,真是这么想的:好像欠了债,还一点是一点。

"你知道后来的结果怎么样了吗?没砍成。先去的公司,把辞职手续办完后才去找他,结果一见到我他撒腿就跑了,跟那天一样,一边跑一边哭,我就在后面追,他嘴巴里还在喊着什么,声音很大,但是我一句都听不清楚,那种感觉怎么说呢,就像是有人要追着砍他,而不是我要砍自己。追了一会儿,他跑到了一条稍微繁华点的街上,我突然就觉得不对劲了——真的,怎么我倒像是个杀人犯一样拿着刀到处跑了?加上伤口也疼起来了,就没再追他了。

"不过我还是要再去找他的,把剩下的三刀补上,早点把问题解决掉,我就可以早点带着她和那小家伙去大兴安岭了,真的,我觉得我和他之间的事情就快了结了。"

我听着,默然无语,看着杜离的啤酒杯里上下翻滚的气泡发呆,茫然间对身处其中的世界生出无从把握之感:我在路上走着,身边也走着行人,我和行人对于各自的生活双双不知,就在这双双不知里,我们每个人可能正在遭遇惊心动魄的生活——有人可能是走在送葬的路上,有的人却可能是正要去医院抱回自己刚刚出生的孩子——每一分钟都是花开花谢，每一分钟都是人是人非，人生不过如此；但是，尽管如此，我也必须承认，杜离是个有福之人。何谓有福？白云满谷是福，月照长空是福，杜离说话时的满脸欣喜，还有他身上的刀口也是福。

喜悦的刀口。刀口上的幸福。

终了，我还是问了："万一，我是说万一，他根本就不认账呢？"

"要是这样的话，"听我作如此之问，杜离的脸色顿时肃然起来，笑还是笑着的，一口气灌下去满满一大杯啤酒，灌完了，看着落地玻璃窗外一个个行色匆匆的路人，微微喘着气，"那我可能真的要杀人了。"

从葡国城堡里出来，我回了自己的小院子，暮色正在一点点降临，满城灯火也在渐次亮起来，按照往日的惯例，此时囡囡应该正好是在家里为我做饭。我是坐公共汽车回去的，以前我进进出出都是坐出租车，自从认识了囡囡，和她一起坐公共汽车倒是越来越多了。再说我也知道，自从我住进医院，我们的钱正在像流水一样离开我们，而且，只要我在医院里住下去，这流水还会滚流不息。

院门没有关，一进院子就听见了囡囡的咳嗽声，房间里有油烟味儿飘出来，囡囡果然在为我炒菜。我在院子里站了好一会儿，仔细地看了一遍草坪边的花，即使我不在，囡囡也给它们搭好了花架，就连桑树上的鸟窝，囡囡也给它垫上了块碎花布，一切看上去都是那么井井有条。正看着鸟窝，囡囡咳嗽着推开了楼上的窗子，屋子里的灯光顿时泻进了院子里，我微笑着转过身去，囡囡正好看见我，"啊"了一声，也不管锅里还炒着菜了，叫着跳着就往外跑出来，跑了几步不跑了，在门口侧出脸来，"你怎么回来了呀！"

我一下子就有力气了，差不多是小跑着上了楼，铁皮楼梯咣当作响，跑到门口才知道她为什么不往下跑：刚洗过澡，蓬松着的头发上还有我喜欢闻的香波味道，除了上身套着一件我的衬衫之外，全身不着一物，两条腿在黄色的光影里显得愈加白净。几乎在一触目之间，我的全身就被点燃了，把她抱进自己怀里，当我一边亲着她果肉般的嘴唇，一边紧紧搂住她的腰，我知道，全世界又都是我的了。

大海！躺下之后，我进入了一片大海之中，温润的海水包裹着我，轻轻地卷过我的皮肤，我闭上眼睛，往前游弋，一路上我会碰见柔软的水草，我还会碰见沉默的贝壳，我不退避，任由它们摩擦我的身体，使我坚硬异常地继续往前游去，前面是黑暗，以及更深的黑暗，而我的身体是一朵在黑暗里才能打开的花，是醉卧在花丛里的花！

可是，就是在这个时候，一阵巨大的虚弱之感将我的身体席卷而去，我下意识地想抓住一件东西，却什么也抓不住，海水退去，水草消散，贝壳化为了粉末，惊恐迅疾滋生，闪电般笼罩了我的全身，我使出全身力气来挽留住海水、水草和贝壳，但是没有用，我只能眼睁睁地看着它们一点点离开我。

铺天盖地的绝望。

我僵硬了，身体仍然伏在囡囡的身体之上，看着她，多日不理的头发垂在她的双乳之间，我的脸躲在头发里，并没有手足无措，脑子里只有一个念头：这一天，终究还是来了。我不是没想过自己迟早会遇到这一天，即使在过去，每次做爱之后，和囡囡抱在一起，听着体内像秒针一样走动着的衰败之声，我就想过：仅仅在不远的时间之后，就可能再没有赤身裸体和囡囡躺在一起的时刻了。可是，我就像个刚刚开始读小说的孩子，不愿意读的，害怕读的，全部跳过去，再不翻它。也为此故，每次做爱的时候，我都当成是最后一次，宁愿失掉性命也要往那不可及的黑暗里去得深一些，再深一些。

囡囡的眼睛一直是闭着的，即使我的身体已经僵硬，她也还是一直闭着，良久之后，她似乎也猜出发生了什么，睁开眼睛，轻轻将我的脖子搂住，放在她胸前，之后，左手搂住我，右手在我的头发、脖子和后背上抚摸着，我也使劲地朝她双乳之间钻进去，我宁愿将自己的身体蜷缩成一团，钻进去，再不出来。过了一会儿，我跳下床去，到处找烟，结果把书啊CD啊全都翻成了一团糟，还是一根烟都没找出来，囡囡也坐起来，一言不发地看着我，最后，我还是回到她身边，心里叹了一声躺到她的腿上，脸朝里，背着光。

不如此又能如何？

"哎呀，我的茄子！"囡囡突然叫起来，一把将我推开，衣服也不穿就往阳台上跑过去了。我也总算知道她在锅里做着的是茄子了。

她去重新收拾茄子，我打开音响，选了张舞曲来放，把声音也开得大大的，似乎只有音乐声越大我的身体才越好过。在音乐声中,我逼迫自己像过去一样将不快一点点赶出身体,今天却比任何时候都困难,就像河床里怎么清也清不完的淤泥,但是,我绝对不愿意将丝毫不快带入我和囡囡的生活,没办法了,干脆起身,去卫生间洗澡。在卫生间里,喷头打开后,竟然恍惚着忘记了脱衣服,穿着衣服淋了两三分钟,突然想起来,想起来也懒得脱,呆呆地看着喷头,干脆在喷头下面蹲好,蜷成一团,干脆让它把我全身淋湿。

不如此又能如何!

刚才的事情在囡囡那里则完全不能被称为一件事情,我洗澡的时候,囡囡在外面都唱起来了,能听见她在房间和阳台之间进进出出,应该是一派"分田分地真忙"的景象。

果然,洗完澡出来,炕桌上已经摆好了四菜一汤,囡囡正得意地吃着花生米跳着恰恰呢,衣服也还没穿上,看到我,立即抓了一把朝我走过来,走动之间,还是跳着恰恰。每逢这样的时候,我想不笑都是不可能的,我笑着,心里倒是兀自一沉,已经是入秋的天气了,立即从地上捡起她的牛仔裤和外套,递给她,"快穿上。"

"不!"她在我身前站住,双手一伸,摇头晃脑地对我说,"要你帮我穿。"

那就来帮她穿上吧。穿好衣服坐下来吃饭,她吃饭的时候也不好好吃,我只要哪个菜吃少了,她就非要给我夹上一筷子不可,夹了还不算,非要看着我吃完才行,那神态就像一个第一次看动画片的孩子。

吃完饭,两个人一起把碗筷洗干净收拾好,我正蹲在那儿要换张CD来听的时候，囡囡就一边收拾着墙角里堆到膝盖处的广告单一边催我去医院了。

"我和你一起去发广告吧？"我和她商量。

"那怎么行！晚上还要打针呢。"

"打针是十点钟以后，咱们两个人一起发肯定要比平常快好多吧，肯定十点不到就可以回医院，怎么样？"

"那——"她想了想，一咬嘴唇，"你今天身体感觉怎么样？"

"好，简直就是非常好。"我一边说着一边也跟着没来得及换的音乐走了几步恰恰，应该还是相当不错的，跳动之间，又拉过她的手转了两个圈，"看见了吧，一切正常。"

"那好吧。"她总算答应了。

于是就各自抱着一堆广告单出了门，在巷子口上坐公共汽车去了洪山广场。到了广场上我才知道发广告绝非易事，一开始根本就发不出去，对方不给我一声呵斥就算不错了，囡囡的情况则要比我好得多，自然有身为女孩子的关系，但是即使在女孩子里囡囡也是讨人喜欢的那种，跑动之间飞扬的头发、把广告单递到对方手里时的笑、奔向下一个目标时的可爱的一欠腰，我在旁边看着，无一处不是喜欢得紧，恨不能将自己的脑子变成一台复印机，把她的每个动作都复印下来嵌进身体，贴在各处器官之上。

一个多小时的工夫，我的手头上还有厚厚的一大沓，囡囡则差不多快发完了，她得意地走过来，把剩下的一小沓撂在我的一大沓上，"哈哈，今天你是活该受苦受难了，我可得去享受享受了。"说着继续得意地走到不远处的一处喷泉下面坐下了，伸了个懒腰，接着喷泉的水洗脸。我笑着摇了摇头，接着开始，慢慢走远了,一直走到马路对面电信大楼底下的树荫里,发出去好几十份之后一回头,看见囡囡和一个五岁大小的小男孩坐在一起玩起了猜手指,老远就能听见那小男孩拖着外地口音大声对囡囡说:"耍赖,你耍赖!"

随后就传来了囡囡的笑声。我又笑着摇了摇头。

后来,那小男孩的父亲把他带走了,那孩子可能还不舍得囡囡,一边被父亲拉着手不情愿地朝我这边走过来,一边不断回头去看囡囡,囡囡还坐在喷泉下面,正在不断地冲那孩子做着鬼脸;他们朝我走近了,我才看清楚那孩子的父亲是卖电话卡的,倒是不奇怪,电信大楼这一带有很多人都是靠卖电话卡为生。一过马路,那孩子的父亲就小跑着奔向一个客人去了,剩下那个孩子一个人靠着一棵法国梧桐站着,满脸可怜的样子;不过,即使隔了如此之远,囡囡也还是在做着鬼脸。

发完最后一份广告单,我朝囡囡那边走过去了,小男孩正趴在马路旁边的垃圾桶上朝里看,就像里面藏了糖果或者小汽车什么的,我摸了摸他的头,过了马路,在囡囡身边坐下,"干得不错嘛。"囡囡说。

"那是,我是谁呀,"我长舒一口气,"上次说上了天堂咱们一起当纵火犯的吧?"

"对,没错,在玉皇大帝的后花园里放火。"

"后花园可能只有一座吧,烧了就烧了,咱们总得找份工作养活自己吧,发广告单怎么样?"

"好好好,帮地狱发广告单。"

"地狱?"

"对呀，估计天堂里的人老是待在一个地方也待烦了吧，咱们办个旅游公司，也印广告单，广告单上写着'欢迎您到地狱来'啊，'下地狱超值套餐'啊什么的。"

"哈哈，不大好吧，可别把天堂里的人惹火了，施展点什么法术把我们先赶到地狱里去就完了，还是发点别的什么广告吧。"

"要不就发药品广告，上面印着病例：'家住广寒宫1号的嫦娥，患颈椎病十五年，服用本药品一个疗程之后立竿见影……'什么的。"

"啊，虚假广告抓住了恐怕是要坐牢，哦不，是要下地狱的。"

"你放心啦，我帮你顶罪，万事就说是我一个人干的，你每天给我送饭，反正你做饭比我做得好吃。"

"行，没问题，你先坐着，等哪个月黑风高之夜我就去劫狱，可是劫完狱咱们上哪儿去呢？"

"大不了去地狱吧，没关系，不管上哪儿我都跟着你去。"

"最好还是别去，呵呵，要不就没了自由了。"

"我宁愿咱们不自由！"

正说到这里，远处的马路上顿时接连响起尖利的刹车声，人群蜂拥着朝马路上跑去，囡囡脸色一变，和我连句招呼都没有打，包也没背就站起来朝着人群拥去的方向狂奔过去了，我愣了愣，也站起身来跟着她跑过去，全然不知发生了什么事情。囡囡却跑得飞快，转眼就消失在人群里，就像命都不要了一样。

终于，等我费尽力气钻入人群之中，却怎么都不敢相信眼前的一幕：刚才还在和囡囡玩着猜手指的那个小男孩，现在倒在了一团血泊之中，而一条腿已经活生生地被一辆三菱越野车压断了，安静地闭着眼睛,生死未卜;囡囡狂奔到他身边,蹲下,轻轻伸出手抚摸着那小小的身子,一双手颤抖得就像怎么也触不上去,终于触上去了,猛然回头大喊:"他还有气!他还有气!"

就在这时,巡警来了,那孩子的父亲也赶来了,这个可怜的中年男人完全不能相信眼前的事实。蹲在囡囡身边,全身哆嗦着,终了,像狼嗥一样哭了起来。我绝然想不到的事情发生了:囡囡疯了一样站起身来,朝躲在人群里手足无措的肇事者走过去,一把揪住他的衣领,那个人连连后退,囡囡就步步紧逼过去,囡囡似乎要大喊大叫,可是一句话都说不出来,她也没有哭,但是脸上全是眼泪,那肇事者连连退了几步之后仰面倒了下去,这时候,囡囡终于哭出来了,蹲下去,捂住脸,什么都不在乎地哭了出来。

我走过去,搂住她的肩膀,发现她的身体已经战栗得就像通了电的树枝一样了。

亡命之徒搂住了他的战栗的上帝。

第七章 木马荡秋千

一直到好几天之后，囡囡的心情才好了些，我知道所为何故——即使终日躺在病床上的我，一闭眼睛就会想起那个已然是断了一条腿的小男孩，而且，只要想起来心里就忍不住疼起来：那孩子现在怎么样了？他的将来又会是怎样的？脑子又总是浮出那孩子长大后挂着支拐杖到处乞讨的样子，疼痛之外，便不断生出虚无之感，好在我尚能自定心神，不让自己被满目皆是的虚无之感带走。

无论什么时候，囡囡都要见缝插针地待在我身边，单凭这一点，我也不该感到虚无。

今天更是如此，在中商广场的香奈儿专柜里站了一上午的柜台之后，囡囡回家里去熬了粥做了饭，带到医院来和我一起吃，正吃着，护士进来通知我们又到了结账的时间，如此一来，囡囡就只好再回家去拿存折出来取钱了。没想到的是，等囡囡取完钱回到医院，医院里的计算机系统坏了，没办法，只好等，等着等着就等了三个小时，其间也不断跑回房间里来和我说会儿话，又去和病房里的那两个孩子打打闹闹，结完账已经到了下午四点半钟，此时再去汉口的快递公司至少需要一个小时，于是就不去了，干脆再待上几个小时后早点去洪山广场发广告单算了，这样，黄昏的时候，我们便从病房里出来，在医院里散起步来。

拐过几幢楼房之后，穿过一条狭窄的巷子，我们到了一处堪称游乐园的地方，其实这里是医院为员工们的孩子修建的幼儿园，首先映入眼帘的是建成城堡形状的教室，教室之外依次是滑梯、蹦蹦床、木马和三只悬在枣树上的秋千，还有一个小型操场。我们轻易越过低矮的栅栏，没几步就跨过了那小型操场，各自坐在一只秋千上，剩下一只空秋千被她随意拨动着晃来晃去。

在静谧之中，囡囡连日来的郁闷看起来消散了不少，在秋千上坐了一会儿之后，她起身去坐那匹黄色的木马，她坐在木马上嚼着口香糖的样子，有点像战乱时期某个将军的女儿，在战争的间隙骑上父亲的战马玩一会儿，战场上的惨状却是并不会让她开心的。对，就是那种感觉。

从木马上下来的时候，她的身体差点连同木马一起倒在了地上，原来木马并不是固定在一处的，而是可以随意搬动，囡囡就搬着它过来，放在那只刚才还空着的秋千上，这下子，三只秋千都坐满了。囡囡用力荡出去，顺便把木马也推动了起来，如此一来，囡囡和木马都荡起来了，而且前后交错，她才荡出去它便荡回来，看起来煞有一番意趣。

"你说，那小男孩会上幼儿园吗？"三两分钟之后，囡囡慢慢坐定了问我，只剩下那匹孤独的木马因为不时被囡囡推一下还在兀自荡来荡去。

"我倒是不希望他能上，腿断了，不管怎么说都要受人嘲笑，要是我，宁愿一个字也不认识，也不愿意受嘲笑。"我想了想说。说完了心里一惊：明明是我说的话，听起来却像是出自囡囡之口。

"对，我就是这么想的，那孩子虽然还小，但是不知道为什么，总觉得眼睛里好像很伤心的样子，有的人还好，命不好还能够坚强啊什么的，有的人天生就不行，一时的命不好只能让他一辈子命不好，对吧？"说完又补了一句，"总觉得那孩子就是一辈子命不好的人。"

我叹了一声，问她："怎么会哭得那么厉害啊？"

她自然知道我说的就是小男孩的腿被压断的那个晚上，发了会儿呆，看着遥远的空蒙之处，也像我般轻轻叹了一声，"死，真是来得好快，说来了就来了，那孩子虽然没死，但是离死也只差一步，太突然了。"

"……"

"再求你件事情，行吗？"

"行，你说吧。"

"咱们就把死当作过元旦啊春节啊什么的一样过，怎么样？"

"什么？"我完全没听懂她的意思。

"没说错，就是像过节，我想过了，死虽然突然，但是总得找个对付它的办法吧，不这样的话简直度不过去，不承认也没办法：你就是在一天天往死那里走。可是，总不能除了走就什么都不干了吧，我觉得，像打针啊吃药啊这样的事情，咱们都得当成是在为过春节买烟花办年货，不然的话真是度不过去，想什么都害怕，你说呢？"

我五体投地地承认，"是。"的确如此：我读过不少书，其中关于生啊死啊的也为数不少，不管我读懂了多少，像《存在与虚无》之类的书我也至少过目了一遍，可是，关于生死，我从未读到过比囡囡说得更好的了。刹那间，我突然希望自己每天都活在早晨起床之后的那一小段惺忪里，或者干脆就是未谙世事的三岁小童，一切不由自己做主，一切都由囡囡做主。

我也不管我会走到哪里，反正有囡囡在前面带路。

就当我们一起走在买烟花办年货的路上吧。

这时候，囡囡"啊"了一声说："咱们得变成木马才行。"

"木马？"我一边问着一边去看还在摇荡不止的木马。

"对呀，你看，它也是在荡着的吧，但它就只是匹木马，没有思想，高兴啊害怕啊什么的都没有，要说一根筋它才是真正的一根筋，不管荡得多厉害都和它没关系——"接着一把抓过我的手，"我越说越觉得像，咱们还非变成木马不可了！"

"呵呵，好。"蓦然想起当初送快递时"男包子女包子"的说法，就说，"我变成公马你变成母马。"

"呸！说得这么难听，小心我把你耳朵揪下来！"说着就要朝我扑过来，还没扑呢，自己倒是先忍不住笑起来了，笑完了，再一推身边的木马，问我，"你……想过死的事情没有？"

"岂止是想过，"我笑着说，"至少想过一万次啦。"

"那……你觉得，真要到了那时候，我说的是当时，会是什么样子的？"

"倒是想过风葬的事情——"

"什么乱七八糟的，你那点小阴谋我全部都知道，凡是和什么鬼风葬有关系的书你全部都划了红杠，还想瞒着我，我早就看穿你啦，不许说风葬，就说在我身边——那时候会是什么样子？"

"没想过。"我说的是实话，"不敢想。"

"……我倒是想过，想听吗？"

"当然想啊。"

"说起来有点像一场梦，当然了，呵，本来就是在做梦的时候想到的，不知道怎么回事，醒了就忘不了了——不是在医院，在我们的小院子里，大冬天的，院子里的雪都积得有膝盖深了。咱们的屋子里烤着炭，到处都是红彤彤的，我清醒得很，知道你在干什么吗？"

"干什么呢？"

"睡着了。你喝水的时候，我在你的玻璃杯里下了安眠药。我一个人坐在床边上等着，脑子里是糊涂的，一点都不知道接下来会发生什么事情，隔一会儿就要看看手表。时间到了，从巷子口上响起了脚步声，吱吱嘎嘎的，越走越近，下那么大的雪哪会有人大半夜出来呀，肯定是要把你带走的人来了，果然，院子门本来是锁着的，他们不知怎么就站到院子里来了，开始叫你的名字。

"我心里特别平静——因为早就计划好了——听到他们叫你，就把窗户推开了，看到两个穿着黑袍子的人站在雪里，雪还在下，下得也不小，就是没有一片能落到他们身上，也难怪，天堂里派来的嘛，怎么说呢，他们的样子就和外国电影里的神父差不多。我对他们说：'他不在，我在。'

"他们当然不相信了，马上就要上楼梯，我就把窗户关了，赶紧找绳子和刀。"

"你找绳子和刀干什么？"

"哈，现在知道我为什么要在你的玻璃杯里下安眠药了吧，实话告诉你，我要像上次那样把你绑起来，不过是和我绑在一起。

"承认了吧,我要和你一起去。

"你领教过的,我绑人的功夫还是相当不错的,三下两下就绑好了,把你和我绑在一起,牢牢的,我自己只空了一只手拿着刀,还是坐在床边,这时候那两个人也上了楼,我就求他们带我和你一起走,说不管怎么样都得走。他们不同意,其中一个脾气好些,一直在听我说话,自己不说话,笑着;还有一个脾气就没那么好了,不耐烦起来,好像马上就要施展什么法术把你一个人带走的样子,我一下子就慌了,拿起刀就架在脖子上,告诉他们:要是不带我走的话,我就马上一刀扎进脖子里去,到时候,哪怕我不和你绑在一起,他们也还是要带我走。

"没办法,他们同意了,门都没锁就一起下了楼,你还在睡着,好脾气的那个就把你背起来下楼梯,我就跟在后面,可是根本就想不到:下到最后一级楼梯,什么东西把我绊了一下,我扑通一下子就摔倒在地上了,满身都是雪。其实倒在地上的时候就觉得不对了:不是牢牢绑在一起的吗,怎么就光我一个人摔在地上了?爬起来一看,身上绳子全都松开了,那两个人和你全都不见了。

"我一下子就哇哇哭了,哭着开了门,哭着跑出巷子,根本就没了你们的影子,到处找都找不到,最后,没办法了,不是说'上西天'吗,我就沿着东湖边上的那条路拼命往西跑,一边跑一边哭,哇哇大哭,哭声真大啊,把在树上过夜的鸟都惊出来了。

"就醒了,每次都是到这里醒了的,大概是老天爷可怜我吧,不知道该怎么办了,干脆就让我醒过来了。有时候走在路上想起来,也是想到这里就不想往下想了,大概还是不知道怎么办了吧,但是,我特别喜欢那种感觉:推开窗子,骗那两个人说你不在,就我一个人在。呵呵。真的,每次都是这样。"

囡囡说完了,我也听完了。心里想:退而求其次,假如真能在一个雪天里睡着了被人背走,无论如何都是个不错的结局——那时候,鹅毛般的雪片落在屋顶上,落在院子里,落在窗台上的花盆里,正如我短短的一生:爱过人,被人爱,最后去死;我的一生和雪片的一生竟是这般相似,但是我却要比雪片幸运得多,因为有人会对着要带我走的人说:"他不在,我在。"当时的雪定然不小,她肯定是一边说着一边拍着身上、头发上的雪花,镇定得就像个刚刚作完案的女特务,想一想就不能不为之迷醉。

可是,为什么我的小臂又像装了发条般狂跳起来?

"还记得我们说过走夜路的事情?"我紧张了好一阵子,终于说了,"说是到了该分手的时候,我要继续往前走,你也许就该停下来不走了,忘记了吗,是你自己说的。"

囡囡定定地盯着我看,只有两三秒钟,哇的一声就哭了,"可是我根本就做不到!"说着身体滑出秋千,蜷在地上,把头埋在我的头上,哭声小了,渐至无声,但是身体却抖动得一秒更比一秒厉害,猛然抬起满是泪水的湿漉漉的脸,哑着嗓子喊,"你真的就要死了吗?你死了我可怎么办啊?"

我凄凉地笑着,能感觉泪水也从眼眶里涌出来了,"真的要死了,错不了了。"接着一把捧住她的脸,"囡囡,你别忘记你自己说过的话,你说到的一定非要做到不可。"

"做不到做不到做不到!"她像疯了一样喊起来,抓住我的腿推搡着,几乎使出了全身的力气,推搡完了,就一拳一拳在我腿上打起来,声音比刚才更大了,"你不能死,我没批准你死!"

我哭着，没有声音，任由她推搡，任由她捶打着我的腿，就是这时候，一股巨大的、我的虚弱之体根本就无法承受的伤心压到了整个身体之上，我一下子就软了，滑出秋千，直愣愣跪在了地上，忍无可忍，则无须再忍，一把揽过囡囡的脖子，倒在她肩膀上痛哭起来，仍然是没有声音，我的脸擦着她的脸，我的眼泪擦着她的眼泪。

也不知道两个人在地上到底蜷了多长时间，即使后来没有哭的时候，也都不愿意起来，双双靠在悬着秋千的枣树上，看着眼前城堡形状的教室、小型操场和远处一座深入天际的红砖烟囱发呆，太阳仍然没有落山，一大片鸟群停在红砖烟囱的顶端嬉闹不止，而我的耳朵里却又开始了幻听：一会儿是火车呼啸着离开站台，一会儿是海浪拍打着防浪堤，后来就成了足足上千匹惊马狂奔着跑过草原了——我的耳朵里就像在举行着一年一度的那达慕大会。我一点办法都没有。一点办法都没有。

"刚才这些话，就当我没说过，你也当你没听过，做得到吗？"囡囡说话了。

"……能，没关系，说过了就说过了吧，说出来总是好过点。"

"不，我要你把我刚才说的话都忘掉！"

"好，我忘掉。"

"那就好，刚才说的话不算数，但是之前的话算数，"她一推身边的秋千，秋千上的木马就又开始荡了起来，"咱们都得变成木马，管他生不生死不死的，脑子里什么也不想，要想也是高兴的事情，像过年。"

"好好，我不光做马，还要做牛，我准备做牛做马——"我正想再开起玩笑来,突然看见地上有一张存折,是从囡囡的口袋里掉出来的,蓝色封皮,不是我的,是囡囡的。与此同时,囡囡也看见了,手忙脚乱地捡起来塞进口袋里,没说话,眼睛飞快地看了我一眼。我也没有说话,什么都不用说我就已经明白了:我的钱已经取出来用完了,今天下午囡囡去结账用的就是她自己的钱。

一声叹息。

十月里,发生了很多事情。起先第一件,就是杜离终于带着他的"女人"、他的"女人"的孩子去了大兴安岭。

其间通过两次电话,一次是因为囡囡的快递公司装修办公室,需要请一个设计师帮忙,囡囡回来后说起来,我想着请杜离去倒是合适,反正他也辞了职,就给他打了个电话,没想到电话通了之后,他却劈头就告诉我:"我又在养伤了。"

我小小地蒙昧了一阵子,很快就明白过来,"又砍了自己一刀?"

"是啊,"他身边似乎有孩子在吵闹,招呼了一下孩子后接着对我说,"快了,只差两刀就解决问题了。"

"又是满街追着砍的?"

"对,现在完全调了个儿,不管在哪儿,他一见到我就跑,我就拿着刀在后面追。那天还是的:我在他住的地方守了几天都没守到,大概又到什么地方去找买毒品的钱去了吧,都快到晚上了,终于把他等到了,喝得醉醺醺的,我刚喊了一声他的名字,他扭头就跑了,我就跟在后面追,追到了一个公园里的荷花池边上,可能吸毒的人都那样吧,什么都不想就朝荷花池里跳下去了,好在荷花池浅得很，但是那家伙倒像是掉进什么沼泽地了一样，翻来覆去地在黑泥里面滚，翻来覆去地叫我滚开，不要跟着他，也不看我，不管怎么样都不看我。

"后来，那家伙站起来了，满身是泥巴，头上还顶着片枯了的荷叶，真是说时迟那时快，我一下子脱掉衣服，喊了声'你看好了'就对准肩膀砍下去了，真砍下去了，那家伙倒呆在那里了，愣着，也不喊我滚，接着就又往黑泥里面倒下去了，简直像条泥鳅，除了泥巴还有好多枯荷叶，全都沾在他身上，那时候我已经疼得很厉害了，得去找医院包扎了，反正荷花池里的水也没多深，他应该不会有事，我就走了。

"反正只差两刀啦。"他甚至带着兴奋又补充了一句。

我也就没和他说起装修的事情，放下电话对囡囡说了一遍，囡囡听后和我一样默然无语，"也是匹木马，"她打了一盆水就坐在我的床边洗着衣服，听我讲完杜离的事情，她总是走神，拿着块透明皂呆呆地看着窗外的梧桐树，回过神来后对我说，"杜离才是匹真正的木马。"

时间过去半个月之后，一天晚上，深夜了，囡囡都已经在我旁边的床上睡着了，也是凑巧，手机忘了关。当然了，手机之于我，开或关都甚是无所谓，除了囡囡，我经常是十天半月收不到一个电话，所以，手机响起来的时候，我倒是暗自诧异居然有人此时还给我打电话来。拿起来一看，竟是杜离打来的，我便拿了手机去走廊上听。

我本以为杜离会再告诉我他又朝自己身上砍了一刀的"喜讯"，哪知不是，同样是喜讯，这次却是真正的喜讯。

电话一接通,耳边传来嘈杂的声响,隐约还有播音员的声音,似乎正在播报着列车到站的消息,杜离问我:"你猜我现在在哪里?"

"火车站?"我猜测着说。

"对呀!"没见面我也能感觉出他的高兴,真正是比以往任何时候都高兴,"就是火车站,跟你说,我马上就要上车了,去大兴安岭!"

"是吗?"我的情绪顿时受到了他的影响,不自禁也笑起来问他,"问题都解决了?"

"解决了!全都解决了!"大概他身边太吵闹了的关系,他差不多算是大喊了起来,"真爽啊,我现在简直要爽死了!"

"真好。"我拿着手机在昏暗的走廊里踱来踱去,声音肯定也大了起来,又压低了声音对他说,"真好真好。"

"我也没想到最后这么顺利——"他似乎也是拿着手机走动着找个僻静的地方,终于找到了,嘈杂声小了下来,"今天早晨他去机场找的她,拿着离婚协议书,他自己动手写的,连指印都盖好了,说对不起她,从今以后再也不纠缠她了,也不纠缠她娘家的人,孩子归她,想带到哪里去就带到哪里去,就只当从此以后大家再不认识了。他们应该也是抱头痛哭了一场的,中午她回来的时候眼睛还是红红的。

"上午他们就一起去把手续办好了,分手的时候,他找了家超市,给孩子买了一堆零食,让她一起带回来了,说是也只有买点零食的钱了。她回来之后,把离婚证放在桌子上,一个人躺在床上哭。我看着那离婚证,总觉得像假的一样,老是问自己:不是还有两刀吗？哈，幸福实在来得太突然了，对吧？

"马上就决定坐今天晚上的火车去大兴安岭了，没有直达车，得先坐38次去北京再换车，只能坐火车，要是坐飞机就带不了什么东西了。一决定就到武昌南站前面的广场上去买高价票，等了两个小时才买上，回去就开始收拾东西。正收拾着东西呢，她说和我商量一件事情，说还是想留点钱给他，我当然一口答应，就拿着信用卡去银行，出来又去找他，只不过这次是送钱给他，不是再拿着刀追他了，哈——"

刚讲到这里，杜离的声音戛然而止了，随后电话又连续响了好几次，每次刚一接通就断了，应该是杜离的手机没电了的关系，我打过去，打了好几次都打不通，在走廊上等了一阵子，只怕有十分钟还多，估计杜离可能没带备用电池，就把手机关上了。

倒是睡不着了，我就趴在走廊东头的窗子上，想着杜离去和"那家伙"最后一次见面时的情景：两个人可能会找家小酒馆去喝点啤酒？如若果然，喝啤酒时会说点什么呢？"那家伙"可能会要杜离好好待自己的孩子？想着想着就走了神，恍惚中竟觉得眼前出现了一幕电影般的画面：杜离一家人，是啊，现在几乎可以说是一家人了，坐着四轮马车，奔驰在大兴安岭秋天的原野上，一路经过了绵延无尽的白桦林和冒着炊烟的桦皮屋村庄，经过了辽阔的曼陀罗林和芍药田，天空碧蓝如洗，原野上花团锦簇，成群的白鹭从密林里翻飞出来，落在曼陀罗林里，落在芍药田里，落在吓了一跳的孩子的肩膀上。

只有上天和我自己知道，这正是我想过无数次要过的生活，而此刻我却只能蜷缩在如此一隅，不光此刻，只要我还不曾彻底闭上眼睛，这茫茫世界就不过是只摇晃的秋千，而我，也终不过是秋千上的木马，一念及此，又何止于黯然神伤？

罢了罢了，还是像我经常想起的那句话一样吧：活着的时候尽可能活得快乐一点，因为你可能会死很久。

还要尽可能活得长一点，因为囡囡没批准我去死。

回到病房里，躺在床上，转过身去看囡囡幽光里的脸，我还在想：现在，杜离应该是已经坐上了火车吧？那个我未曾谋面的孩子，只怕也该在车声里安然入梦了吧？

第二天早上醒来，窗外风雨大作，站在窗户边往外看，医院外边的马路上已经积满了水，大概是下水道又坏了，如此之后，根本就没有汽车通行了，上班的人们只好被迫卷起裤腿去蹚水，天气本来就已经寒凉了起来，所以，隔了好远我也几乎能清晰看见那些人冷得瑟瑟发抖的样子。

我劝囡囡不要去上班了，她却不干，拿着把雨伞就出去了，可能是怕麻烦吧，她连鞋也不穿，袜子和旅游鞋都提在手里，光着脚下楼，光着脚从草坪上抄近路，出了医院就开始蹚水，足足蹚了十分钟才好不容易走到可以坐下来穿袜子穿鞋的地方。穿鞋子的时候，头发掉进了水里，她只好用一只手抓住头发一只手去穿鞋，这些寻常的动作，却使我幸福得眼前一黑。

那个一只手抓住头发一只手去穿鞋的女孩子是我的。

临近中午的时候，原本躺在床上好好看着一张过期的报纸，报纸是那两个孩子的父母带到病房里来的：中山美穗嫁给了得过"芥川奖"的年轻作家；一个偏僻的山村发现了大片大片的唐朝墓葬；大洋彼岸的美国，一年一度的"看谁最像海明威"大赛评选出了最后的结果，等等等等，不一而足。正看着报纸，眼前一黑，顿时就天旋地转起来，我知道大事不好，强自从床上爬起来，出了病房，狂奔到走廊西头的那处水龙头之下，但是已经晚了，才跑到一半，鼻子就开始流起血了，一滴一滴，一直从走廊上滴到水龙头那里。

每隔几天我的鼻子就要出一次血，可谓是一喜一忧：忧的是一次总比一次出得更多，喜的则是毕竟我身体的其他地方还没开始出血，果真如此的话，我离住进隔离病房的日子就近在咫尺了。但是今天出的血却是格外多，似乎全身的血都要跑出我的身体去赶赴一场狂欢节，最后，实在没办法了，冷水根本就不再是血的对手，我虚弱不堪地去了值班医生那里。

回来就睡着了，在临睡前的一刹那里，隐约听见那男孩子的父母在小声争吵着什么，似乎是为了钱，也难怪，早在遥远的唐朝就有人说过了：诚知此恨人人有，贫贱夫妻百事哀。和那两个孩子相处了这么长时间，他们各自家庭的情形我也大致都能了解一点了：女孩子的家境要好一些，父母却离了婚，有时候是父亲来陪夜，有时候是母亲来陪夜，有时候就干脆没人来了；男孩子却来自一个小县城，父母以在街上摆水果摊为生，现在看病的钱都是东拼西凑借来的，即便是像囡囡一样在病房里加一张床过夜的钱，他们也支付不起，每到晚上就离开了，全然不知道他们到底在哪里过夜，所以，男孩子的心思就比女孩子重一些，常常对着窗子外面发呆。

迷迷糊糊睡醒的时候，囡囡斜躺在我身边，两只脚搭在床沿上，看着我，用手当梳子轻轻梳着我的头发，饭和粥都已经放在床边的桌子上了。

"你没上班?"我有气无力地问。

"上是上了,不过只上了一半,"她说,"商场里也进了水,就先回去做饭了。"

原来如此。说起来真是神奇:不管什么时候,哪怕我再难受,只要一看见囡囡,心情在三秒钟之内就能迅速好起来,直至好得不能再好,简直就是一服灵丹妙药。今天也是如此,我马上坐起来喝粥,喝完粥再吃饭,吃囡囡一天比一天烧得好的菜。其实我的饭量现在已经很小了,喝完粥,往往才吃了两口饭就再吃不动了,每次都要剩好多,要是在以往,囡囡是不会放过我的,肯定非要逼着我吃完不可,最近可能看我实在吃不下去了,也就不再逼我,但是做的分量丝毫也没有比从前少。

果然剩了好多,囡囡从她包里掏出餐巾纸来帮我擦了嘴巴,等我重新躺下后,才到走廊上的水龙头底下洗饭盒去了。

其实一躺下就想小便了,就穿了拖鞋去卫生间,上完卫生间出来,才想起来在走廊上没看见囡囡,心里正奇怪着,走到楼梯口,想了想,就往下走了两步,结果,刚刚才在楼道里站住,不经意地往前一看,全身顿时如遭雷击:囡囡正在吃饭,她在吃着我吃剩下了的饭。

——就坐在药房前面的那张长条椅上,也不管过往的行人总要盯着她看上两眼,不紧不慢地吃着,过了会儿,可能是烦了总盯着她看的那些人,就站起来对着窗户,还是不紧不慢,小腿还不时往后跷起来一下子,这样,她牛仔裤上踩烂了的裤脚便显得格外触目。

我忘记了离开，一直呆呆地盯着她看：每次我吃饭的时候，要她也吃一点，她总是说在家里就已经吃得够饱的了，多一口都吃不下去，我也就信了她的话，哪知真实的情形却是如此：囡囡竟然节约到了如此地步，我们口袋里的钱自然是所剩无几了。

一刹那间，我想狂奔到她身边，哀求她：就此离开医院，回到我们的院子，回到我们的房子，安安静静地等来死亡，再不在医院里作虚妄之求，终于还是没有。

这时候，囡囡转过了身，一转身就看见了我，身体兀自一震，脸上的神色慌乱了，但是，囡囡毕竟是囡囡，"哈"了一声扑上前来，只说："来找我了呀，两分钟没见着就想我了吧！"

天气是越来越凉了，不觉间，原来总在窗外的梧桐树上过夜的两只斑鸠也不知去往了何处，青葱的树叶已经完全转为了枯黄，随风坠落，堆积在地，行人踩上去发出沙沙的声响，我即使躺在病房里也能清晰地听见；有的叶片堆积在窗台上，被雨水淋湿，再和从窗户上脱落的油漆混合在一起，散出了一种说不清道不明的气息，我想，这就是所谓的萧瑟之气了。

我却是喜欢这种气息的。白天里，阳光几乎完全消隐不见，薄薄的天光几近于无，站在窗户边依稀望见水果湖，湖面上打捞水草的铁皮船在秋天里愈加显得锈迹斑斑了，即便从水里打捞起来的水草，也逐渐现出了正在老去的模样。天气是冷了，但是身体被毛衣包裹住之后，非但不觉得冷，反而还生出了一种奇异的暖和，全身都觉得慵懒，那种感觉，就像一只躲在主人的被子里过冬的猫。

囡囡就没有那么幸福了，每天照样早出晚归，得着空了就回医院里来陪我一阵子，要么戴上耳机听听MP3，要么和那两个孩子一起听我讲故事，晚上却是早早就睡了的，一来是她每天都忙得疲惫不堪，回来就想躺下；一来是我的精力也在日渐消退，本来在好好地聊着，一会儿就睡着了，睡也睡不实，经常醒过来，如此几个来回，天也就快要亮了。

就在如此的光阴流转中，我和囡囡的囊中已经绝不只是羞涩，而是完全地空空如也了。

即便囡囡打了四份工，没有一天回来的时候不是精疲力竭，但是，那些微薄的工资也显然应付不来我每天要花出去的治疗费和护理费。我每天必须接受三次注射，每隔一个星期要输一次血，仅仅注射一针，就得花去好几百块，除此之外，像我每天都口服的"康力龙"之类的进口药，每一盒的价钱高得都是过去的我闻所未闻的。

依我估计，下一次结账的时候我们可能就再也拿不出钱来了。

结果却只晚了三天。结账之前，护士来催促过好几遍，囡囡每次都说马上就去，但是我知道，这一次我们是绝对再也凑不够钱了。果然，那天中午，她揣着两包烟去找了主治医生，就在走廊上，我能清晰听见她在求那医生跟医院里打声招呼，宽限我们几天，这个医生平日里对我还是相当不错的，那天也不知怎么了，火气特别大，厉声呵斥囡囡："都像你们这样子我们还怎么办医院？"囡囡便将两包烟塞进他的白大褂里，就要跑回病房里来，没想到那医生的火气一下子更加大了，掏出那两包烟就砸在地上，对着囡囡大声喊："拿走拿走拿走！"最后，囡囡只好从地上把烟捡起来。

我在病房里听着走廊上的动静，心如刀绞：如果不是因为我，像囡囡这么漂亮伶俐的女孩子，在她的一生中，又怎么会遭遇这般体面丢尽的此刻？

心如刀绞。

不大工夫之后，囡囡进来了，知道我听见了外面的动静，只怕也再没力气来瞒我了，径自往旁边的床上一倒，突然就拆了一包烟，抽出一支来，想点上，可是没有打火机，她拿着烟朝病房里到处张望，目力所及之处却没有打火机，一把将那支烟攥在掌心里，顿时就要哭起来。

但是没有哭，她突然从床上一跃而起，站在地上重重跳了几下，既像足球运动员上场前在球场边上做准备活动，也像是在商场里买裤子，付款之前到试衣间里对着镜子跳几下，看看合不合身。"他妈的！他妈的！"她一边跳一边喊，喊着喊着却笑起来了，回头看看那两个孩子，连同他们的父母，都在午睡，就对我调皮地一笑，"不行，你得亲亲我。"

"啊？"我吃惊不小，全然没想到转瞬之间她就多云转晴了，"怎么了？"

她扑上前来，抱住我的脖子，好生地和我接了一次吻，两个人都差点喘不过气来了，"好了，"她嘻嘻笑着放开我，就像一个杀人如麻的匪首放开一个不胜哀怨的民女，"我得给自己加点油，哈哈，你就是我的加油站。"

"加油站？"

"对，没错，就是加油站。"说着在我身边躺下，两只脚搭在床沿上,"刚才真是差点挺不住了,长这么大还没有受过这种气,知道我刚才想干什么吗?想给那家伙两巴掌,不过就那么一下子,马上就不想了。满脑子都是看过的悲剧电影,要是按照电影里的做法,我是应该给他跪下的,抓着他的裤子又哭又闹什么的,呵,也是真这么想了,可能脸皮还是太薄了,没下得了手,哦不,是没下得了脚。"

"你觉得咱们现在这日子过得有意思吗?"停了一小会儿,囡囡问了一句。

我脑子里又想起她问过我的"活着是否有意思",迟疑着说:"还是有意思的吧?"

"对呀,真乖!"她侧过脸来在我额头上迅速地轻轻地亲了一下,像占了个什么大便宜似的,哈哈笑着说,"你的口水就是我的加油站,我得加了油才能再往前开——哎呀,我觉得这句话说得好恶心啊!"

我也不自禁地笑起来,"呵呵,是够恶心的。"

大概只过了三天时间,护士再没催促我去结账了,我心里暗自纳闷,但是总不能主动问起吧,就没问,到了晚上,等囡囡回来之后,我对她说起,她竟然说账已经结过了。

"可是,咱们哪里还有那么多钱啊?"我心里隐隐有种不祥的预感,接着追问了一句,"你从哪儿来的钱?"

"你就别问了,"她一边收拾衣服去医院的公共浴室洗澡,一边回答我,"反正钱都已经结清了。"

"可是——"

"什么可是可是的,你烦不烦啊,叫你别问你就别问了!"我没想到她会生这么大的气，不管青红皂白就对我吼了起来，把那两个孩子都吓住了，本来两个人躺在各自的床上互相考着脑筋急转弯，立即就再不说话，安静地看着我们，囡囡的语气却又软下来了，"我把你的东西送进当铺里当了。"

"什么东西呢？"

"至于什么东西嘛，嘻，你就别管了，反正我自己也能当家做主，对吧？"说着就端起脸盆拿好换洗衣服往病房外面走，临出门又转过身，竖起一根手指对我一点，"宝贝儿，你可真是麻烦。"

囡囡出去后，我坐在床上想了好半天：想我到底有什么东西能拿到当铺里去当出那么多钱来，结果是没有，再怎么也不可能是那些CD和DVD吧？更不可能是电视机和影碟机，这两样已经用了好几年的东西现在都是丝毫不值钱的东西。那么，到底是什么呢？

想了半天都想不清楚。

囡囡回来之后我没有再问。是跛着脚回来的，原来是从浴室里出来的时候滑倒在地上了，脚上都破了皮，本来就已经破了的牛仔裤上的那条口子也被撕得更长了，一见之下，我早就心疼得无暇顾及其他了。囡囡也顺势在我身边坐下，把脚伸出来给我，"给我揉揉。"

她的话才一落音，我就像刚刚发现了稀世珍宝的考古队员般捧起了她的脚。

但是，谜底还是在半个月之后揭开了。

是个星期天，下午，囡囡去了黄鹂路上那对年轻夫妻的家里帮忙带孩子，我正趴在病房里的窗户上抽烟，自从那两包烟没能送出去，我偶尔又开始抽一点了。窗外的草坪上有两只流浪狗在追逐嬉闹，闹着闹着就跳进了停在旁边的一辆没关紧窗户的汽车里，汽车里有个年轻的女孩子正靠在座椅上打盹，冷不丁两只流浪狗跳到了她身上，她一睁眼就尖叫了起来，拉开车门就往外跑，我笑了，烟头都燃到手指处也没觉察出来。

这时候，病房里进来了一个中年女人。因为今天恰好是同病房的那个男孩子的生日，我还以为是他的什么亲戚来看他了，就没留心，继续打量窗外，结果她却径直朝我走过来，问我是不是某某人，我点头称是，问她有什么事情，她却怒气冲冲地掉头就走了。

真是奇怪。她走了之后，我搜肠刮肚地想自己是否在哪里见过她，到头来还是一点印象都没有，我照旧趴在窗户上，看着她出了楼，在停车场地上的一张报纸上坐下来，仍是满脸都气愤至极的样子。她既然没走，我似乎就该追下楼去问个清楚，想了想还是没有：莫说眼前这个素不相识的中年女人，即便阎罗殿里派来的黑白无常站到了我的面前，又能拿我如何呢？

我径直跟着他们走就是了。

五点多钟的样子，囡囡回来了，手里拎着饭盒，应该是带完孩子回家里做好后带来的，而且还对今天的饭菜相当满意，一边低着头往前走，一边还忍不住掀开饭盒去闻一闻。

我笑了，正要喊她一声，却有人把她叫住了，就是那个找过我的中年女人。本来有一阵子她是已经从医院里出去了的，不知何时又回来了，就坐在囡囡曾经摘过睡莲的水池边上。听到有人叫她，囡囡的身体竟是一震——现在，我们的身体差不多已经合二为一了，她的身体一震，我也能够感觉到。

那中年女人就像抓小偷一样朝着囡囡飞跑了过来。

我确信在听到有人叫她的一刹那，囡囡慌得差不多要撒腿就跑了，终于还是没有，在原地站住了，等着那中年女人走过来。

"沈囡囡，我的钱是不是你偷的？"那中年女人离她还有好几步远就大声喊了起来，恨不得满医院的人都能听见她的声音，"你要说清楚，你要跟我说清楚！"

囡囡说："……是。"

"是"。我在心里也说"是"。我也算敏感之人，几乎在囡囡和那中年女人碰面的第一时间起，我就能确认她是谁了：她肯定就是囡囡的姑妈。说起来，在未经她同意的前提下我也曾造访过她的家。几乎与此同时，我明白了囡囡到底是用了什么办法把医院的账目结清的了：我的房子里本无值钱的东西，囡囡又如何能将那些东西从当铺里当回我们需要的钱？所以，尽管我根本就听不清楚囡囡的声音，但是我也知道她说："……是。"

如此说来，囡囡的姑妈自然也知道囡囡现在是跟谁在一起、偷她的钱又是所为何故了，至于她是怎样打听清楚的，我根本就不想知道，世界上那么多弥天大案都能被一一告破，打听清楚自己侄女的行踪又有何难呢？我只在心底里叹息了一声：囡囡。

囡囡！

一辆汽车驶过来，囡囡和她姑妈正好挡住了路，汽车喇叭便接连不止地按响了，可能是太气愤了的关系，囡囡的姑妈一把就拽住囡囡往停车场里拖过去，拽得太急了，囡囡的身体一个踉跄，手里的饭盒掉在地上，粥和饭菜都打翻了。

囡囡的姑妈根本就不管这些,继续声色俱厉地呵斥着囡囡,一口一个"死丫头",一口一个"沈家从来没出过你这种人",一口一个"你怎么不死了算了",说着说着更加激动了,一把就把囡囡往后推去,囡囡没有防备地倒在后面的一堵墙上,她趔趄着,两只手下意识地往后摸索着扶住了墙,这才没有倒下去。站稳之后,低着头,一句话也不说。

只是,她的手必须不时地去揉揉脑袋,刚才那一下显然撞得不轻。

我再也不忍心看下去,转身就要往外跑,跑到囡囡的身边去:管他声色俱厉,管他拳脚相加,都朝我来,都朝我这个已经手无缚鸡之力的废人来吧!我大口大口喘着粗气跑出病房,跑下楼梯,结果,还是在一楼的大厅里站住了,一丝残存的理智告诉我:不要再去火上浇油,不要再去给囡囡增加麻烦。可是,我又实在不忍心见到囡囡这个样子——低头的样子,一句话也说不出来的样子,总是忍不住去看打翻了的饭菜的样子——我不愿意见到,我不忍心见到!

进无可进,退无可退,我一下子在玻璃门旁边坐下来了,背靠着玻璃门,痛苦万般地抱紧了自己的头。

而囡囡还在外面站着,训斥声还在高一声低一声地起伏着。

第二天早上,同病房的男孩子死了。天才蒙蒙亮的时候,楼下传来惊叫声,我本来就睡得很浅,听到惊叫声和杂乱的脚步声,想着肯定有什么事情发生了,就掀起被子下床去看。推开窗子,先看到好多医生和护士都在朝这边狂奔过来,一低头,赫然看见梧桐树下面竟然躺着同病房的男孩子，安安静静地，就像睡着了一样，两个护士模样的人在他身边蹲着，一副手足无措的样子。

在那一刻之间，我完全不能相信自己的眼睛，回过头去看那男孩子的病床：果然是空着的，被子整整齐齐地叠好了，枕头就放在被子上。这时候囡囡也醒了，拖着拖鞋在我身边只往下看了一眼，转身就往楼下跑去了，我也跟着她往外跑，跑到一楼大厅，拉开玻璃门，一直跑到那孩子的身边，直到这个时候，我才看清楚他并不是安安静静死的，脸上和胳膊上都有血，手上也沾着血，沾着血的两只手还在紧紧地攥着身边的草丛：临死之前，他一定是承受过常人难以想象的疼痛。

他已经死了，他的父母却还茫然不知。

直到那孩子被抱走，囡囡的身体还一直在哆嗦着，脸色惨白，我们就在梧桐树下面坐着，我想起昨天还是那孩子的生日，今天就赫然成了他的死期，恐惧之感就迅速将我包围了，就像《小窗幽记》里的一句话——"世界极于大千，不知大千之外更有何物；天宫极于非想，不知非想之上毕竟何穷。"生而为人，少不了悲歌恸哭，少不了醉泣涕零，但是到头来都化为了一缕轻烟，风吹杨柳也好，雨打梨花也罢，都裹在轻烟里消失得再无影踪了，而余下的人们还得费心在尘世上留下影踪，犹如飞蛾扑火，犹如水中捞月，直至最后，被另外一阵轻烟裹走，其实不曾在尘世里留下半点痕迹。

囡囡突然不再坐了，在我面前蹲住，一只手在我脸上划来划去，似乎三分钟之后我就和她再无相见之日，哆嗦得也更加厉害，全身都像是在打冷战。

上午，囡囡走了以后，我才从护士那里知道，那孩子是半夜里跑到楼顶上跳下来的，跳下去之前把什么都准备好了：在卫生间里洗了个冷水澡，床铺也收拾好了，还在一张纸片上给父母留了话，要他们再给自己生个弟弟。听完之后，我全身发冷：和往日里一样，昨天晚上我照样醒了好几次，却全然不知他到底什么时候起来做这些事情，又是什么时候跑上楼顶的，我只记得昨天晚上关了灯之后，他还和那女孩子考了一阵子脑筋急转弯。

整整一上午，我总是忍不住还要趴在窗户上去盯着那孩子坠落的地方看，因为是个晴天，草丛里的血迹便历历在目了。同病房的女孩子倒是一大早就被送去输血了，真不知道她回来后还敢不敢待在这间病房里。十点钟的样子，那孩子的父亲来收拾病房里的东西了，显然，他连哭都哭不出来了，只盯着收拾得干干净净的病床呆呆地看，旁边的人要是上来帮他，明明还隔了好几步远，他就机械地、下意识地开口说"谢谢"了。

我在旁边看着，泪流满面。

我知道，那孩子就是不愿意再拖累父母才从楼上跳下去的。

中午接到了囡囡的电话，问我身体感觉怎么样，我说还好，她便要我自己出门坐公共汽车去汉口的鑫乐影城看场电影，她就在门口等着我。我觉得奇怪，"怎么想起来要看电影的啊？"

"忘了我们说过的话了？"她在电话那头反问我，语气听上去竟然很是轻松，"把死当元旦当过年一样过。"

没有忘记。我便换好衣服出了门，出门之前拿起囡囡买的一块小圆镜看了看自己，已然是胡子拉碴了。"但是有什么关系呢？"我在心里想着，"即使全世界的人都对我躲避不及，但总有一个人是不会嫌弃我的。"在医院门口,我等了好半天才算等到一辆有空座位的公共汽车,今时不同往日,现在,如果我再坐公共汽车,是无论如何也没有力气站到目的地去了。

车行至长江大桥,天气已经转阴了,我往车窗外看去:蛇山上的黄鹤楼和龟山上的电视塔都有一小半消隐在浓雾里,两山之上都走着些许游人,全然不似春夏两季,那时候,行人走在草木葱茏的山路上,站在长江大桥上是绝然看不见的;更往远去,新修的彩虹形状的汉江桥在浓雾里若隐若现,三十六层高的泰合广场上又新添了几面广告牌;江面上,货船和轮渡缓缓流驶,不时响起沉闷的汽笛声,就像不堪重负的老牛叫了一声,倒是把低旋的江鸥吓得折翅回返了。

不过是些平常得不能再平常的景致,我却怎么都看不够。

到了鑫乐影城,囡囡已经在门前的台阶上坐着了,旁边放着两罐可乐,一罐已经打开了,另一罐显然是留给我的,手指上还夹着一根烟。

"这么奢侈啊?"我呵呵笑着在她身边坐下,"又是可乐又是万宝路的。"

"哇,你简直太没良心了!"她站起来,拍拍衣服上的灰尘,挽住我的胳膊往里面走,"连可乐都不能喝还算什么过年啊,实话跟你说,看完电影还要请你去吃西餐呢。"

"啊,不会吧?"

"怎么不会?反正现在还有钱,"我来之前囡囡就已经买好了票,说话间就进了影院,尽管黑黢黢的,但也可以感觉出来装潢得甚为堂皇,不过看电影的人却不多,偌大的影院只稀稀落落坐着几个人，在最后一排靠角落的地方坐下来之后，囡囡又说，"反正钱是偷来的，无所谓了。"

我没答话，因为不知道说什么好。正在放着的电影是《菊次郎的夏天》，北野武的电影，用妙趣横生来形容是一点也不为过的，音乐和画面也都可称清新，点点滴滴都恰到好处，可是却怎么也看不进去，囡囡大概也是一样。是啊，应该是有些话要说的。

"真没想到，居然当了小偷。"囡囡在黑暗里说。

"……"

"想听听我是怎么当小偷的？"

"……"终于还是颓然点头，"好吧。"

"容易得很，以前就帮我姑妈去银行里取过钱，她的身份证放在哪里我也知道，真是容易得很，其实当时就知道迟早会被她发现，但是已经横了心，就管不了那么多了——"说着一把抓住我的胳膊，"先回答我一件事情，有句话叫'坏女孩上天堂好女孩走四方'，听说过没？"

"听说过。"

"你觉得这句话说得对吗？"

"那要看怎么说了，依我看还是有几分道理的。"

"那就好，"她松开我的胳膊，"将来，要是真能上天堂的话，还是想碰上你，老实说吧，我可是个贪心的人，才不只是想跟你发发广告单当当纵火犯那么简单呢，想和你结婚，生个孩子，而且觉得现在我为你遭点罪，将来上了天堂可就得你来服侍我了，可是，万一你上了天堂，我却上不去，怎么办呢？"

"那怎么会！"我攥住她的手，"老办法，咱们捆在一起上！"

"要真能那样倒是好了,"她在黑暗里凄凉地一摇头,是凄凉,尽管我只能模糊看见她的脸,但是照样能感觉出来,"说不定我只能下地狱呢?"

"囡囡,你到底怎么了?"

"没什么。"停了停,她点上一根烟,一双颤抖的手使劲打着打火机,怎么也打不出火来。我接过去,打着了,给她点上,她深深地、深得不能再深地吸了两口,烟头一明一灭,就在明灭之中,我看见她脸上有泪水,她再猛吸一口,告诉我:"我不只偷了我姑妈的钱,还偷了别人的,我现在真的就是个小偷了。"

"什么?"

"你听好了,我是小偷,小偷就坐在你旁边。"

我不相信,盯着她,她也转过脸来盯着我。她脸上的神色不由得我不相信。

我只能相信。

"呵,没当过小偷的人根本就不知道当小偷有多简单,既不要胆子也不要手艺,看到什么拿走就是了,就像在自己家里拿件什么东西,我已经偷了两次了,全是送快递的时候偷的,加起来有六个手机,一点事情都没有,你别说,当小偷我还真是特别有天赋。

"其实也就才当了几天,也是怪了,偷的全是手机。第一次是那个公司的人都在会议室里头开会,送完快递出来,看到一间办公室的门虚掩着,里面一个人没有,每张桌子上都有一个手机,可能是那公司不准在开会的时候带手机进会议室吧。马上就决定要偷走,推开门进去以后也平静得要命,一共五个手机,一边往包里装一边还觉得有点假，好像不应该这么平静才对啊。

"偷完了出来，又不知道怎么出手了，毕竟是第一次，心里完全没谱，就在电信大楼下面乱转，看看能不能出手，都转到天黑了，人也少了，就问一个卖电话卡的人要不要，他一听，马上就把我拉到洪山广场上坐下来，提出要看看货，其实就是那时候我才找到了小偷的感觉，鬼鬼祟祟的，结果那个人一看就说全部要了，价钱压得很低很低，不过我全部都给他了，不知道怎么回事，突然觉得害怕了。这就是第一次。

"至于第二次嘛，更容易，在中百仓储门口走着，看见有辆车的车门没关，里面没人，副驾驶的位置上放着个手机，我顺手就把它拿出来了，一分钟都没用到。"

"……"我变成了哑巴，一句话也说不出来了。

"想什么呢？"囡囡用手指捅了捅我，"啊，嫌我丢人了？"

"我想死。"我对她说。

"你敢！"她说，"我不批准——胆子不要太大了哦。"

"囡囡，到底怎么会这样了啊？"我的整个身体几欲陷进座位里，抬起头，看着头顶上根本就看不清的天花板，太阳穴疼得几乎受不了，就像有人拿着把凿子在狠狠地往我脑袋里凿进去。

"没怎么样，我不觉得有什么啊？"她故意装作非常舒服地靠在我肩膀上，我还是听见她哽咽了一下，"对了，还是想问问，像我这种做小偷的人，只要不是因为好吃懒做才去做小偷，照说还是能上天堂的吧。"

"能。"我也哽咽着告诉她，"一定能。"

"我想也是。你在前面走我在后面慢慢跟着来，万一有什么危险，就把你丢下自己先跑了再说，要是咱们走丢了的话，你就在天堂门口等等我，抽抽烟看看报纸什么的，要不你就找熟人聊聊，我弟弟啊同病房的那个男孩啊都可以，哦对了，那孩子要是被我碰见了的话，我可要好好教训他。"

"教训他什么？"

"不听话呗。说到底还是不懂事，死多容易啊，算了，不说了，咱们好好过年吧，哎，对了，你觉得咱们像不像两个猿人？"

"猿人？"

"是啊，猿人，反正我觉得像。你看，咱们想把今天当元旦过就当元旦过，想把明天当圣诞节过就当圣诞节过，一点时间概念都没有，不是猿人是什么？无非是多穿了层衣服吧，没钱了就去找别人拿，拿了还不用和别人打招呼——"

"囡囡，行了！"我打断了她。我知道，那是她在故意安慰自己，其实她说出来的话绝非她心中所想，在这个世界上，也许再没人能比我知道囡囡更多，一个每天出门前都要花上半个小时梳妆打扮的人，一个每隔一段时间就要买回一盒便宜至极的指甲贴片的人，她又怎么会甘愿是一个衣不蔽体的猿人呢？

"囡囡，就算我求你了，你让我死了算了。"我又说了一句。

这下子，她再也无法强自镇定下去了，从我肩膀上抬起头来，眼睛对准我的眼睛，"知道吗？你是我见过的最没劲的人。"说完就起身要往外走，正好撞在前排座位上，我心里一慌，下意识地伸手去扶她，她一把就打开了我的手，往外跑了出去。

我没有追，因为没有力气站起来，真的感觉到自己就快要死了，轻烟似的魂魄正在一点点离开我的身体；屏幕上，菊次郎正在玉米地里偷玉米,还不到成熟的时候,辽阔的玉米地里到处都是绿油油的,所以,整个屏幕上都是一片绿色,绿得令人心悸,绿得令人气短,一齐朝我压迫过来,加重我的虚无之感:满世界到处都写着"罪孽"二字,我是罪孽缠身的人,如今又把另外一个人带进了罪孽之中,即便我就此离开人世,可以肯定,我的罪孽也并不会一笔抹消。

——囡囡,我活不下去了,我真的不知道该怎样度过余下的时光了。

"喂喂,"其实囡囡根本没有跑出去,就坐在我的后排座位上,她嘻嘻笑着一拍我的肩膀,"你姐姐我够辛苦的啦,还惹我生气,来,给姐姐加点油。"

第八章　再见萤火虫

自从住进医院，我的身体与过去相比似乎好出了许多，过去那种无端流鼻血、眼前发黑的情形尽管还不时发生，毕竟还是少了，当然，我绝不会就此生出虚妄之念，虚妄到会以为自己还能活下去，但是说实话，每当囡囡说起即便得了我这样的病也还是有极少数人活了下来，我的心里还是经常兀自一热。

慢慢地，就开始经常回我的小院子里去待一待了，多半是下午，一直待到晚上十点，只要赶在注射的时间回去就行。囡囡也和我在一起，因为不用在洪山广场上发广告单了，这种工作总只能临时性地做一阵子，囡囡没再去找晚上的工作，每天除了站柜台就是送快递，周末的时候再去黄鹂路带孩子。

当然了，还有件事情是一定要做的，那就是当小偷。

小偷。

今天晚上，吃完晚饭，我们在巷子里散步，走到师专门口，看见操场上正在放露天电影，就进去了，也没有凳子，我们就远远地在一排石阶上席地坐下，我靠在一堵水泥墙上，囡囡靠在我身上，电影刚刚开始，离得太远了，我只能模模糊糊看见似乎是部老电影，果然，片头出完之后我听到了第一句台词："二十五岁便死去的姑娘还有什么可说？她爱莫扎特和巴哈？她爱披头士？

她爱我?"真的是部老电影,是当年也曾风靡一时的《爱情故事》。

囡囡没有好好看电影,兀自拿着个游戏机堆俄罗斯方块,不知道从什么时候起,囡囡喜欢上了堆俄罗斯方块,我问她游戏机从哪里来的,她盘腿坐在床上,笑着告诉我:"偷的呀。"

我也没有好好看,搂着囡囡去想些不相干的事情,是啊,只要和囡囡在一起如此安静地坐着,就是再好不过的事了,再无别的奢求了:天上挂着一轮上弦月的夜晚,夜晚里流溢着无处不在的新鲜空气,电影银幕上的校园雪景,还有银幕下如我和囡囡一般年轻的情侣——我竟然有幸和囡囡一起置身于如此让人心醉神迷的场景之中,而不是孤悬于外,还有比这更好的事情吗?也有那么一刻,我又觉得我们好像不是置身在如此场景之中,而是变成了两只在冰天雪地里过夜的浣熊,在无边无际的银白色光芒里坐着,恰好一阵流星雨掠过天际,两只浣熊惊呆了,不要命地凑在一起。

"我说,假如我要是死了,你会怎么说起我呀?"囡囡突然问我,"不会也是没什么可说的吧?"

"怎么会呢?"我笑着说,"根本就没那么一天啊。"

"不行,我要你说说,想听。"

"不知道。"说着突然想起我喜欢的冒辟疆写给董小宛的那句话,"余一生清福,九年占尽,九年折尽矣——呵呵,大概会这样说吧?"

"什么乱七八糟的呀。"

我便给她讲起冒辟疆和董小宛的故事,一边讲,一边就觉得自己像是真的和他们两人生活在了同一朝代:烟雨里的鸳鸯湖,夜色下的桃叶渡，还有庭院里沾满了露水的木兰，九曲水榭中响起的《燕子笺》，无不在眼前栩栩如生，我似乎是个初到某地的游客，被眼前美景吓得几乎走不动了，还是忍不住要走下去，从鸳鸯湖走到桃叶渡，看完了木兰再去听《燕子笺》。

说到董小宛一时名动江南，身边达官贵人云集，却喜欢上了没有任何功名的冒辟疆，并且央求自己的父亲先去冒家求亲的时候，囡囡说："有性格，要是我，我也一样。"说着抬起头来，"我要是喜欢上了谁，就要他的全部，他的心哪怕在别人身上，我也要把他偷过来，啊，你是已经领教过了，反正我是小偷。"

我害怕听囡囡说起她是小偷，每次当她有意无意地说起，我总是要将话题岔走，她呢，每当看见我脸上的慌乱之色，就笑着停顿一阵子，最后，"啊"一声，像是自嘲般继续说话，而我再也无法就此放下，常常要郁闷好一阵子才能恢复平静，不敢往下想。这么说一点也不夸张：如果继续往下想，我可能会当天晚上就趁着囡囡睡熟的时候从窗子里跳出去。

但是，今天晚上我的心情还是稍微好过了些。

原因大概是吃晚饭的时候又和囡囡说起了当小偷的事情？今天的晚饭丰富得简直令人难以置信，除了几个素菜和两只酱鸽之外，居然还有蒸腊鱼，在今天，如囡囡般的年纪会蒸腊鱼的人可真是不多了，不用说，她在做之前对着菜谱显然是颇为费心地研究了一下的。她在煤气灶前面忙活着，我蹲在一边帮她择菜，她突然说："今天觉得好累，本来懒得做了，准备打电话叫外卖的。"

"怎么又没叫呢？"

"舍不得呗，再就是觉得要是真叫了外卖的话，就真的成了个什么罪犯了，偷了钱就去花天酒地，不说花天酒地至少也要点几个好菜吃吃，电视里都是这么演的。"

"……"

"那天在电影院里，我说我觉得自己像个猿人，真不是装出来的，就是真话。现在要是有警察把我抓起来的话，不判刑也得拘留拘留什么的吧，可我心里就是觉得没什么，该唱就唱该跳就跳，我想着：要是你没病，那我可能自己就得去投案自首了，问题就是你病了啊，我想让你活下去，活不下去也要活得长一点，钱又没了，那总得想办法吧，没办法怎么办？就只好偷了。

"当然了，得找点方法来安慰安慰自己，我就告诉自己说现在我就是个猿人，身边的人都是猿人，好坏啊美丑啊是没有的，所有的事情都是先为了活下来再说。你别说，还真管用，这么想着，心里就一点也不难受了，有时候，明明是在高楼大厦底下走着，却觉得自己是走在什么深山老林里，满山转悠就是为了找吃的东西。

"我觉得，不管怎么说这都是咱们两个人之间的事情，和别人没关系，别人那里自然还是有好坏啊美丑啊什么的，咱们也不是就不讲了，暂时不讲而已，到了该讲的时候再讲，没准哪天我就自己跑到派出所去自首了，但是那得等到咱们都彻底解脱了的时候，你想想，将来要是上不了天堂，我就在牢房里待着，还有吃有喝的，多好啊；要是下地狱的话，听说地狱门口有个拉人婆婆，只要有人进去，她就得先拉住把衣服都扒光，说是非得赤身裸体进去不可，多可怕呀！当然了，像我这么聪明的人，怎么会上不了天堂呢，混票也要混进去，你说对吧？"

囡囡说着，我听着，我又一次五体投地了，又一次生出感叹：原来我早就可以忘却自己的肉身，以及藏在肉身里的众多心思，一切的因缘和迷障早在囡囡哈哈笑着的时候就过了个遍了，我尽管往前走即可，在前面打手电筒的是囡囡——怎么会这样呢？我就像注视着一场奇迹般看着囡囡，每看一次都觉得如此难以置信：上天为什么如此厚待于我，要将这样一个女孩子送到我身边来？而且，真的如她所说，我似乎不觉间变成了她的弟弟，两个人在一起走夜路，她在前面唱着歌，我在后面紧紧抓住了她的衣角。

可是，我仍然不希望囡囡做小偷，尽管我得看着她一直做下去，一直做到我死的那一天，就像她刚才说的"彻底解脱了的时候"，我知道，这个时候只能是在我灰飞烟灭之后。

罢了罢了，还是不要想了吧。囡囡，虽说我就在你身边坐着，但是在内心里，我却似乎是被关在一座古代的水牢里，周身寒彻，四处漆黑，手脚只能触到冷冰冰的石墙，并没有人来解救我，最后的时刻到来之前，我只能随着水位的上涨一点点盲目地攀着石墙向上爬去，就像一只患上了重病的壁虎。罢了罢了，囡囡，我也不再向上爬了，管他怎么样呢，我们就做一对日月不分的猿人，沉醉于水底，葬身于水底，再也不要醒来了吧！

这时候，囡囡抬起头来狡黠地一笑，"要加油。"

不到三两秒钟的工夫，我就彻底将所有的不快抛在了脑后，哈哈笑着说："那好啊，来吧小丫头，让哥哥先抱抱再说。"

"不止亲一下那么简单哦。"

"那还能怎么样？"我苦笑着说，"你也不是不知道——"

囡囡马上就挡住了我要说的话，"什么呀，你想什么呢，不是要那什么——"停了停又说，"不过也差不多，反正我得好好加一次油了，而且要加就加满。"

"此话怎讲？"

"用手。"

"用手？"

"是啊，就是用手，你不要告诉我从来没用过手哦？"

"那倒是用过，只不过现在不会了，"说着故意笑着去盯她，"你经常用手？"

"是，这一个月经常是，这东西真是奇怪，以前从来不知道这码事的时候一点也不想；后来没有了，有时候躺在床上想得厉害，好像自然很，就用起手来了，当然不如两个人满身大汗搂在一起，但是够不错了，我已经满足啦。"

"可是，不会是现在用手吧？"

"就是现在，"她一伸舌头，"反正也没人看见咱们，不会不敢吧？"

怎么会不敢呢？时至今日，这世界上只怕也再没有我不敢做的事情了吧。对于我，没有不敢做的事情，只有做不到的事情，比如做爱。前天晚上，十二点都过了，整个医院一片空寂，拿着毛巾、牙膏和牙刷在走廊里的水龙头旁边洗漱，洗漱完毕就打算上床睡觉，突然想了，就像往日里那般径直对正往脸上擦洗面奶的囡囡说："想了。"

甚至连脸上的洗面奶都来不及擦一擦，囡囡就钻到我的怀里来了，我也同样，嘴唇刚一触到她的嘴唇，就迫不及待地去找她的舌头，掀开她的毛衣，再掀开她贴身的衬衣，去抚摸她的乳房，满手都是冰凉，冰凉的乳房，冰凉的肚脐，但是渐渐地手上就有了温润之感，当我的手越过久不亲临的毛丛，那里已是微微湿润了。我本来想和囡囡就此进病房里去，但是一想到同病房的那个孤单的小女孩，就打消了此念，干脆在地上坐下，背靠着墙，囡囡立刻也明白了我想做什么，她正要坐到我身上来的时候，突然，阴影产生了，一旦产生就迅疾扩大，使我的全身僵硬住，一秒钟之前的坚硬被一把凭空突来的扫帚一扫而空，我对着囡囡看了又看，终于，还是在身体里叹息着抱住了双腿。

怎么会不敢呢？我低下身体去抱囡囡，还没等我伸手，囡囡已经关掉游戏机扑了过来，和我并排坐好，旋即，一个人的脸就凑近了另外一个人的脸，一个人的嘴巴就咬住了另外一个人的耳朵，一个人的眩晕就变成了两个人的眩晕，直至后来，两个人干脆在石阶上躺下，一个人伏在了另外一个人的身体之上。

天上的月光，加上远处的银幕散发出来的微黄之光，使我得以看清囡囡的脸，起先她是睁着眼睛的，看着我，浅浅地笑着，让我觉得笑容也是有气味和形状的：我不禁想起当初和囡囡一起在那土家族自治县蹚过的那条怪石林立的河流，还想起了沿途的樱桃散出的那股湿漉漉的香气；当我的手再掀开她的毛衣和贴身衬衣，笑容慢慢消失在蹙起的眉眼之间，与低低的呻吟融为了一体，与此同时，她的手也伸向了我的下边，握在手中，我也低低地但却是激烈地喊了一声，将她的衣服掀得更高，脑袋钻了进去。

慢慢地，她的乳头也像我的下边一样坚硬起来，我亲着，用牙齿咬着，她空着的那只手猛然抱紧了我，也舔着我的眉毛、鼻子和耳朵，就像一阵凉丝丝的雨水落到了我脸上，我的脸也和她的毛丛一般变得湿漉漉的了，是的，湿，两具身体都在证明这一个字，恰似我们的一生：湿漉漉地从母腹里来到这世上，最后驾鹤西去，不像上不了天，反倒像极了一颗颗砸入湖中再不露面的石子，如此说来，我们的一生就像一场流言，风也生过，水也起过，终了还得像"流言"般消失在众人的嘴巴里，美国人说，所谓"流言"，就是"水上写的字"。

远处传来一阵喧哗声，《爱情故事》的音乐倒还是在响着，但是被喧哗声裹在其中几乎听不清楚了，我没有从囡囡的衣服里出来，我的脸紧贴着她的身体，从双乳之间慢慢下滑到了她的小腹上，但是也能感觉到外面发生了什么：散场的时候到了，现在响起的口哨声就是《爱情故事》的片尾曲，众多的学生纷纷把从宿舍里带出来的凳子举得高过头顶走上了回宿舍的路。只是，他们都不知道，这时候，在离他们不远不近的地方，一个青年男人住进了天堂，而他身下的女孩子战栗着猛然坐了起来，连头发都在颤抖。

此去一个星期之后，应该是星期一的早上，前一晚刮了整整一夜风，躺在床上不时能听见外面的自行车被风吹倒的声响，还有一只塑料袋被大风裹挟着上了半空，正好挂在窗户外边梧桐树的树梢上，所以，整整一晚，我竟恍惚以为自己去了西藏，站在一座寺院的院子里，抽着烟看着被风推动得转起来了的转经筒，和转经筒一样呼呼作响的还有猎猎招展的经幡。

虽说是刚起床，倒没有丝毫惺忪之感，清醒得自己都觉得奇怪，囡囡还磨磨蹭蹭地坐在床上穿衣服，我就先端着洗脸盆去了走廊上。先刷牙后洗脸，结果牙也没刷完脸也没洗成：正刷着，突然觉得嘴巴里不对劲，那股熟悉的咸腥味道又回来了，是的，又开始流血了，从嘴巴里流血还是第一遭，而且，直觉告诉我，血流得非常之多，我竭力让自己平静下来，吞了一大口凉水，吐出来的时候却全是血。

我接连吞了好几口凉水，结果都是一样：我的牙床，我的牙齿与牙齿之间的缝隙，全然变成了一处处泉眼，不同的只是山谷里的泉眼冒出的是泉水，我的泉眼里冒出的是血。这时候，囡囡也哼着首歌出来了，似乎是张惠妹的哪首歌，我没办法了，虚弱地笑着转身，刚叫了声"囡囡"，一头就朝地上栽下去了。

醒来已是三天之后。下午醒过来的，挣扎了好一阵子才睁开眼睛，眼前没有囡囡，再细看时，整个房间都雪白得有些过分了，堪称一尘不染，门窗都是玻璃的，床头的一个小柜子上居然放着部电话，我想好好用力看看自己到底到了什么地方，生硬地抬头，第一眼看见了血袋，之后是晶莹的针管，针管连通了我的身体，血袋里的血正在一滴滴输入我的体内。

明白了。是隔离病房。这一天，我拼命想躲开的一天，还是来了。

来就来吧。

可是，我早已经习惯了每天早晨一睁眼就见到囡囡，今天也不例外，一瞬间，害怕极了再也见不到囡囡，本来能看见针管就已经够费力的了，脖子生疼生疼，就像是睡觉时落了枕，但是我还是失魂落魄地倾起身体朝外看，竟然真的看见了囡囡，就趴在窗台上，看见我醒过来，她兴奋地敲起了窗子，脸上已是又瘦了许多，在窗子上敲着敲着，她的鼻子一蹙，像个在学校里受了委屈后终于回了家见到了父母的小孩子，眼泪顿时掉了下来，我也同样，看着她变得枯黄了的头发和颧骨处的两粒火疖子，眼泪就几乎和她同时掉了下来；我们看着哭着，哭着看着，也不知道过了多长时间，囡囡突然想起来什么，拿起窗台上的电话，又敲着窗子示意我也拿起床头上的电话。

电话通了之后，囡囡竟然没有继续哭下去，反倒是拖着哭音和我开起了玩笑，"你知道你现在有多难看吗？胡子拉碴不说，头发长得都快赶上行为艺术家了，我敢打赌，你手指甲里肯定全是黑泥。"

"那你倒是说错了，"我实在没有力气总是倾起身体去看她，还是躺下来，侧着身子拿着话筒，像见到了海洛因的瘾君子般听着她的呼吸声、说话声和哭声，顺便扫了一眼握着话筒的那只手，有气无力地说，"……干干净净，可能是医生帮忙洗的吧，隔离病房嘛。"

"你一个人躺在里面，不害怕吧？"

"呵呵，当然不会，进医院第一天就想到过有这么一天，我现在倒是想看看接下来会怎么样。"

"真要是这样想就太好了！"她可能又快哭了，我只有眼角的余光可以依稀看见她的一点影子，是的，是一点影子，而非全部，所以，她转过身去，背对着我和我继续讲，"其实你真不是一个人，我一直守在这儿，不过就是隔了道玻璃。"

"知道，怪得很，虽说隔了道玻璃，我还是能够感觉得出来你就在我旁边待着，说句话可别生气啊。"

"不生气不生气,你快说呀,"说着吸了一下鼻子,"赶紧说。"

"觉得你的魂散了,一点一点地飘进来了,真是这样。"

"是吗?那太好了!我也有句话想对你说。"

"……说吧。"

"其实已经说过好多次了,再说一次也没什么,就是——""嗯"了一声继续说,"没有我的批准你不能死,绝对不能死。"

"Yes,Madam。记住了。"

"好,只说这一次了,这两天真是把我吓死了,说实话,好几次都觉得你这次可能会再也醒不过来了,我就想自己该怎么办,想来想去只有一条路,你前脚先走,我后脚跟着就来,像咱们商量过的,要是走丢了的话你就等等我,等我混张票再一起朝前走——你得好好活着,只说这一次了,你现在不是一个人活,是两个人,你和我。"

"……"

我们就这么说着,时间便一点点往前流逝,慢慢就到了晚上,走廊上亮起了灯,亮灯的时候,我还以为囡囡是站在那条我们都走过了无数次的走廊上,其实不是,我已经换到了另一幢楼里,离寄居了两个月时间还长的那间病房还隔着好几幢楼。其间只有穿得严严实实仅露出眼睛的医生和护士分别进来了一次,他们走了之后,我和囡囡就接着再讲电话。

我要囡囡去吃饭,连催了几次她都没去,倒是我先吃了,是护士送进来的,护士的照顾也还算周到,就坐在床沿上一口一口喂给我吃,我吃两口便去看囡囡,她也正在看着我,脸抬得半高,嘴巴半张着,正是我熟悉的样子。平日里我吃饭的时候她就是这么不时停下筷子来看着我。

一直到晚上十点，整幢楼都要关门的时候，囡囡才被护士赶走了，走之前告诉我，她今天晚上要回我们的小院子里去住，节约了床位费不说，回去之后正好把房子好好打扫打扫，"那么长时间没人住，屋子里的鬼只怕都饿死了"。不过，回小院子之前，她还是得先回原来那病房里一趟，说是那个小女孩今天又没有人陪，她从那边过来的时候，病房里空荡荡的就小女孩一个人躺在床上，现在时间也不算晚，估计小女孩还没睡着，所以得回去陪陪她，等她睡着了再走。

我看着她往后一甩头发，在护士的紧逼之下对我扬了扬手，之后，从窗户外面消失不见了。护士正在把窗户外面的电话收拾起来的时候，她又跑回来，一把抢过话筒，"晚上把被子扎紧一点，医生说过了，千万不能感冒，记住，要扎紧了。"

我心里一热，"……好，记下了。"说完就当着她的面把被子扎得更紧一些，如此寻常的动作竟也使出了吃奶的力气，看完我扎好了被子，她这才算真的走了。

夜深人静之后，我就躺在床上想着囡囡：她在干什么呢，是在浇花还是在洗澡？要么就是开着音响拖地板？弄不好还赤裸着身体在拖地板，一边拖一边在音乐声里跳着恰恰——她是经常这样干的。可能是彻底承认了自己已经寸步难行、即使去跳楼都没了力气的关系吧，我反倒异常平静，环顾着隔离病房，并未觉得和过去住的病房有太大的不同，慢慢就睡着了。

第二天一大早囡囡就来了，应该是睡得不错的，昨天晚上洗澡的时候也用了护发素，看上去精神十足，长头发也显得柔顺至极。我们仍然拿着电话聊，直聊了一个上午，我的身体比昨天感觉好了些许，起码可以靠在枕头上了，因此也得以看清楚外面来往行人看着囡囡时的诧异之色——的确是够让人诧异的，就说来为我送饭送药的护士吧，每次都要盯着囡囡多看好几眼，可能从她当护士第一天起直到现在都没遇见过像囡囡这样的人吧。

中午的时候她倒是不再像昨天那么犟了，到大街上买了份盒饭回来吃。因为不能吃有可能带菌的食物，我的食物颇为清淡，几乎没有带荤腥的菜，我们就各自端着饭盒一边吃一边看着对方，这实在是我二十多年的光阴里从没遇见过的事情。自打和囡囡认识，多少从没遇见过的事情就在晨昏轮转中遇见了，想着想着就不禁黯然了，而囡囡正得意地夹着一小块鸡腿在我眼前晃来晃去，"哈哈，你没有吧。"

尽管我听不见她的声音，但我照样可以准确判断出来。

我能判断出来的还有她哈着气用手指在玻璃上画的画。除了讲电话，总要找点别的什么事情做一做吧，囡囡就在玻璃上画起了画。囡囡的画是画得相当不错的，我已经在那个薄薄的笔记本上见识过了。先画了些猫啊狗啊之类的小动物，之后就画起了两个小人，我一看就知道这两个小人就是我和她，因为和那笔记本上的造型完全相同，画的是一幅两个人坐在屋顶上喝啤酒的画面，下面还写着一行小字，初看没有注意，细看则忍俊不禁了：原来我一边喝啤酒一边在帮她揉脚，好像还在流眼泪，下面的小字可以算作是画面说明——"悲惨世界"。

她不知道的是，每次帮她揉脚的时候，我非但不觉得悲惨，反而无时不觉得她的脚趾与脚趾之间就深藏着我的桃花源。

我想住进她的脚趾里去。

这样的日子重复了四天，第四天的晚上，她告诉我说明天就不能再在这里待上一整天了，得去公司里送快递了，"要不然就揭不开锅啦，"她说，"运气好的话，明天一天就能把半个月的医疗费给挣回来。"

我一下子忘了前因后果，听说能挣回来那么多钱，就兴奋了起来，"怎么能挣那么多钱啊？"其实，话一出口我就想了起来——是啊，她能从哪里去挣那么多钱回来呢？

无非是偷而已。

果然，她说话了："偷呗，早就看好了，是我们经理的东西，两块劳力士表，应该是拿去派什么用场的，要不他一个开快递公司的人买那么贵的手表干什么？估计不是什么好用场，先偷了再说。"停了停又说，"现在光偷偷手机什么的是管不了什么用啦。"

的确不管用。毕竟已经住到医院里这么长时间，隔离病房有多么贵，甚至到底贵到多么吓人的地步，我心里也大致有数，难道这些足以使一个殷实之家倾家荡产的医疗费真能被囡囡一点点"挣"来吗？我又岂止是心存疑虑，只是到头来，即使我再多疑虑，即使我再多担心，我也只能眼睁睁看着囡囡背上包出去"挣"钱。

别无消解，我只有一遍接着一遍地盯着囡囡看而已。

过一天是一天吧！

第二天囡囡果然没有再来，我便求护士为我跑了一趟原来的那间病房，帮我拿来了MP3，护士回来的时候给我带回来了同病房的小女孩写在一张纸片上的几句话：亲爱的叔叔，听囡囡阿姨说，您在那边过得很快乐，据说身上也不疼了，鼻子也不流血了，是真的吗？我一边听着张童声合唱一边翻来覆去地看这张小纸片——一切看上去都是读小学的孩子的语气，平常无论多熟悉，写起信来一律用"亲爱的叔叔"，和小时候的我如出一辙：我还记得小学的时候老师要求我们给自己的母亲写一封信，我也劈头就写了"亲爱的妈妈"。

囡囡之所以说我在这边过得如何快乐，无非是为了安慰她，使她现在好过一些，我想了好半天，最后提起一支医生遗落在床头柜上的圆珠笔给她回信，就写在小纸片的背面，大意就是告诉她，囡囡阿姨讲的一点都不错，我现在的确好过了不少，将来你也会一样，所以用不着害怕，不光在隔离病房里会好过不少，越往后去，身上就越不再疼了，所以，现在你还是得该吃就吃得饱饱的，该睡就睡得好好的。

写完这几行字，我的手腕已经酸疼不止了，继续躺下来听童声合唱，脑子却不知怎么跑回了宁夏，满脑子都是小时候的我：有一年春游去了西夏王陵，全年级的同学在王陵前面照相的时候，我却突然想小便了，又不敢跟人说，就憋着，但是同学们大多都不听话，排了好半天的队都还是没照成，我清楚地记得，那一天，我憋到后来，几乎连路都不会走了；又有一次，放星期天假的时候，老师布置我们写作文，题目是《我的一天》，星期天晚上，我想来想去，在本子上写了两个字，"睡觉"，我同样清楚地记得，作文交上去之后，我被老师罚了一个上午的站。

世事就是如此难以预料，这么多年，如果现在再有人布置我写作文，题目还是《我的一天》，那么，"睡觉"二字倒真是合适得不能再合适了。

要是作文的题目是《囡囡的一天》呢？

囡囡的一天——

清晨就出了门，早饭我在医院里是有人管的，她便自行解决，应该是步行到水果湖寻一家豆浆店喝点豆浆吧，之后在水果湖新华书店门口坐上去中商广场的公共汽车，到了中商广场，通常要等到九点钟之后才开始工作，也是，九点钟之前就逛商场的人真不能算多，工作之前她就和同柜台的其他两个女孩子聊天，其中一个需要特别小心，因为她是老板的表妹，而且一直想把囡囡挤走，原因是自从囡囡来了之后，多了个人手，那老板就给她们降了工资。

囡囡是何等聪明的人，有时候站在柜台里，要是看到外面有人挑着担子卖草莓啊苹果啊什么的，偶尔是会出去买些来分给大家一起吃的，但是从不到水果摊上去买，因为太贵了，挑担子来卖的人大多是邻近的农民，卖的都是自家产的东西，自然就很是便宜一些。中午，等吃完盒饭，囡囡总是抢下另外两个人的饭盒拿在手里上楼去洗，但是到了买饭的时候，她从来都是要躲在后面的，"不想请客。"她对我说起过原因。

如此一来，不算小的柜台里她和其他两个女孩子待得也算是相安无事了。

从中商广场下班之后，她要再坐公共汽车去汉口，到了汉口，在公司里领了工，她倒是一点也不显得忙了，当然还是以坐公共汽车为主，但是能走路的时候就尽量走路，而且尽可能地每天去一次江汉路的步行街，这是为什么呢？自然是因为在那条路上不容易被警察抓住。送了那么长时间的快递，对武汉的街衢巷陌她也算是了如指掌了，江汉路上的一家专卖店的背后有间锅炉房，早已经废弃了，可以轻易爬上屋顶，屋顶又连通着后面的居民区的一大片屋顶，所以，只要上了那锅炉房的屋顶，几乎就是什么人也抓不着了。

好了，谜底也该揭穿了：她之所以能走路的时候就尽量走路，就是想多找找下手的机会，之所以每天去江汉路一次就是下手之后容易脱身。

短短的时间之内她就已经训练有素了，送快递的工作也算是帮了她的大忙，但是送快递已经变得根本就不重要，她的全部心思都用在寻找下手的机会上了。

她和我说起过：有好几次，她都被别人追上了屋顶，每次心里都是紧张得要命，不过最后还是化险为夷了。我也就经常忍不住去想象她在一大片连绵起伏的屋顶上奔跑时的样子：大概和一只猫差不多，将身体压得低得不能再低，一边往前跑，一边要绕开蜘蛛网般纵横交错的电线，身体不时撞在高过了屋顶的树干上，不时又被脚下破碎的瓦片绊得直打踉跄，也不知道跑出去了多远，到了终于可以松口气的时候，囡囡警觉地只露出半张脸来仔细打探一番屋顶之下有人追来了没有，确认没有之后，她才蹲下来，去好好揉一下刚才被树干撞疼了的地方。

警惕却丝毫没有放松，但凡有半点风声鹤唳，她就要站起身来继续风驰电掣地往前跑。

一只猫，一只叫囡囡的猫。

也有差点就被抓住的时候。那是在武昌的阅马场，去红楼里送完快递出来，在前面的广场上遇见了个瞎子，那瞎子无缘无故地站在广场上破口大骂，遇见谁就骂谁，没人理会他便故意去寻一个行人活生生撞上，之后就撒泼耍赖，大人小孩子一个不放过；囡囡在旁边看着，心里就来了气，本来想上去作弄作弄他的，突然看见那瞎子的钱包从口袋里露了出来，她便当即决定上去把钱包掏走，真的就上去了，二话不说就开始掏他的钱包，旁边也有行人看见了，故意不说，都看着她掏，还有人对她竖大拇指。

哪知那瞎子突然就哈哈大笑起来，一把就要抓住囡囡的手，直到这个时候，囡囡和身边的人才算知道，那人根本就不是什么瞎子。囡囡心知不好，拼命打掉他的手，撒腿就往前狂奔，可是，那人跑起来的速度一点都不比囡囡慢，跟着她跑过马路，重新跑回红楼底下，绕了好几个圈子之后，还是没躲开，最后只好朝黄鹤楼那边跑过去，从黄鹤楼前面的天桥上往下跑，一直到司门口，人流如织，这才终于把他给甩掉了。

囡囡后来对我说，要是还往前跑一步，她恐怕就得倒在地上爬不起来了。

就是因为这样，囡囡才再也不在这种场合下手了，下手的地方多是熟悉得不能再熟悉的地方，总之要把危险降到最低点。

"真要是适合下手的话，一分钟都不要。"囡囡如此说起过。

比如上个星期三的下午，她送一盒CD去给电视台的一个导演，送到之后，导演正在另外一间屋子里开会，但又非要他收到后签字不可，她就站在办公室外面的走廊上等，办公室里还有一个正在化妆的女孩子，看样子应该是个什么主持人，囡囡刚向她问了一句那导演大概什么时候回来,那女孩子就烦了,不耐烦地喊了声:"快了快了,衣服不都还挂在这儿吗?"说完就拿着化妆盒和一面小镜子进了隔壁的房间。

碰了个没趣,但囡囡丝毫不以为意,这种事情她碰到太多了,只吐了吐舌头而已,继续站在那里朝办公室里看,果然,那导演的衣服就挂在墙角里的衣架上,只看了一分钟,她就决定去把那件衣服口袋里的钱包掏出来了,说起来她也是个有经验的人了,只隔了老远看一眼,她也可以知道口袋里装着的稍微显得有些鼓囊的东西就是钱包。

果真一分钟不到,囡囡蹑手蹑脚地进去了,又蹑手蹑脚地出来了,得手之后飞快地看了一眼,钱包里的钱还不少,但是即使钱再多也不可能老拿在手上看,她迅速地把它塞进了自己的包里,继续哼着歌站在走廊上等那导演,看上去就像什么事情都没发生过。

半个小时之后,那导演回来了,一把那盒CD接到手里就转了身,直奔衣架上挂着的衣服去找笔,掏了这个口袋掏那个口袋——就是在这短暂的一瞬间,囡囡简直被吓呆了,她甚至都已经去想象即将要发生的事情了:虽然是在找笔,但是连掏几个口袋之后那导演总会发现钱包不见了,说不定立即就会大呼小叫起来,隔壁房间的人自然都会朝这边跑过来,而她,当然成了第一嫌疑人,要命的是,钱包就装在她的包里,她根本就还没找到机会塞到一个不为人注意的地方去;一点都不夸张:她从没这么紧张过,手心出了汗,脸上虽然还在笑着,脑子里倒是去想即将到来的被警察带到派出所里去做笔录的样子了。

结果什么事情也没发生，那导演只掏了两个口袋，一见没有笔，就直奔自己的办公桌上去找，签完字就拿着那盒CD迫不及待地去了别的房间。

竟然真的什么事情都没有。一直到进了电梯下了楼，在电视台的大门口，囡囡还忍不住再回头去多看几眼那层楼，转身就跑了起来。

世界上的事情就是这么巧，第二天，她又送了一盒CD，去的还是老地方，收件人还是那导演。倒是没有再等，一上楼就看见了他，她若无其事地进了办公室，将CD放在他的桌上，紧张还是紧张的，只是没昨天那般厉害了，结果那导演非但没有拍桌子向她问话，可能是心情好的关系，反而还和她开了几句玩笑，可能他到现在为止都还不知道自己的钱包已经被人偷走了，当然了，他更加不会知道偷他钱包的人就是眼前的女孩子。

从电视台里出来，已经是下午五点钟了。天气冷了之后，白昼一天更比一天短暂，天光一副欲黑未黑的样子，其实不对，应该是欲蓝未蓝，我没说错：在城市里生活着，只需稍加留心，就能看出夜幕其实被街灯和霓虹映成了蓝色，就像未出生时的胎壁，裹着城市里的一切，又成了一切中的一部分。囡囡决定不再回公司领工了，但是现在就回小院子里去做饭似乎还是早了点，想了想，就决定去司门口的"巴黎世界"一趟，是啊，冬天就要到了，也该买买过冬的衣服了。

结果给她和我各买了件毛衣，两件毛衣加在一起不足百元，自然不是什么好东西，但是，管他的呢，只要穿上去觉得暖和就已经很不错啦。提着毛衣，坐在回小院子的公共汽车上，当暮色里的灯火渐次闪亮起来,沿途枝叶散尽的梧桐树上飞来一只掉队的斑鸠,囡囡的心里,会想起些什么呢?

首先自然就应该是我吧:"哼,那家伙肯定又睡着了!"

呵呵,我估计得几乎不会有错。

之后呢?大概也会像我一样想些小时候的事情?应该是会的,即使是我也会想起她的小时候来,当然,想得更多的是她弟弟,自然都是她告诉过我的那些事情。比如有一次她和弟弟在院子里捉迷藏,弟弟藏起来之后,她找了好半天最后都没找到,最后是在厨房的面缸里面找到的,找到的时候他已经睡着了,睡得也不老实,身子东摇摇西晃晃,连眉毛都白了,真是叫她哭笑不得,最后还是把他抱到床上去了;还有一次,两个人晚上打着手电筒出去捉青蛙,青蛙是只要被手电筒的光罩住就不会再往别处跑了的,看见一只青蛙之后,弟弟打着手电筒要她去抓,一把没抓住,青蛙跑了,弟弟撒起腿就追出去了,一直追进了片竹林,她就站在原地左等右等,总也等不来,后来自己进了竹林,一进竹林就发现了,原来,弟弟又安安静静地躺在地上睡着了,睡梦里还不忘记挥着小手赶走朝他叮过来的蚊子。

"就是这么贪睡,那孩子,"囡囡不止一次对我说起过,"从来没见过像他那么贪睡的孩子。"

"不知怎么回事情,"有时候我也心里一动,对她说,"觉得那孩子有点像红孩儿,弄不好就是红孩儿贪玩,跑到凡间来耍了一趟,最后被天宫的人发现了,又把他招回去了。"

"红孩儿?"囡囡有点迷惑了,"就是那个跟老龙王和孙悟空都打过架的小孩子吧,脚上还踩着两个风火轮?"

"是啊，就是他。"

"哎呀，你别说还真是——"说着歪头好好想了想，"嗯"了一声，一点头，凑到我脸上就亲了一下，"越说越像，真是越说越像，呀，你怎么这么聪明啊！"

"不聪明能把你拐来当压寨夫人吗？"我也故作自得状。

"切，还不知道谁给谁当压寨夫人呢！"她好像想说句玩笑话，似乎又觉得不妥的样子，终了还是说出来了，"起码现在是我在养活你吧。"

"那倒是。"我哈哈笑着承认，"我得把你吃到死，哦不，是一直吃到我自己死。"

回院子里之后可就够囟囟忙的了，虽说她的厨艺每天都在"精进"之中，但毕竟是一个人做两个人吃的饭菜，而且，又是煮饭又是熬粥，实在是够她受的了。但她还真就受得了，每天总能变出几个花样，一本菜谱只怕都快被她翻烂了。做饭的过程中她也能够自找好多乐趣，主要就是看影碟，除了为数不多的几张舞曲，我的几乎所有CD她都不爱听，因为大多是些英文歌，她听不懂，"数你们这种人最可恨，动不动就用英文歌啊什么的来压迫我们这些不懂英文的人，"有一次，她故意抬起双手朝我做凶狠状，"恨不得一把把你掐死算了。"

我立即哈哈笑着在床上放平了自己的身体，再不动弹，"来吧，一个愿打，一个愿挨。"

趁着羊骨粥还没熟，她赶紧抽时间洗了个澡，洗完后也不穿衣服，裹着条大毛巾，一边擦头发一边切菜，不时去掀开锅盖看看羊骨粥煮好了没有，每次都要半闭上眼睛好好闻闻粥的香气，我知道，每逢这时，哪怕我不在身边，根本就没人看她，她也满脸都是得意之色，肯定还在心里夸自己呢，兴之所至，说不定就要打开音响来他一曲恰恰了。

饭熟了，粥好了，囡囡也该出门了；关好门，锁好锁，下楼的时候别崴了脚；出了院子上了路，天上的月光像瀑布；别丢了筷子别砸了碗，能走慢点就慢点；想偷吃点就放开吃吧，多吃一点是一点；风不要吹来雨不要下，树影影里走着个沈囡囡；哎，哎，走着个沈囡囡，好像那兰州城里的白牡丹！

——我躺在床上自己编的"花儿"，其实一点也不像是"花儿"，反倒像是山东快书。

这就是囡囡的一天，因为到了医院之后，尽管离一天结束还有好几个小时，但是，余下的时间已经浑然不属于她了，全然属于了我，或者说，就像两株连体榕树，她的时间长在了我的时间之中。如此一天，假如囡囡是坐在课堂里的学生，她该如何写这篇名为《我的一天》的作文呢？假如我十岁时便和她相逢，有幸和她同桌，弄不好她会抄我的作文，最后只稍微改头换面地交上去，可是不管怎么样，我相信她会像我们小时候一样，在作文即将结束的时候写道："这真是快乐的一天，有意义的一天。"

对我来说，只要日子还能继续下去，我的每一天都是"快乐的一天"，都是"有意义的一天"。最近，住在隔离病房里，我时常想起读过的《浮生六记》里的一段故事——某年七夕，三白和芸娘在临水小榭中设香案拜祭天地，"是夜月色颇佳，俯视河中，波光如练，轻罗小扇，并坐水窗，仰见飞云过天，变态万状"，芸娘问三白："宇宙之大，同此一月，不知今日世间，亦有如我两人之情兴否？"

三白如何作答，我是全然忘了，倒是终日躺在病床上的我，时常忍不住去作芸娘般的妇人之问："在这茫茫世上，还会有像我这样就快要死了，身边却始终有个寸步不离的女孩子的人吗？"

其实我是可以自问自答的：也许还有，但是不会太多。

所以我一直告诉自己不论何时都要满足，即使在病房里已经躺了足足二十天。是啊，如此长的时间就躺在刚过十平米的病房里，大概从第十天开始，我隐隐觉得烦躁了起来，总算知道了坐牢房是怎么回事情。囡囡不在的时候，那种别无消遣的无聊简直可以要了人的命，身上的疼痛之感是好多了，身体也没再出过血，但是我有一种奇怪的感觉：那种深入骨髓的无聊之感反倒取代了血和疼痛，折磨丝毫都不见得更小。

好在我早就不是过去的自己了，不管什么时候都能自定心神，最后总算找到了消遣的办法，说起来也煞是简单：不去看外面走廊上的过往行人，只闭着眼睛去想能使自己心平气和的事情，要么是幅画面，要么是囡囡说的一句话，如此想着，慢慢就能睡着，睡醒了再接着想。也许是脑子过于偏执的关系，有时候我正闭上眼睛想着古代的某处场景，眼睛一睁，竟然还真的以为自己身处于彼时彼刻，端的是青林古岸、西风打头，自己正白衣胜雪地站在一株绿柳之下，等着芦苇荡里漂出一只小船将我飞渡到古岸对面。

那感觉就像放电影，银幕就是眼前的白墙，墙上光影摇曳，古装戏正在上演，而我演出的是其中的一个不甚重要的配角。对，就是那感觉。

前两天还想起了萤火虫。是个后半夜，翻来覆去睡不着，就闭上眼睛去想夏天夜晚里的萤火虫，想那部名叫《再见萤火虫》的电影，后来睁眼一看，顿时惊呆了：我房间里凭空多出了一条河流，我坐在河这边，但见对岸的萤火虫明灭万点，穿行于柳堤草渚之间，更使人诧异的是，节子的哥哥背着她就在柳堤草渚之间欢快地跑来跑去，满世界都是节子害羞而清脆的笑声。

这真是真正的"再见萤火虫"。

隔天和囡囡讲电话的时候，我把前一晚上的惊奇所见告诉了她。"走火入魔——"她说着用手捂住话筒，声音压得低低的，又故意拖长了声音，"快来人哪，来抓邪教分子啊！"

我不禁哈哈大笑，一边笑一边朝她故意招手，"来来来，小姑娘，快过来，我不管治病，我只带人上层次。"

我一语未毕，囡囡笑得连腰都直不起来了，引来更多行人盯着她看。也是，除了医生和护士之外，每个在这幢楼里进出的人大约都是心怀不快的，脸上的神色用"悲戚"二字来形容一点也不过分，走起路来，每个人的步子都踩得轻轻的，不发出一点声响，冷不丁响起囡囡的笑声，几欲使我错觉自己去到了一座戒律森严的中世纪修道院，某根粗大的石柱下面响起了一个活泼的年轻修女的笑声，笑音不曾落下，暴怒的黑衣嬷嬷就手拿戒尺追出来了。

不仅如此，为了使我高兴点，她甚至买了本笑话书放在包里，得着空了就翻翻，回来后就在电话里讲给我听，那些笑话多是我早已听过了的，但是每听完一个我还是会笑着说："有意思，有意思！"

最有意思的还是今天早上，从小院子里一来医院，囡囡抓起电话就要唱歌给我听，说是昨天在电台里听来的，当时就笑坏了，刚才来的时候也唱了一路。我当然说好，拿着话筒就不再说话，听她唱："爱你爱你真爱你，把你画在吉他上，又抱吉他又抱你；恨你恨你真恨你，把你画在砧板上，又剁肉来又剁你。"

歌词加起来就这么六句，调子古怪，有伊斯兰之风，假如我没猜错，应该是新疆的音乐，加上囡囡本来就是一边笑一边唱，肯定走了调，听上去更加怪异，但还是相当好听的，悠扬也好明快也好都不过分，不禁使人忍不住去想象新疆：夕阳里的圆顶清真寺、喧闹的城镇上弹着六弦琴又唱又跳的人们，以及远处的维吾尔族人墓地、黑石头、红草地和向日葵田。

"好啦，该上班去啦，"唱完了，笑完了，囡囡直起身来把包背好，手里还拿着话筒，"啊，忘了件事情。"

"忘什么了？"

"忘了带砧板，哈，要不然可以一边站柜台一边在砧板上画你。"

"不要紧不要紧，晚上回家接着画，全部都画满。"

随后囡囡放下话筒，把腕子上的一根绿色橡皮筋取下来，双手背到脑后，把头发扎成马尾巴形状，一边扎一边朝我嘟了嘟嘴唇，就算作是飞吻了——呵呵，比较轻佻，之后对我摇摇手就消失不见了。我猜，她一定是蹦蹦跳跳着跑下楼去的，嘴巴里肯定还在唱着"爱你爱你真爱你"，直到她消失不见一分钟之后，我才从对面的玻璃上发现自己还是笑着的。

"没关系,"我看着玻璃里的自己在心里说,"笑吧。"谁叫我这么高兴呢。

但是,我的高兴只持续到了晚上。

从天一黑开始,我就坐在床上眼巴巴地盯着走廊看,一直到差不多七点钟都过了,囡囡还是没有来。没办法,我便心神不宁地先吃了护士送进病房里来的饭,没吃完就丢了筷子,总觉得有什么地方不对劲,但是,除了眼巴巴地看着,一点别的什么办法也没有。

一直等到护士再进病房里来给我量体温,囡囡也还是没有回来,房间里虽说没有钟表,但是每天晚上都是九点钟量体温,再说,我甚至能听清楚秒针走动时的嘀嘀嗒嗒,一点也不夸张地说:我的身体里就藏着一只钟表。

我把囡囡的手机号码说给护士,求她帮我给囡囡打个电话,那护士多少有些不情愿,最后还是答应了,拿了我写给她的号码出了病房,不到三分钟就回来了,说是打不通,说完出去了,独独剩下我呆坐在床上,脑子里一片空白。

突然,我想起囡囡有可能在原来的病房里陪那个小女孩,就按响床头上的按铃叫护士,一直按,按到护士来了为止,一来就没好气地问我还有什么事情,我便直截了当地求她帮我去原来的那间病房里找找囡囡,她不答应,说是值班时间不能外出,又反问我:"能有什么事情呢?"我一听就急了,掀起被子跳下床,光着脚就要往外跑,直到这时候那护士才答应了,答应之后也没有立即就去,又回值班室里待了好长一阵子,总算磨磨蹭蹭地去了,看着她从窗户外面走过去,不知怎么了,我非但没有放下心来,心里的不祥之感反而愈来愈浓了。

果然如此，十分钟之后护士回来了，告诉我说囡囡根本就不在那病房里。

这下子，我已经几乎可以断定囡囡肯定是出了什么事情了，其实刚才就已经这么觉得了：她即使去陪那小女孩过夜，也肯定会来和我打声招呼，她是绝对不会让我担心的，所以，她更不可能现在还在我们的小院子里。

她到底在哪里啊？

我毫无办法，脑子就生出了对自己的厌恶之感，而且，这感觉比以往每一次都更加强烈：废人，一个废人。

我问自己：你能做什么呢？我回答自己：你什么也做不了。

九点钟过了，十点钟也过了，一天中最后一次注射结束，护士端着装着针头和注射器的托盘离开，刚刚关上门，窗户外面有个女孩子的身影一晃，"囡囡！"我大喊了起来，但是，不是囡囡，竟然是好长时间都不曾见面的小男。

几乎就在看见小男的第一瞬间，我的心里稍微好过了些：我从未将自己要死了的消息告诉过小男，她不可能凭空找到医院里来，肯定是囡囡告诉她的，如此说来，囡囡一定是真的出了什么事情，不然不可能去告诉小男，但是，总算有人知道囡囡的下落了。

我又是一下子从床上跳起来，正要往外奔出去，还是收了脚往后退，手慌脚乱地看着小男，往后退一步就再回过头去看看小男，我确信自己的脑子已经比一个三岁孩童清晰不了多少了；小男也不再是往日里我熟悉的那个小男，站在那里，脸贴着玻璃窗，一句话也不说地看着我，是啊，一层玻璃窗之隔就是生死之隔，不管是我还是小男，又能说些什么呢？

两个人就这么愣了一会儿，还是小男先回过神来，拿起窗台上的电话，又轻轻地用手指点了点话筒，示意我也把手里的话筒拿起来，我如梦初醒，狂奔了一步把话筒攥在手中，柜子上的一只茶杯都差点被我打翻到地上去了。

拿起话筒之后，都能听见小男的呼吸声了，却听不见她说话，她的呼吸声越来越紧促，突然就哭了出来，"……你怎么会变成这个样子啊？"

我不知道该怎样回答她——谁能告诉小男我是怎么变成这个样子的呢？

甚至都来不及伤感，我攥住话筒扯着嗓子问她："囡囡她怎么样了？她在哪儿？"

"她好好的，"小男擦了一下眼泪，"……今天晚上回不来了。"

"她在哪儿？"我睁大眼睛盯着窗户外面的她，紧接着追问了一句，"她到底在哪儿啊？"

小男沉默了短短三两秒钟，像是下了多么大的决心，我甚至能依稀看见她咬了嘴唇，"被警察带走了，要拘留一个星期。"

"什么？"我的脑子里顿时就像被扔进去了一枚燃烧弹，"我没听清楚，你再说一遍！"

小男的哭声更加大了，几乎喊了起来："囡囡被警察带走了！"

完了，这一天终于还是来了，我呆呆地抓着话筒，手足顿时就冰凉了，脑子里的空白被更大的空白所掩盖，慢慢地脑子里就出现了一幅画面：一间坚硬而冰冷的石屋子，没有门，或者说铁栅栏就是门，囡囡就坐在地上，被人推搡过，脸上还有别人给她留下的指印，衣服上本来就破了的那条口子撕得更加长了，她就坐在地上低着头比画着那条口子。

猛然之间，我不能再想下去了，我再也受不了了，一抛话筒，光着脚就往门口跑去，跑到门口，一步也没停就拉开了玻璃门。小男吓坏了，跑上来挡住我，问我要到哪里去，我也根本就不知道自己到底是要跑到哪里去，只想跑，跑出病房，跑出医院，就像囡囡现在就站在医院对面的公共汽车站牌底下等我去接她一样；可是，小男哭着挡住了我，我想绕开她，又绕不开她，我到左边她就到左边，我到右边她就到右边，张开两只手，仍然一句话也说不出来。

这时候，护士和医生都听见了动静，值班室里一下子奔出了好几个人，一齐挡在我的前面，更有一个男医生一把从背后抱住我，要把我拖回病房里去，我死活不依，使出全身力气不让他拖进去，又过来另一个男医生帮忙，这才一点点架住我往病房的门口拖过去，我再也动弹不得，大口大口喘着粗气，绝望地看着眼前的地板上拖出一条泥痕。

被拖进病房之后，医生和护士很快便闪身出去了，门被从外面反锁上，我也再没了力气，坐在床上，背靠墙壁，闭上眼睛陷入黑暗里去，冰凉的小臂又开始狂跳起来了，我下意识地去按住，结果却是越按越跳得厉害——我的身体变成了一片正在发酵的石灰坑！睁开眼的时候，一大群人还站在外面没有走，都在围住小男问着些什么，可是，小男又何曾遭遇过如此这般的时刻呢？只看着他们，摇着头，不时往后退两步，退出去两步之后再走回来。

我想了想，下了床，费尽气力走到窗户边，敲了敲窗户，小男侧过身来，我又示意她拿起电话，她却茫然地看着我，我接着指了指话筒，她还是一脸不解地看着我，她究竟怎么了？我正在疑惑着的时候，一群人之中的一个已经拿起话筒交到了她手里，小男如梦初醒地对着话筒连"喂"了两声，人群这才无趣地散去，我心里一阵心疼：小男本来就还只是个世事未谙的孩子，也难怪她会手足无措。

我想尽办法使自己平静下来，问小男："……囡囡，到底出了什么事情？"

"是在轮渡上被带走的，"小男说，"快下船的时候，囡囡看见有个人的钱包从口袋里露出来了，她就，就伸手去拿了，没想到那个人就是专门抓小——抓那什么的——便衣警察，就把她带走了。"

小男说得特别慢，真是难为了她，她平素里就是想到什么说什么的人，现在却小心翼翼了，说"偷"不说"偷"，说"拿"，本来要说带走囡囡的那个人是专门抓小偷的，话都出口了却又改成了专门抓"那什么的"，我感激地看着她，心里涌起一阵暖流。

"还算好，今天要不是我休息的话，就麻烦了，"小男继续说，"接到囡囡电话的时候，我正在家里睡觉，一接电话就去了派出所，这才知道你得了病，变成了这种样子。派出所的人说了，要么交三千块钱的罚款，要么就拘留一个星期，我一听就要回家取钱，可是囡囡死活不让，说就只当放假了，在里面住一个星期才回来，后来就让我来找你，好让你知道她在哪儿，顺便也好照顾照顾你，她的包我也帮她带回来了。"

我听着，过去在我身上反复出现过的那种针扎般的疼痛又出现了，我不得不一边捂住胸口一边听她讲话，一直到了这个时候，我才注意到小男的肩膀上背着两个包，一个是她自己的，另一个就是囡囡的。

我本来想立即就跑出门去把囡囡的包拿进房间里来，可是门早就被从外面锁上了，想了想只好作罢，脑子里就忍不住去想囡囡在轮渡上被人带走时的情形，还有带进派出所之后的情形。不想也没办法，那种景况一点点朝我脑子里钻：被带走的时候轮渡上一定是有很多人围观的，不仅是围观，一定还有好多人指指点点的，天哪，囡囡都是怎么对付过来的啊？还有，带进派出所里去之后，她挨了打吗？一定是挨了打的，要不然，我怎么会总是觉得她脸上留着别人的手印？

囡囡。囡囡！

我就这么想着，甚至故意去想囡囡有可能遇见的难堪，有可能挨的打，还有挨打之后若有若无的笑，她也许还会如此想："没关系，反正这是我和那家伙两个人的事情，别人怎么看我才不在乎呢。"——此时，囡囡在受苦，我就故意去想她受的苦，以使自己也痛苦得连气都喘不过来，好像只有这样，我们才又紧紧地蜷在一起了。

囡囡会知道我在这么想着她吗？

这时候，走廊里的灯熄了，小男顿时置身在了黑暗之中，可能是和刚才发生的事情有关系吧，护士没来赶小男出去，倒是我，猛然惊醒过来，"小男，这么晚了，你回去安全吗？"

"没关系啊，我不回家了，回你们的小院子里去，钥匙就在囡囡包里装着呢,"小男终于止住了哭音,"我答应过囡囡的,明天一早就来,已经跟公司请过假了。"

"……这样啊,那好,我这边没什么事情了,你先回去吧,回去之后记得把门锁好,院子和房间的门都锁好。"

"可是你真的没有事情了么?"

"真的没有了,小男,回去早点睡吧,对了,家里还有一张《蜡笔小新》,就在衣橱旁边,你好好找找就能找到,要睡不着了的话就看看吧。"

"我也看不见了!"没想到我寻常的一句话竟使得小男激动了,即使根本就看不见她,但是也完全可以猜出她已经全然不是平日里我熟悉的模样,她像是忍着一句话,忍了太长的时间之后终于再也忍耐不住了,接着又说了一句,"我——"

"小男,怎么了?是有什么事情吗?"我急切地问道。

"没有没有,我走了,"说着语调稍微明快了些,可是我却觉得明快里有明显的不自然,"明天一早我就来了,囡囡好像说过不用从外面带早饭进来的,对吧?"

"……对。"

随后电话挂上了,小男走了,我继续坐在床上发呆。尽管有窗子,却再没有月光倾泻进来,冥冥之中似乎听见窗外又起了大风,不知哪里有扇窗户没有关上,哐哐当当地响着,似乎是阴曹地府里召集冤魂开会时敲起的钟声,但我知道那是幻觉,在隔离病房里我是什么也听不见的,但是,就让我在幻觉里沉醉下去吧,让我的幻觉里再飞来两只萤火虫,不多不少,只有两只,一只停在我的鼻尖上,让我永不睡着,好好睁着眼睛去想囡囡;一只穿过大风，穿过夜幕和夜幕里的楼群，再穿过冷冰冰的铁栅栏，飞进此时此刻囡囡的寄身之地，飘摇着落在囡囡背后的墙壁上，照亮她飘着护发素香味的头发、衣服上撕得更长的口子和她睡着了的脸。

上帝啊，请你保佑我的上帝！

第九章　小小子儿，坐门墩儿

早晨，我一直躺着不愿意起床，反正再不会像往日那般一睁眼就能见到囡囡。护士送来了早饭，就放在床头的柜子上，散着丝丝热气，但是一直到热气全部散尽我也没吃一口，心里只在想着一件事情：也不知道囡囡有没有早饭吃。

天才亮了没多大会儿，小男就来了，是走廊上出现的第一个人。几天下来，实在是辛苦她了，我对她说了好多次我这边几乎没什么事情，她完全可以不用管我，放心回航空公司跑航班就好，可她说什么都不同意，公司却只能批准她一天假，她也没办法，只好回去跑每天一次从武汉飞往昆明的航班，每天回武汉后，一下飞机就直奔医院，晚上就睡在我和囡囡的小院子里。昨天晚上她就告诉过我，说是今天和同事调了班，又可以休息两天了，但是我说什么也没想到今天她会来得这么早。

不用掐指，我丝毫都不会忘记：今天已经是我和囡囡再不相见的第四天了。

小男一来，便竖起两根手指和我打招呼，绝无招摇之感，有点撒娇，也有点害羞，撒娇是那种做了什么错事被人发现了的撒娇，害羞也是做了什么错事被人发现了的害羞。有时候，我在床上躺着，看着在走廊上不时蹦跳一下的她，心里就作如此之想：

如果我有一个妹妹，那她就应该是小男这个样子了。我想，别人的感觉也不会错到哪里去吧。

打完招呼，小男马上弯下腰去掸衣服上和头发上的什么东西，我的眼睛蓦然一亮：她掸掉的东西竟然是雪花！心里又想着不对，现在就下雪似乎还是早了点，虽说已经是十一月末的天气了，走廊上过往的行人，还有小男，身上穿的衣服正在一天比一天厚起来，但是毕竟小男的脖子上还没围起围巾，心里想着，马上就走到了玻璃窗边上，指了指她身上，问她："雪？"她也掸完了，分辨着我的口型，分辨清楚了，马上点头说着"是啊是啊"，接着拉开自己的包，竟然从里面掏出了两个雪球来，一手拿一个，并肩举起来，哈哈笑着，不时用雪球去冰一下自己的脸。

能想出用自己的包来装雪球的人，世上恐怕再无第二个，这才是真正的小男。

真好。果然是下雪了。后来，小男去医院外面找地方吃早饭的时候，我就趴在玻璃窗上去想象外面的雪景：定然是举目皆白，屋顶上，还有树梢上，像堆满棉花糖一样堆满了雪；屋顶下的街道上，汽车碾压过去，非但没有使雪消融，反而愈加坚硬，街道上的坚硬加重了屋顶上的柔软，一如我们重重的脚步和轻得不能再轻的心——每次下雪的时候，我心里都会涌起如此奇怪的感觉。

每次下雪的时候，我是一定要沿着东湖边的公路走上一个上午的，从小巷子出发，一直走到碧波山庄，常常都是下雪后第一个踏足这条路的人。看着一路上被沉沉积雪包裹得静穆不动的云杉、就像撒了一层盐的湖面、湖面上泊着的游船和游船上挂着的雪灯笼，用"心旷神怡"这样的词来形容我的心情显然是不够了，忍不住就要奔跑起来，跑过沿途的两处码头、一家沙滩浴场和三座石拱桥，就像一直要跑到天国里去，直至再也跑不动的时候，一回头，看见路上除我之外再无别人的足迹，便觉得不枉来了人世一趟，恨不得立即长跪在地，为自己造一座雪墓，住进其中——天子呼来不上船，自称臣是雪中仙。

就这么趴在玻璃窗上出神的时候，突然想起来一件事情，一想起来就觉得心里像被针扎了：住在有暖气的隔离病房里的我，自然是不会觉得天气是多么冷的，但是，从昨天晚上到今天早上，气温一定是骤降了，那么囡囡不觉得冷吗？她不需要加衣服吗？

再也放不下了，满脑子只有一件事情：囡囡要加衣服。

小男吃完早饭回来之后，我几乎是连半分钟都没有犹豫，右手颤抖着一个劲地指着窗台上的电话，小男马上就拿起来了，我再跑回到病床边拿起电话，求她拿件衣服给囡囡送过去，即使囡囡犯了什么滔天大罪，给她送件衣服去也应该是可以的吧，小男一口答应，连连说："哎呀，我怎么就没想到呢？"

小男走了之后，我便偷偷从枕头底下掏出那个薄薄的笔记本出来看，就是囡囡经常在上面写写画画的笔记本，不知道从什么时候起，她把那笔记本放在随身都背着的包里了。那天晚上小男走了之后，我突然想起来想看看囡囡的包里背着些什么东西，好像看一眼里面的东西就看见了囡囡的脸一样，第二天早晨小男来了之后，我便问她囡囡的包里有些什么东西，小男竟然说里面有个笔记本，当时我就知道一定是我偷偷看过的笔记本，当即央求小男回家一趟，帮我把那笔记本取来，小男当然不会拒绝，立即就回去取来了。

取来之后,小男犹豫着是否把它给我,病房里的规定她也知道了:不光看望病人的人不能进病房里去,一切有可能带菌的东西都不被允许送进去。笔记本当然并不例外。我起码抓住话筒和小男说了一个小时的好话,她总算答应了,趁着护士不注意的时候开门塞了进来,我连跑几步,两只手把那本子抱在怀里,回去拿起话筒连声对小男说"谢谢",小男却在话筒里说:"我这样到底好不好啊,我到底该不该这么做啊?"

"该,"我一手急促地翻着本子,一手继续抓住话筒,"太应该了,小男,救人一命胜造七级浮屠。"

就这么,那个薄薄的本子被我拿在手里翻了整整三天,只要护士没来,我得着空了就把它从枕头底下掏出来。

薄薄的本子之于我,与《圣经》之于虔诚的基督徒并无二致。

今天也是一样,小男走了之后,我躺在床上看囡囡画的画和她写下的一字一句,只能躺,侧着身子躺,把本子放在被子里,只有如此才能不被护士发现。其实与我当初偷偷看时相比,本子里只多出了几幅画和两段话,那些画大多只有寥寥几笔,其中一幅颇有意思:我们躺在海边的沙滩上晒太阳,囡囡突然喊了起来:"抓流氓啊!"原来我的两腿之间已是微微突起了,因为整个身体都被湿漉漉的沙掩盖住了,所以两腿之间就变成了一堆小小的沙丘,画得实在是太逼真了,要是囡囡在我的身边,我一定要打趣她画的是春宫图。

两段话,一段写给她弟弟,一段写给我。

写给她弟弟的:"姐姐问你件事情,神仙也生孩子吗?应该是会的吧,要不你跟谁在一起玩啊?我想着,和你在一起玩的小伙伴可能是那些神仙的孩子，要真是这样的话事情就好办啦，帮姐姐办件事情，要小伙伴回家跟父母说说，请他们把姐姐身上的罪宽恕掉，姐姐现在成了个小偷，肯定是瞒不过你的，你得帮帮我啊，虽然我也不在乎，把自己当成猿人了，猿人总是不分什么罪不罪吧，可是不行，万一到时候有人说我活着的时候犯了罪，不让我上天堂，那我不是要和那家伙分开了吗？这可不行啊弟弟，我已经死心塌地跟着他啦，不管什么时候都得在一起，天堂的事情，虽然说肯定是他上了好多年之后我才上，现在关心还太早了点，但是心里总是放不下，我不管了，你得帮姐姐这个忙，好好要小伙伴回家对父母说说，说不通了就哭一哭闹一闹，不管是天堂还是人间，哪里的父母应该都是怕孩子又哭又闹的，OK？"

写给我的："喂，你这个家伙又睡着了，就剩下我一个人坐在外边了，心真狠啊，简直死啦死啦的，呵，开句玩笑，不会要你死的，舍不得啦，只叫你咪西咪西的，不叫你死啦死啦的。昨天晚上做了个梦，讲给你听听吧？梦见你和我回去见父母，坐火车回去的，穿了件西装，还扎着条红领带，说有多别扭就有多别扭。没想到一到家，弟弟就举着挂好长的鞭炮放起来了，一看吓了一跳，张灯结彩的，喜联啊什么的都贴起来了，我的妈呀，原来是要咱俩现在就拜天地啊，我吓死了，还有音乐，'小小子儿，坐门墩儿，哭着喊着要媳妇儿'，哈哈，有意思吧——"

写到这里便戛然而止了，可能她正写着的时候我突然醒了，急忙就把本子收进包里去了。

几天下来，这些画和这些字，连同以前的画和字，我早就已经背得滚瓜烂熟，就像长在我心里了一般。囡囡的字不是不好，而是很不好，而且可能常常提笔忘字，歪歪倒倒的不说，好多字都是大概画了个形状就马虎过去了，但是我看着却一点也不觉得别扭，越看越觉得有意思，甚至眼前就浮现着她打马虎写那些字时的样子，翻来覆去地看，怎么都看不够，其实有好几次我都想把本子再交回到小男的手上，让她重新放回囡囡的包里去，终究还是不舍得。

中午的时候，小男回来了，身上的雪比早晨来时更加浓重，说她成了雪人一点也不为过分，我甚至都没等得及她掸一掸身上的雪，立即就拿起了电话，不过她也是，不知道为什么，一眼看上去就觉得她比早上还要高兴些。

"见到囡囡了吗？"我一抓起电话就问。

"见到了见到了，"小男微微跺着脚，一边说话一边往手上哈热气，"还唱了歌呢。"

"是吗？"我的心情为之一振，"那别人允许吗？"

"警察也怕冷啊，去了之后，值班的人听说我是送衣服来的，手一挥就让我进去了，囡囡和里面的人都混熟了，我一进去，他们就把她放出来了，我们两个人就坐在台阶上吃零食，有意思吧？"

"还有呢？"

"还有就是堆雪人啦，我们在院子里堆了好高一个雪人，还把拖把上的布条取下来当假发给它戴上去了，真是笑死了。然后她就教我唱歌：'爱你爱你真爱你，把你画在吉他上，又抱吉他又抱你；恨你恨你真恨你，把你画在砧板上，又剁肉来又剁你。'真有意思啊。后来别的房间里关着的人有意见了，都对值班的人吵着要出去，说凭什么就只放囡囡出去不放他们，值班的人才过来叫囡囡回去了。"

"原来是这样，"我一边听着，一边就去想囡囡和小男围着个雪人又唱又跳的样子，不禁就迷醉了，"……真好，真好。"

如此之后，因为知道了囡囡在那里并没受什么苦，心里觉得好过了不少，也可以舒舒服服交叉双臂躺在床上好好出口长气了，身边要是有烟的话，一定会重重抽上几口的。因为听到小男的嗓子有些不对劲，像是感冒了的样子，好在我们现在就置身在医院里，便催促小男去开点感冒药来吃，她一个劲不去，后来还是没经住我的劝，去了，去之前，趁着护士不注意，我把那个在枕头底下压了好几天的笔记本给了小男，嘱咐她，回院子里去的时候再放回囡囡的包里。

活着真好。

第七天的下午，小男回了航空公司，说是去飞公司临时加的一趟从武汉飞丽江的航班，下午三点钟的样子，我的鼻子又出了一次血，一出就不少，染红了半个枕头，医生和护士都来了。血终于止住之后，虚弱之感遍及我身体里的每一处器官，我只能靠在床上闭目养神，渐渐地，眼皮就重了起来，尽管内心里十分不情愿，但是没办法，还是睡着了。

竟然睡了两个小时还多，一睁眼，就看见了囡囡，她就站在走廊上，双手扶着玻璃窗，身边还站着几个聚到一起聊天的护士。

一下子就不觉得虚弱了，几乎是一跃而起，我跳下床就朝门口扑过去，鼻子里还塞着两小团棉球，全都不管了，只有一个念头，冲出门去，好好把囡囡抱在怀里看一看，管他光天化日，管他众目睽睽，全都不在话下，我想干什么就干什么，耶和华现身来挡我的路也无济于事；可是，临要一把拉开门的时候，猛然看见囡囡担惊受怕的样子，好像都已经叫起来了，脸上霍然变了颜色，我的心马上就软了，收了脚，走回来，走到玻璃窗前，看着她，就是看着，什么也不想，就像一点点离开了我的魂魄现在又在飞快奔回我的身体里，良久，叫了一声："囡囡。"已经是哽咽了。

囡囡也哭了，眼泪刚刚流出来，她就伸出手去擦，故意笑着指指电话，又指指我房间里的床，意思是说让我躺回床上去和她讲电话，没想到，她一笑，眼泪流得更多了，而且是那种怎么忍都忍不住了的样子，她也就干脆不去擦了。

在她伸手去指电话的时候，我看见她的手上竟然生了冻疮。

像囡囡这样的女孩子，虽说不是什么金枝玉叶，但也绝对不是那种允许自己的手上生冻疮的人，每天早上出门之前，手上脸上都要分外细致地收拾好才行，防晒霜啊紧肤水啊一应俱全地靠墙放着，看上去像是一座小花园；可是现在，囡囡的两只手都是又红又肿，这所有的一切全是因了我，而我，虽然病入膏肓，但毕竟住在有暖气的单人病房，我多么希望眼前的冻疮是长在我的手上！于是，站在原地没有动，只盯着囡囡手上的冻疮看，这时候她也明白我到底在看什么了，慌忙要把手缩到身后去，想了想，还是没有。

全都看清楚了，我才回床上坐着，拿起话筒听她的声音。

"想我了吧？"囡囡问。

239

"……"

"满足一下你的虚荣心,"不论什么时候,不管囡囡受了多么大的委屈,只要是和我说话,总能听出她话音里的轻快之感,"我想你了,成天想,把你画在地上,用脚踩你了,啊。"

"……还画什么了吗?"

"画了啊,哈,真不好意思,画了连环画。"

"连环画?"

"对呀,连环画,在雪地上画的,故事啊情节啊什么的一点也不少,画的是马帮的事情。"

"马帮?"我追问了一句,"是云南那边的马帮吗?"

"就是,不光云南有吧,好像四川啊贵州啊西藏啊都有马帮,不过听说现在都没有了,都是好几十年前的事情了——你是个跑马帮的,我是个在金沙江边上开小客栈的,怎么样,这故事不错吧?"

"不错。"

"在我开的客栈里认识的,你是那种胆子不算大的男人,就像现在一样,明明喜欢我,嘴巴上还一句都不说,每次来的时候,就是一个人坐在那儿喝酒。外面下着好大的雪,金沙江上的铁索桥上结了厚厚的冰,客栈里面生着红红的炉子,暖和得很,你喝着酒,我手上在缝缝补补的,就这么坐着,一个下午就这么坐下去了。

"其实我早就被山上的一个土匪头子看上啦,那土匪头子隔三岔五就下山来骚扰骚扰我,说要把我抢上山去当压寨夫人,我当然不干,每次骚扰我的时候我都大喊大叫的,那家伙没得手,像他那样的人想得手当然是能得手的，可能还是因为喜欢我才没强迫我？哈哈，后来，咱俩就好上啦，我要和你一起去跑马帮，可是你怕我吃苦受罪，高低不干，说是挣够了钱回来和我一起开客栈，但是不在金沙江边上开了，换个地方，避开那个土匪头子。

"后来就发生悲剧啦，听说咱俩好上之后，那土匪头子大怒了，带了一彪人马就要把我抢上山去，你一个人当然打不过他们，身中了十好几刀，那些人还是不放过你，说非要把你杀死不可。咱们两个就拼命往一座山上跑，结果却跑到了悬崖边上，再没有退路了，你就和我商量，要我先回去，跟着那些人走，顺便把那些人引开，好让你跑掉，去找马帮里的朋友杀上山去把我救回来，我虽然一万个不情愿，但还是答应了，因为怕他们找到你，就和你定了个日子，还给你下了命令，说到那天你必须来接我，不来的话，我就去死。

"被抢上山去之后，那家伙始终没有得手——可能那家伙年纪大了，我一反抗，他就不中用了，哈，就把我关在厨房里了，我一点也不害怕，也不担心，因为相信定好的日子你一定会带着马帮的兄弟杀上山来的。后来，你果然带着马帮的兄弟杀上山来了，但是，比咱俩定好的日子晚了一天，一帮大男人不要命拿着刀往山上冲的样子，看上去真是壮观呐，和《笑傲江湖》里面的令狐冲带着一帮兄弟去少林寺接任盈盈下山差不多——只可惜，我已经死了。"

"死了？"我茫然问道。

"死了，我就是这么个人，"囡囡的语气缓慢下来，"只要定好的日子错过了，我是绝对不会多活一天的，前一天晚上，等到差不多十二点钟的样子,既不想你可能是在路上耽搁了,也不想那天晚上你可能就没跑出去,在半路上就已经死了,什么都不想,一头撞在灶台上,死了。"

听完之后,我叹息着没说话:即便如此普通的在雪地上画一会儿的"连环画",情节里也无一处不是囡囡的性格,突然,一个可怕的念头在脑子里涌现出来:假如此刻就是我的死期,那么,在我闭上眼睛的下一分钟,囡囡会怎么办,她会不会跟着我混票去天堂?一想就不敢再往下想,恨不得自己掌自己的嘴,当我使出全身力气将这可怕的念头压抑住,让它回到它应该待着的地方去的时候,一时之间,竟庆幸得不知如何是好。

"哎呀糟糕——"囡囡突然叫了起来,把我从玄思默想里惊醒出来,我抬头去看她的时候,她正一边起身一边说,"我得走了。"

"你要去哪儿?"我一听说她要走,顿时就害怕起来,害怕她又出了什么事情。

压根都没想到,囡囡竟然告诉我:"……小男出事情了。"

"小男?"我心里一惊,"小男她出什么事情了?"

囡囡低下头想了一会儿,刚要开口说话,又叹了一声气,接着抬起头来,一吹耷在额头上的头发,"我先走了,晚上回来再跟你说吧。"

囡囡走了之后,我坐在床上想了好半天小男到底会出什么事情,是身体不好吗?还是工作上出了什么问题?想了半天都想不出个所以然来,只好暂且放在一边,去想囡囡刚才跟我说起的"连环画",以及里面的众多场景:弥天大雪中的客栈、金沙江里被冻住后犬牙交错地凝固着的急流、客栈里纸糊的窗户和红红的炉火，还有窗户外面一小片起伏不平的桉木露台，想着想着就迷醉了——如若我能拜上天所赐，带着囡囡去这样的地方终老此生，那么，即使衣不蔽体，即使食不果腹，我也会感激涕零地带着囡囡披星戴月前去那块地方，一路上，我一定会像前往光明之城拉萨朝圣的藏民般一步一叩首，鲜血淋漓也在所不惜。

其实，只要有囡囡，病房也照样可以被我当作那块并不存在但却让我魂不守舍的地方，只要我愿意，医院就是客栈，水果湖就是金沙江。

囡囡回来了，真好。

真好！

晚饭是我一个人吃的，尽管是一个人吃，但总觉得囡囡就端着饭盒站在走廊上，和我一起吃，不时夹一筷子她的菜对我摇头晃脑，所以，我不时忍不住朝走廊上看两眼；不管怎么说，从今天开始，我用不着再担心她吃没吃饭的问题了，既然没回来吃晚饭，应该就是和小男在外面找地方吃了吧？

吃过晚饭，又过了二十分钟的样子，囡囡回来了，像是累极了的样子，疲惫地对我摇了摇手，坐下来，一句话也不说，之后，颓然趴在窗台上，头发盖住了脸，过了一会儿，扬起脸来，还是趴在窗台上，右手托着腮，左手轻轻理一理自己的头发。我走过去，伸手扶住玻璃窗，要是没有这层玻璃窗隔着的话，我的手恰好可以放在她的头发上，但是说实话，我却觉得自己的手真的就放在她的头发上。

即使是到了后来，她总算觉得舒服些了，示意我回去拿电话的时候，多少也还是有些有气无力，不过，她买了双手套戴上了，绒线手套上绣着只斑马。

"小男呢？"拿起电话之后，我问囡囡，"回她的宿舍里去了？"

"没呢，"可能是在外面受了凉，就只几个小时不见，囡囡的嗓音听上去也和小男的嗓音差不多了，像是马上就要感冒的样子，"回咱们的小院子里去了，一会儿我就得回去陪她。"

"这样啊，要不你现在就回去吧，好好洗个热水澡。"

"送小男回去的时候就洗过了，"本来还在好好地说着，突然就哭了起来，"你说，上辈子我们是不是做过什么错事？"

"怎么了囡囡？"我茫然不知所措，看着她，听着她的哭声，尽管想知道她为什么会哭起来，但是每逢这样的时候，我就一句话不说地看着她。是啊，她的确是太累了，难免会有支撑不住的时候，哭出来总是会好过些，所以，问了一句之后就不再问了。

"我们上辈子肯定犯过什么罪！"其实，已经有段时间了，在我面前，她是不再哭了的，所以，短暂的一会儿之后，哭声转为了哽咽，渐至于无，我以为她会好过起来的时候，她却又低低地吼了一声，真的是吼了一声，"像小男那么可爱的女孩子，怎么也会遇上这种事情啊！"

"小男她到底出了什么事情？"一直到这个时候，我才确信小男真的出了事情，而且，绝对不是身体不舒服了或者工作不顺利了那么简单，但是，越是到此时，我倒反而越是冷静下来了，尽管又是瞬间就觉得全身都被一股看不见的阴影占据了。

"……知道我刚才陪她干什么去了吗？"囡囡突然问我。

"不知道，干什么去了？"

"流产，我陪她做流产手术去了。"

"啊!"我的脑子一下子就大了，在我印象里，这"流产"二字是绝然和小男扯不上关系的。身为女孩子，小男自然也会怀孕，可是，就在今天早晨她去公司之前，还在电话里问过我星球大战的事情，问我"万一地球哪天爆炸了的话，在太空里的国际空间站上工作的人回哪里"，两只大眼睛定定地看着我，和小时候问父母"妈妈从哪里把我生出来的"一样，这样一个女孩子，怎么会突然就去流产了呢？再说，从未听说过她交了男朋友，如果不是通过囡囡之口，而是另有他人告诉我，我断断是不会相信的，可是告诉我的人是囡囡，不由得我不相信，还是问了："她，是不是受了谁的欺负？"

"说对了一半。"囡囡差不多是自语般接着说，"好像又不对，起码小男觉得不是——小男的眼睛一到晚上就什么东西都看不见了，没看出来吧？"

"什么?!"

"没说错，天一黑她的眼睛就什么东西都看不清楚了，就算把手指放在眼前，也只能模模糊糊看见个影子，你没看出来，我也没看出来，杜离在的时候也没看出来，而且已经快两年时间了，整整两年时间，每天晚上都是这个样子，真是个孩子啊，谁都没告诉，父母也不告诉，就一个人憋着。

"害怕是害怕的，后来就不害怕了，骗自己说上帝在和她玩游戏，每到晚上就派人来用块黑布把眼睛蒙上，像这种骗自己的话，可能全世界也就只有她一个人相信了，是真相信，到了白天，该唱照样唱，该跳照样跳，有时候我觉得她有点像秀兰·邓波儿当童星时候的样子,现在不这么想了,一下子觉得她不是咱们这个世界上的人了,夜盲症得了两年都没人知道,这种事情要是发生在别人身上,你说,我怎么会相信呢?弄不好还会骂他神经病,故意在说鬼话,可是发生在小男身上,我就得相信。"

"夜盲症?"

"夜盲症。"

原来是这样。一瞬间,我的记忆全部被唤醒了,几次和小男有关的场景都被我回忆了起来,徘徊不去:那次在江边的露天酒吧里喝酒,作鸟兽散的时候,小男好几次都险些摔倒在地上,我还以为她是喝多了,哪知实在的情形却是她看不清楚东西了呢?最近的一次就是七天前的晚上,那时候,我站在房间里使劲示意她把电话拿起来,但是她却好像根本就没见到一般,最后还是旁边的医生把话筒交到她手里的,临要走的时候,我交代她回去后把《蜡笔小新》找出来看看,她却叫了一声"我也看不见了",我连连追问时,她却欲言又止了。实际上,我有好几次都觉得她有点不对劲,但是,又怎么会想到她是得了夜盲症呢?

在我记忆里,应该是还有一次在什么地方遇见过小男的,想了半天终于想起来:是当初陪囡囡去协和医院看眼睛的时候,在眼科门口的大厅里,我曾经见到过她,但是却没有和她说话,当时,她身边还有个大白天戴着口罩的男人。

我顿时痛悔不堪:要是当初我拦住她,把她拉到一边,问她来医院所为何事,她身边戴口罩的男人又是谁,也许事情就不会变成今天这个样子,尽管囡囡还没有把整个一件事情讲清楚,但是我也大致能猜测出事情出得相当大了;而且,如果我没猜错,那个戴口罩的男人一定就是让她怀孕的人；事实上，在囡囡端盘子的酒吧，我曾经问起小男在医院碰到过她的事情，她是一口否认了，但我是完全应该继续追问下去的，终于还是没有，现在想起来，责任完全在于我，如果我不是过于被那种"无趣"之感纠缠，告诉她我得了治不好的病，再追问她为什么去医院，她也就不会有一个人蜷在我和囡囡的小院子里的此刻了。

责任完全在于我，我活该被地下的阎王带走！

——一个大白天戴着口罩的男人，而且是在小男的身边，我怎么就没有径直走上前去，刨根问底个清清楚楚呢？！

"那男人从前是个花鼓剧团的小生，不知道什么时候，从剧团里出来了，因为唱不下去了，"囡囡继续说道，"脸毁容了，在剧团里的时候和一个跑龙套的女演员搅和在一起，被他当灯光师的老婆泼了硫酸。后来老婆被判刑了，他也回家了，从此就不敢出门，非要出门的话就戴上个大口罩，把脸全都蒙住。"

"可是他怎么会和小男扯上关系啊？"

"那家伙从剧团里出去之后，没有工作，就把自己的房子卖了，去花桥那边租了间房子住，好几十年前留下来的那种老房子，楼上的人在屋子里走路，楼下的人听上去就像在打雷，小男的公司没给她分宿舍之前，她就租的那样的房子，就是在那里发现自己得上了夜盲症的，上天真是瞎了眼睛，安排那家伙和她住到一幢房子里去了，而且是在一层楼上，一个住在东头，一个住在西头。

"那种房子，住的人本来就不多，上下楼二十多个房间就只有几间住着人，尤其到了晚上，更是空荡荡的。住在那种地方，小男不可能不害怕，虽然她说喜欢那房子，说是像部美国电影里的房子，那电影好像叫个什么《爱登士家庭》来着，你肯定是看过的，但是晚上躺在床上，总还是觉得恐怖，觉得自己像哪部恐怖电影里马上就要受害的女主人公。

"好在有人总是夜半三更的时候唱戏，就站在屋顶上唱，声音每次都压得低低的，唱上二十分钟就下来了，楼道里响起了那个人的脚步声，她躺在床上听着脚步声，一下子就觉得踏实了：毕竟不是只有她一个人住在这幢楼里；那段时间，正是小男的眼睛恶化得最厉害的时候，害怕肯定是害怕极了的，但她还是既不看医生也不打电话回去跟父母讲，你知道为什么？昨天她告诉我的时候，我简直恨死她了：就为不愿意长大。她觉得每个人年纪大了之后都会有这样那样的病缠上身，那其实是每个人都在长大，在一点点变老，她不愿意老，想永远都停在四五岁上才好——从来没见过这么怕长大的人。

"唱戏的人就是那个戴口罩的家伙，小男后来才知道，他每天晚上唱戏是为了把脸放松放松，因为一天到晚都戴着口罩。

"还记得前年发大水的时候吧？那段时间，连续下了将近一个月的雨，有天晚上，小男醒了，醒过来一看，发现屋子里进了水，虽然住在二楼，水还是照样进来了，拖鞋啊袜子啊什么的，已经全部都泡在水里了，而且，整个房子都在摇摇晃晃的，像是马上就要塌了一样。她掀起被子跳到地板上，往外跑，可是她根本就不知道往哪里跑，什么都看不清楚，刚拉开门跑到走廊上，就被个什么东西绊倒了，坐在地上起不来了，这时候，那家伙来了，扶了她起来，把她带到自己的房间里去，陪她坐了半夜。

"我也是女孩子,知道这个时候有人来帮她一把对她意味着什么,再加上他是个唱戏的,声音也特别好听,所以,尽管连看都看不清楚那家伙长什么样子,可能就是在他搀着小男去他房间的几步路里,小男就喜欢上他了,只可惜,那家伙即使已经被毁了容,也仍然不是什么好人——天快亮的时候,小男被他强暴了。

"天亮之后,小男看清楚了他的影子,但是看不清楚他的脸,照样还是用口罩遮着的,头发也留得很长。那家伙扑通就跪到地上去了,向小男求饶,但是你相信么,小男竟然不恨他。'没想太多,就是觉得走路的时候摔了一跤,站起来了还得往前走',小男就是这么对我说的,至于找警察啊报案啊什么的,压根都没想。

"根本就不敢相信,小男就这么和那家伙来往了两年时间,哪怕后来她搬走了,那男人还是隔三岔五去找她,在她那里过夜。真奇怪啊,这么大的事情在小男那儿根本就不能算是件事情,到了夏天,三更半夜地还拖着那家伙去宿舍后面的小河沟里去捉青蛙;那家伙自然是喜欢小男的,也带她去过几次医院,给她治眼睛,如果隔几天不去找她的话,小男就去那幢老房子里找他,还给他买烟买酒带去,听他唱戏,只不过那以后他就再也不把口罩从脸上拿下来了,唱戏的时候也不拿,只把嘴巴那里掀开一点点。真是不可思议,小男竟然从来不知道那男人到底长了张什么样的脸。

"就到了现在,到了一个星期之前,小男突然发现自己怀孕了,就去找他,敲了半天门都没敲开,搬了把凳子站在上面从窗户外面往里看,你知道看见了什么?"

"……什么?"

"那家伙已经死了,给小男写了封遗书,说自己的罪孽太深了,再也活不下去了,下辈子再给她做牛做马。"

"啊?那小男是怎么办的呢?"

"那孩子啊那孩子,她竟然把他拖到冰箱里去了!倒是把他的遗书装在自己包里了,要不然,到时候警察找上门来,她可怎么说得清楚啊!那家伙,到现在还在冰箱里冰着。"

"啊!"我顿时觉得五雷轰顶,喘息着,实在不愿意相信囡囡刚才讲的一切,心里涌起如此之感:这世界到底是怎么了?为什么在我的三步之内总有如此匪夷所思的事情发生?而且,这些匪夷所思之事总是不能由我们的肉身控制,反倒将我们席卷,带着我们一步步远离我们希望待着的地方;要么就是画地为牢,将我们牢牢禁锢住,即使火烧了眉毛、水淹了三军,照样还是只能隔岸观火,这些,到底都是因了什么呢?现在,如果我正在路上走着,突然有人走上前来,告诉我说他就是下凡的耶稣,我也绝对不会有丝毫怀疑——冰箱里既然能藏下尸体,耶稣为什么就不能下凡?呆呆地想了半天之后,我问囡囡,"……她既然瞒了这么长时间,怎么会突然想起来告诉你的呢?"

"还是因为怀孕了的关系吧,她不愿意长大,可是肚子里有了孩子,她再不愿意长大也没办法呀。那天,堆完雪人,我们正在给雪人画嘴巴和鼻子,她突然就哭起来了,所有的事情都告诉我了,其实,像这样的事情,只要发生了,不管对谁,她总是会讲出来的,就像一个气泡,总有破的时候,毕竟一辈子还有那么长。听她讲完之后,我简直吓呆了,突然就觉得非常生气,非常非常生气,恨她实际上是对自己不负责任,骂了她,问她真的长大了又有什么不好,她却一下子对我吼起来:'我就是不愿意活在你们那个世界里,觉得脏!'把我吓了一跳,当然了,我是不会跟她真生气的,接下来就给她想办法。

"首先就是藏在冰箱里的尸体,不告诉警察显然是不可能的了,反正那家伙的遗书还在她包里放着,说是说得清楚的,但是一想到警察要找这么个孩子说话,马上就觉得残酷,我来帮她处理吧,又怕他们不相信,毕竟我还在里面关着呢,想来想去,就觉得非要找她父母不可了,可是又不能直接找她要她父母的电话啊,你知道的,这种时候我还是有点办法的,就骗她说我有可能最近要帮站柜台的化妆品公司去宁夏进一次货,果然,我刚一说完,她就说'好啊好啊,你可以住到我家里去',我就找她要她家的电话,她什么都没怀疑,找了张纸写给我了。

"她走的时候,我告诉她,什么都不要担心,什么都不要害怕,事情我都会帮她处理好,她一下子就高兴了,问我是不是真的可以处理好,我又肯定了一次,她才一蹦一跳地走了,嘴巴里还哼着我刚刚教给她的那首歌,真是个孩子啊,就像什么事情都没发生过。"

难怪,小男给囡囡送衣服的那天,送完衣服回来之后,我也觉得她像是比前几天高兴了许多,可是,我何曾想到她的高兴是因为如此缘故呢?

"那,接下来,咱们怎么办呢?"我问囡囡。

大海航行靠舵手,囡囡就是我的舵手。

"老实说,我也一点办法都没有,只有请她父母来了,"囡囡说话间终于不再有哭音,但是,声音里的凄凉之感却愈加浓重起来,"明天早晨她父母就要来了,不管她将来会不会恨我,我都得给她父母打电话——下午她做手术的时候,我在外面给她父母打了电话。"

"……"

现在,偌大的武汉,只剩下我和囡囡两个人了。小男的父母来武汉一个星期之后,带着小男回了宁夏,走之前,父母做主,代小男辞去了在航空公司的工作。临要离开的前一天,小男的母亲给囡囡打来电话,说是想请囡囡吃顿饭,囡囡拿着电话想了又想,还是去了,是在汉口小男宿舍附近的一家湘菜馆里吃的,小男的父亲没有来,说是寸步不离地守在小男身边,好几天都没眨过眼了,一顿饭吃下来,小男的母亲哭了好几次,告诉囡囡:"这辈子再也不回武汉了。"

第二天小男全家离开武汉的时候,囡囡没有去送,"实在没胆子再见到小男了,"囡囡告诉我,"不忍心看见她那张脸。"

我又何尝不是,几天来,躺在病床上,眼睛一闭,脑子里全是小男的样子,但是,想起了她把青蛙拿在手里当玩具,想起了她用自己的包来装雪球,就是不敢想起她的那张脸,从囡囡告诉我她的事情当天晚上起,我就想给她打个电话,听听她的声音,安慰安慰她,可是,直到她离开武汉也还是没有。

我能对她说些什么呢?

囡囡不在的时候,我想过给身在大兴安岭的杜离打个电话,不是要告诉他小男的事情,就只是想听听他的声音,知道他一切还好就够了,就嘱囡囡拨他的电话,要是能打通的话,囡囡就把手机对着窗户外面的电话的话筒，我也能听个大概了，却没有打通，倒是不奇怪，去大兴安岭之后应该是已经改换了手机号码的。时至今日，武汉已然是冰雪覆城，茫茫大兴安岭又是何等景象呢？在我躺在床上百无聊赖之时，杜离在干什么呢？是头戴貂皮帽子脚踩高帮豹皮靴子在那度假村里工作，还是只穿了件单衣躲在桦皮屋子里烤火、逗小孩子玩呢？

囡囡倒是想给小男家里打个电话过去，说了几次，也不知道到底打了没有，我没问，因为害怕问，害怕说起小男。

那么，当偌大的武汉只剩下了我们两个人的时候，日子应该怎么过下去呢？

还是像从前一样往下过吧。

囡囡照样每天出门当小偷，我照样终日躺在床上胡思乱想。今天下午，她回来得比往日都要早些，原因很简单：不知道用了什么办法，她竟偷了两只戒指带回来了，也就是说，今天的任务她提前就完成了。

她回来的时候我在睡觉，醒来一看，她就安安静静地坐在窗户外面，趴在窗台上，手里拿着个什么东西在玩着，都入了神了，脸上隐隐有一丝笑意，一见之下，我的心情顿时舒爽起来，无论什么时候，只要囡囡在笑着，我自然就没有不笑的道理。走过去一看，发现是两只戒指，我虽身为男人，但是不知道为什么，天生对这样的东西敏感，往往一看戒指啊香水啊之类的东西就能大致猜出价钱来，囡囡手里拿着的这对戒指绝不便宜。

我走过去在玻璃窗上趴了好一会儿，囡囡都没注意到我，只注意戒指去了，一会儿拿着这一只在左手上戴戴，一会儿又拿着那一只在右手上戴戴，嘟着个嘴，之后，将它们捧在手里，摇来摇去，听它们碰撞时发出的若有若无的声音，那样子简直就像个正在竖着耳朵听骰子的女赌神。一抬头，看见我就正趴在玻璃窗上，满脸的鬼精灵劲对我说了句什么，我"啊"了一声，她急忙指了指自己的嘴巴，叫我注意看清楚她的口型，之后再一字一句地说出来，可我还是没猜出她在讲什么，还不等她不耐烦，自己就先跑回去把电话拿起来了。

"咱们——"囡囡劈头就说，"咱们结婚吧！"

"啊？"我如坠云雾之中，"我这个样子，怎么结？"

"不是真结婚，就是想真结，只怕也过不了体检那一关吧，"她哈哈笑着把两只闪烁着的戒指抛高了，再接到手里，"咱们自己结，只要咱们自己说结了，那就算是结了，和别人没关系，怎么样？"

"你是在开玩笑吧？"我苦笑起来，但也觉得囡囡的说法颇有意思，果然像她说的那样的话，"老公""老婆"地叫着，内心里应该是更有一番特殊的感觉的吧？

"你看我是在开玩笑吗，我可是认真的哦，"说着一边讲电话一边把两只戒指叠合在一起，放在左边的眼睛上，就像是个小小的望远镜，摇头晃脑地说，"已经决定啦，你跑不了啦，我要扮王老虎来演《王老虎抢亲》啦。"

一连几个"啦啦啦"，我忍俊不禁了，接口说："啦啦啦，啦啦啦，我是卖报的小行家。"

"真的！"她越说越认真，脸上的表情看上去全然不似在开玩笑了，站起身来，语气一沉，像是下了多么大的决心，"说结就结,今天晚上就结,戒指都有啦,衣服嘛,反正我也不在乎,就算了,不过得找点音乐,《婚礼进行曲》什么的,你说呢?"

我愣怔了半天才笨嘴拙舌地开口,"我能说什么啊?"

"那就是没意见,这位小同志,态度很不错嘛,政委大姐很满意嘛,"说完了一背包,将那两只戒指再抛高之后准确无误地接在手里,"我该回去了,晚上再回来,有你好看的,哈哈,你就等着好看吧。"

看着她快活地离去,我脑子里蓦然出现了两个字:"风花"。在日文里,"风花"二字指的是细雪,我看过为数不少的日本小说和电影,知道晴天里飘下一层细雪实在是再寻常不过的事情,想那时候,阳光明亮得像一张锡纸,微风漫卷过来,樱花枝头一阵扑簌,粒粒清雪像燃烧后正在散去的火花般溅起一片雪雾,之后慢慢消隐,那感觉,想一想都让我禁不住心向往之;其实我是大可不必羡慕的,囡囡就能给我"风花"般的感觉,明明她是在走廊上走动着,我却觉得她是走在阳光普照的户外,而且,她走动和我走动无甚区别,她越走越远,我心里的诸多阴霾就越来越少,一点点都被她拽出了体外,她的脚踩在雪地上,溅起一丝两丝的雪,我却分明觉得和"风花"散去时溅起的雪雾别无二致。

真好,这样活着真好。

上帝保佑吃饱了饭的人民。

一时之间,我竟然激动得难以自制:几乎觉得自己可能永远不会死去,至少也要活成一个白胡子老头之后才会去死,当然了,囡囡那时候也早就成了个弓腰驼背的老太太啦。

在一部叫《姬卡》的电影里面,主人公姬卡对一个男人说:

"拿地图出来,让我看看去那里的路线。"男人回答:"不用看地图,我可以指给你正确的方向。"姬卡却回答:"我在正确的方向也需要指引。"

倘若囡囡不觉得我有多么矫情,我也想像姬卡那样说一句"我在正确的方向也需要指引",而且,指引我的,拿手电筒在前面为我照路的就是囡囡,不承认是不行的:不知道从什么时候起,我不仅时常觉得自己有可能活得长一些,直至更长一些,而且,这种时候是越来越多了。

吃过晚饭,大概在屋子里又看了张DVD,囡囡才来医院里,近来囡囡喜欢上了王家卫的电影,倒是不奇怪,喜欢他的电影的人多得简直如过江之鲫,有人喜欢他的画面,有人喜欢他的音乐,囡囡喜欢的是他的台词——多少受了些我的影响吧?

来了之后,高兴得很,止不住地笑着,我搬了把凳子靠窗子坐着,她笑的时候我就也笑着看她,她就再装出不笑的样子,过了一会儿,她不再管我,去侍弄卡在腰上的MP3,侍弄了一阵子,把耳机塞在耳朵里,听起了音乐,我便闭目养神起来。没过几分钟,她敲起了窗子,我睁开眼睛一看,她用手指在窗子上写了几个字:你先睡一觉吧。

这倒是少有的事,但是,因为屋子里有暖气,我是绝不可能像她一样在玻璃上写字的,就把头抵在玻璃窗上,问她:"为什么?"把我的口型辨认清楚以后,她故意做出一副凶相,在玻璃上继续写:"少废话,叫你睡,你就睡,"想了想,又在底下补上一排小字,"等会儿可有你好看的哦。"

那么好吧,既然她已经发了号施了令,我还是乖乖听命行事的好，就站起身来伸了个懒腰，回床上躺下了。

反正囡囡就在窗子外面坐着，我觉得踏实得很，所以，躺上床之后，也没关灯，没过多大工夫，我就睡着了。

醒来的时候灯已经熄了，我睡着的时候护士是进来送过药的，就放在床头的柜子上，借着走廊里的幽光便可以看见。我也没给自己倒杯水，抓起药片就一咽而下了，咽下去之后，拖着拖鞋轻悄地走到窗子边。囡囡正趴在窗台上，显然没睡着，身子还在随音乐悄悄地动着，说来真是奇怪，有几天工夫了，每晚熄灯之后护士没再像从前那样急着赶囡囡走了。我敲敲窗子，囡囡立即抬起头来，一把抓起了电话，这样，我便也回去抓起了电话。

"今天身体没什么特殊感觉吧？"电话通了之后，囡囡问道。

"没有啊，好像吃了什么灵丹妙药一样，觉得比平常有劲多了。"

"是吗？太好了太好了，我就放心了。"

"放什么心啊，你不是一天天都在看着吗？"

"哈，我要和你举行婚礼啊——"即使我看不见，也知道她的眼睛在转着，说不定还调皮地吐了吐舌头，"我准备进来了，和你结婚，哈。"

一时没明白过来她是要进到哪里去，恍惚了三两秒钟，突然意识到她是要进我的病房里来，立即就连声叫唤起来："好啊好啊！"

"嘘，别声张，再问一次，身体真觉得没事吗？"

"千真万确！"

随后，囡囡站起身来，先去走廊西头靠近值班医生的办公室那边打探了一番，再折回来，应该是又去打探楼梯口了，确认了四下无人，扭动门锁，像只奔跑的狐狸般闪身进了房间。当我听到门锁咔嚓一响，水银般的微光泻进房间，照亮她的头发，我心里竟是激烈地一颤，身体止不住在黑暗里哆嗦起来，眼睛里条件反射般起了雾，怎么忍都忍不住：我太长时间没有和囡囡挨得如此之近了，太长时间了！

即使在这个时候，囡囡也冷静异常，门锁再咔嚓一声，门被轻轻地关上，她像个得手后的女飞贼在门边站了一会儿，吐口气，可是，一口气还没吐完，就哽咽着朝我跑过来，钻进我的怀里。屋子里的暖气非常足，我只穿了件薄薄的单衣，扣子也没扣好，囡囡钻进我的怀里之后，冰冷的脸贴上了我的胸脯，用牙齿咬着，用舌头舔着，我的眼前顿时比黑暗更黑，依稀闪着小火星，幸福得要闭过气去，双手伸进她的衣服里去，去贴她的肉，去抓她的肉，去掐她的肉，好像只有这样，我才能在她身上留下自己的印记，她忍着，疼着，哆嗦得和我一样激烈。

就让我陷进比黑暗更黑的地方，再也不出来了吧；就让眼前闪烁的小火星带着我和囡囡坠入另外一个星球里去吧！

突然，囡囡从我怀里挣脱出来，去床上找我的衣服，找到之后再奔回我身边，"来，全都穿上！"

"我不冷——"

"知道你不冷，不冷也穿上，万一我带了什么细菌进来了呢，来，听话，快穿上！"

原来是这样，我就接过衣服一件件穿上了，一双手颤抖得厉害，一颗扣子扣了半天总也扣不上，只知道看着根本就看不清楚脸的她，最后，还是她来帮我扣上了。扣上之后，又从自己背着的包里掏出条黑白格子的围巾，我还来不及有任何反应，她就拿着围巾把我的头和脸严严实实地全都围起来了，连嘴巴都围住，我也不知道她究竟要干什么，还是呆呆地看着她，一切全都任由她来处置。

"好了，"全都围好之后，她盯着围巾左看右看，东拉拉西拉拉，满意地隔着围巾捧住我的脸，"这下子就好啦，应该是不会碰到什么细菌了，我今天洗澡的时候起码打了十遍香皂，围巾也是拿到湖滨花园酒店的洗衣房里消了毒的，花了整整十块钱呐，应该是没问题了。"

我总算明白她一阵忙乎是所为何故了，被围巾围得严严实实之后，尽管出气都很困难，但一切都是为了我好，再费劲我也得忍受下来，眼前没有镜子，我看不见自己的样子，但是我知道我现在像极了一个人，一年四季穿着军装、头上戴着块黑白格子头巾的人：阿拉法特。说起来，因为久不看电视，我也好长时间不曾和这位传奇人物谋面了。

"好啦，我们现在可以开始啦。"囡囡双手把我推到床上坐下，蹦蹦跳跳地说。

"开始什么？"

"咱俩的婚礼啊，简单得很，就一首歌的时间。"说着退后一步，从放在凳子上的包里掏出MP3，再和我并排坐到床上，肩靠着肩，头挨着头，一只耳机给我，一只耳机自己拿着，突然想起什么东西没拿出来，又奔回去，从包里掏出一样东西，我定睛一看，竟然是一张DVD的封面，捷克电影《给我一个爸》，封面是个慈眉善目的白胡子老头，我知道，那白胡子老头其实是捷克的国宝级演员，《给我一个爸》的导演就是他的儿子，看见她拿出来这么个东西，我的脑子是全然糊涂了，不知道她要干什么，没想到，她竟然说："这就是我们的证婚人。"

"证婚人？"

"是啊，你不觉得么，这老头儿的样子长得特别像个神父，我觉得证婚人就是他这个样子。"说着，重新和我并排坐下来，继续肩靠着肩，头挨着头。

"啊！"

"别啊呀啊呀的啦，节约时间，来，把耳机戴上——"之后，我们两个人一起把耳机戴好，只有一副耳机，我戴在左边的耳朵上，她戴在右边的耳朵上，刚要按下 MP3 上的一个按钮，她又想起什么来了，从牛仔裤的裤兜里掏出那两只戒指，一只自己拿着，一只递到我手里，"一会儿给我戴上哦。"

然后，她打开了 MP3，再不说话，耳机里顿时传来音乐声，我原以为她可能从哪里弄来了《婚礼进行曲》，然而却不是，开始我并没有听出来到底是什么音乐，听出来后不禁吓了一跳，竟然是首儿歌，就是那首"小小子儿，坐门墩儿，哭着喊着要媳妇儿"，我刚喊了一声"囡囡"，她一竖食指，"嘘"了一声，我就不再说话了。

这首歌并不长，很快就放完了，就快结束的时候，囡囡见我还坐着纹丝不动，急得一扯我的袖子，"快问我啊。"

"问什么？"我真不知道要问什么。

"切，气死我啦气死我啦，问我愿不愿意嫁给你呀。"说完歪着头看我,"那么多电影你都白看啦?"

我根本就躲避不过去,即使能够躲避,她身上散发出的幽幽的香气也足以把我拉扯回来,我的心一下子就像淋了热水般的冰块化开了,"……你,愿意嫁给我吗?"

"当然愿意啊,傻瓜,"我的话音还不曾落下,囡囡的手就伸了上来,把无名指稍微翘起来一些,好让我给她戴上戒指,我笨手笨脚,戴了半天都没有戴上,她就抓着我的手,再用我的手给她戴上,戴好之后凑在眼前好好欣赏了一会儿,"哈"了一声,"该我来问你愿不愿意娶我了。"

"……"

"本来该你问的——算啦,天气怪冷的,我来代劳啦,"她冲床头柜上的白胡子老头说,即使身处黑暗之中,我也能想象出她满脸的鬼精灵劲。突然把我脑袋上的围巾掀起来一点,露出左边的耳朵,之后,她压低嗓门,嘴巴凑到我的耳朵跟前,甚至都没有声音,只有气流声,"喂,我说弟弟呀,愿不愿意娶你姐姐我呀?"

我也侧过去,嘴巴对准她的耳朵,同样只发出气流声,"愿意啊,老婆!"

——叫着"老婆"二字的时候,我的心里竟是兀自一震。

"哈哈,哈哈,"囡囡笑着,给我的无名指也戴上戒指,戴上之后,把她的手和我的手并在一起看着,一边抚摸着一边看,这样一来,她精心准备了一下午的"婚礼"就到了该结束的时候了,她舍不得,又要我戴上耳机再听一遍那首歌,挽着我的胳膊,身体靠在我的身上,应该是闭上了眼睛的;再听完一遍之后,她突然直起身来，跪在床上，搂住我的脖子，隔着围巾狠狠地在我脸上亲了一下，哽咽着问我，"我是不是该叫你声老公啊？"

我得让她高兴起来，就笑着说："那当然了，叫掌柜的也行。"

"掌柜的，小心了，我要来圆房了！"她突然把我推倒，压到我的身体上，张牙舞爪地做女色魔状，然后，又轻悄地缩回双手，"别害怕，掌柜的，吓唬你呢。"

小小子儿，坐门墩儿，哭着喊着要媳妇儿。

我就是那个坐在门墩儿上面的小小子儿，囡囡就是我的小媳妇儿。

第十章　在旧居烧信

我和囡囡"结婚"的当天晚上，囡囡没有回我们的小院子里去，就在窗户外面蜷了一个晚上，搬了两把长条椅过来，坐上去，腿上盖着件我的衣服，那件衣服是我死活都要塞给她的，告诉她，明天早晨她直接带回家就可以了，这样总不会再带进什么细菌来了吧，好说歹说，她总算同意了；两点多钟的时候讲了会儿电话，心里终是不忍，劝她还是回家去睡，她却说："那怎么行？今天可是我的新婚之夜啊。"接着换成了闽南语的腔调，"我说后生，你有没有搞错啦？"

唉，好吧，一切就全都任由我的小媳妇儿自己做主吧。

天快亮的时候，还是各自睡了一会儿，我做了梦，梦见我带着囡囡坐火车回宁夏去住下来了，不是银川那样的城市，应该是在荒凉如西海固这样的地区，住的房子虽说不是窑洞，但是也比窑洞好不了多少，屋顶好似一面斜坡，那是因为方便雨天的时候在屋檐下接雨水的缘故，要知道，不管是吃的水还是洗澡的水，其实都是在屋檐下接的雨水；我好像是拿着把铁锹在外面挖水窖，囡囡坐在屋里的土炕上忙活着什么，穿着红彤彤的印花棉袄，和印花棉袄一样红彤彤的，还有纸糊的窗户上贴满了的囡囡自己动手剪的窗花。

醒来的时候，囡囡就趴在玻璃窗上看着我呢，手里拿着我的那件衣服和她的包，脸上和头发上都湿了，应该是出门去吃过早饭了。我一看她此刻的样子，就能知道外面应该是雨夹雪的天气。

见我醒过来了，她连忙示意我拿起电话，告诉我："刚才我站柜台的那地方来了电话，说要我今天帮他们去进货，我得赶紧走了，对了，你很争气哦，刚才问过医生了，说身体恢复得不错。"

"是吗？"我的心情也为之一振。

"是啊，今天就可以送羊骨粥啦，太争气了掌柜的，好了不说了，我得走了，中午不回来了，晚上得早点回家熬粥去啦——"说着又不放电话，自言自语，"嘻嘻，掌柜的。"

自言自语完了，她也该走了，刚放下电话要走，正好有个相熟的医生走过来，她立即乖巧地站住，和他打招呼，那医生平日里对我和囡囡就甚是不错，伸手摸了摸囡囡的头，囡囡一吐舌头，转身对我做了个鬼脸，摇了摇手，就消失不见了。

一个多么好的早晨！

我幸福得一阵哆嗦。哆嗦之后，接着又是一阵。

"每天你都有机会跟别人擦身而过，你也许对他一无所知，不过也许有一天，他会成为你的朋友或知己"，"我们最接近的时候，我跟她的距离只有零点零一公分，五十七个小时之后，我爱上了这个女人。"这是王家卫的电影《重庆森林》里的两句台词，对这部电影，囡囡简直是喜欢得紧，我则不见得有多么喜欢王家卫，《重庆森林》还是读大学的时候在大学门口的录像厅里看的，看完了也就忘了，不过，现在想起来，却觉得刚才这句话的确别有意趣：世界何其大，一个人的一辈子何其长，假如我们对"五十七个小时"之后即将发生的事情没有半点期待，那么，我们又能拿什么当作我们一辈子的指望呢？

人之为人，总还是得要点指望的吧。

当然，我是要除外的。我是一个早就断绝了期待之念的人。不是因为来日无多，而是知道不管怎么样囡囡都在我的身边，我和她不过是隔了层玻璃窗而已，就像十个小时之前，我们"结婚"了，她成了我的小媳妇儿，十个小时之后，她还会回到我身边来，继续做我的小媳妇儿，弄不好晚上还要在窗户外面蜷上一夜——我还有丝毫必要像王家卫一样去想"五十七个小时"之后的事情吗？

可是，我根本就不会想到，不光五十七个小时之后囡囡没有回来，就算一百一十四个小时过去了，囡囡也还是没有回来。就在囡囡摇着手对我说再见的时候，一场悲剧，一场足以让我们死无葬身之地的悲剧已经向我们逼近过来了，就像一个身着黑袍的厉鬼，已经蹑手蹑脚地跟着囡囡走了好远一段路，现在，那厉鬼只差一步就要揪住囡囡的衣角了——这些，这一切，这一切中的一切，我又怎么能够想得到呢？

我又怎么能够想得到呢！

上午，主治医生进了我的病房，告诉我说现在可以看看书了，但是必须得戴着手套，我当然兴奋得不知如何是好，所谓"漫卷诗书喜欲狂"，说的就是此刻如我之感吧。我立即央求护士帮我去从前的那病房里取几本书回来。本来在我住进隔离病房之后，从前那间病房里是再没了我的什么东西的，但是我依稀记得似乎还有几本书在那个小女孩那里；毕竟相处了这么长时间，这一次，护士痛快地答应了，她临去之前，我给那个可爱的小女孩写了封短信，请她带过去，信是这么写的：叔叔没骗你吧，看，住过来这长时间了，叔叔还是一点事情都没有，别害怕，吃好睡好，什么都不要害怕。

护士回来的时候，只带回了一本书，同时带回来的还有那封短信，说是那小女孩也住进隔离病房里去了，就住在我楼下的一层，这仅剩的一本书，还是她走后被护士发现了收拾起来的。

原来是这样。我突然心如刀绞：住进隔离病房之后，小女孩的父母到医院里来陪她的次数比从前多些了吗？如果不是，那她该怎样度过那些枯燥得几欲令人发疯的单调而无聊的时光呢？

护士带回来的书是纳博科夫的小说《洛丽塔》，闭上眼睛我也可以一字不差地背出那段著名的、举世皆知的开头："洛丽塔，我生命之光，我欲念之火。我的罪恶，我的灵魂。洛—丽—塔。舌尖向上，分三步，从上颚往下轻轻落在牙齿上。洛。丽。塔。"

后来，当我心不在焉地翻起这本书，看到亨伯特带着洛丽塔去了"五光十色"的利坪维尔小城，给她买了笑话书、可口可乐和带夜光的旅行钟，我的心里又疼起来：那个和我一样身陷囚室一般的隔离病房里的小女孩，又有谁来给她买这些没有一个小女孩不喜欢的东西呢？

下定了决心：晚上一定要让囡囡去看看她，哪怕隔着窗户和她打打招呼也好。

凡是看过《洛丽塔》的人都知道我读这本书时想起那个小女孩是多么不恰当，甚至是有罪的，但是没办法，我就是这么想的。

就这么到了中午。

就这么，那场让我和囡囡死无葬身之地的悲剧，离我，离囡囡，越来越近，越来越近了，那个身着黑袍的厉鬼，已经对准囡囡的脖子举起了双手！

中午，十二点刚过，我正坐在凳子上低头吃饭，窗户外面来了两个警察，好像一个年轻点一个年纪大点，是我的主治医生陪着来的，站在外面交谈了几句之后，再不说话，就这么看着我。我便停下不吃，茫然看着他们，过了一会儿，主治医生进来了，问我身体感觉怎么样，能不能让他们问几句话，我恍惚着点了点头。之后，他们先去了医生办公室，换好白大褂之后才进我的病房里来，主治医生没有再跟着进来。

"你是沈囡囡的男朋友？"进来之后，那年轻点的警察温声问我，倒是和颜悦色。

"……是。"我点了点头。

"她刚才回来过吗？"他继续问，"就是十点至十二点之间。"

"没有啊，她今天说是进货去了，"其实在他们进来之前我就没了吃饭的胃口，把饭盒都收拾妥当了，茫然问他，"你们找囡囡干什么？"

"说的就是进货的事情！"那个年纪轻点的警察还没开口，年纪大的倒是先说话了，而且，脾气要大得多，"你要老老实实地回答我们的问题！"

"……"

这时候，年纪轻点的又接着问："那么，你觉得她会到哪里去呢？我们刚才去过你的房子了，她不在。"

"什么?"我顿时就觉得大事不好,他们竟然去了我的房子,囡囡到底出了什么事情,值得他们像这样费尽了心机去找她?我急了,不觉间站了起来,"囡囡到底出了什么事情?"

"我提醒你,我们现在是在帮你!"年纪大的又吼了起来,"你不要一问三不知,我告诉你,你这是在害她!"

也不知道体内的哪根神经被碰着了,我一下子就恼怒了起来:我正吃着饭,进来两个警察,劈头就问囡囡去了哪里,却不告诉我囡囡到底出了什么事情,莫不是囡囡在偷什么东西的时候被发现了,又赶在他们抓到之前就逃走了?那又怎么样呢?无非是再把囡囡拘留几天吧,囡囡定然是不在乎的,反正交不出来罚款,因为她舍不得;既然囡囡不在乎,我也就不会在乎,拘留期满了,囡囡回到我身边,我照样是她的"掌柜的",她照样是我的"内当家",就冷冷地对他们说:"既然你们不相信,就走吧。"

我一语未竟,年纪大点的警察顿时怒火中烧,竖起食指对我指点着正要吼出句什么,年纪轻点的挡住了他,对我说:"沈囡囡杀了人。"

"什么?!"我顿觉天旋地转,全身的毛孔都在收缩,两只瞳孔却在瞬间放大了,"你说什么?!"

"她杀了人。现在找到她,或者说她现在就来找我们,其实是在帮她,我可以负责任地讲,我办过很多案子,像她这样的失手杀人,将来是不会判死刑的,所以说,越早找到她越好。"

"你们到底是干什么的?"我突然想起了什么,也对他们大吼起来,"我凭什么要相信你们是警察?"

他们便互相对视了一下,各自掏出自己的证件,由年轻点的交到我手上来，其实，我明明已经知道了他们就是货真价实的警察，但是心里面存着侥幸，双手颤抖着打开了他们的证件：他们的确是警察，千真万确。

天哪，怎么会这样啊！

凭空里飞来一台搅拌机，将我的脑子变成了一片轰隆作响的工地——搅拌！搅拌！搅拌！我真正是头疼欲裂了，眼前一黑，差点就要往前栽倒下去。最后关头我拼命站住了，没有倒下，可是，那股疼痛之感纠缠住了我的每一处器官，头发有知觉也会觉得眩晕，我死命抓住头发，死命拽，这时候，一滴血从鼻子里流出来，落在我的小臂上，一滴之后，更多滴像春天里的雨水般从我鼻子里挣脱出来。那年轻的警察见状赶紧扶住我，拿起床头柜上的面巾纸递给我，我接过来了，但是纹丝不动，没去管鼻子，因为早就见怪不怪了，径自拿着面巾纸问他："到底是怎么回事？"

血还在流着，汹涌而出，永无停歇之期，那年轻的警察正要张口说话的时候，我的心就一下子先黑了，不是眼睛，是心，就像一张掉在阴沟里的纸币，已经再无捡起来的必要了，绝望和晕眩一起不请自到——罪孽，满世界都写着"罪孽"二字，我终于将囡囡带入了罪孽当中了，不，从我认识她的第一天起，她就已经陷进了黑暗的阴沟里，黑暗的阴沟不是别人，就是我！我只想知道我现在就死去能不能抵消掉囡囡的罪，别的我什么都不想知道了。突然，我奔向床头柜，拿起一只玻璃杯，砸在对面的墙上，玻璃杯应声而碎，面前这两个警察根本就不知道发生了什么，我再朝满地碎了的玻璃跑过去，蹲在地上，捡起一块尖利的玻璃碴，对准了自己的脖子。

连半秒钟都没有想,我就举着玻璃碴对准脖子划下去了。

到处都是玻璃,到处都是血,我的手上是血,我的嘴巴上是血,我的脖子上是血,满世界都是血;血落在玻璃上,泛着红光,我知道,那就是天堂之光,我彻底闭上眼睛之后,那光里会走来最圣洁的六翼天使,带我去到一片云蒸霞蔚的地方,之后一切将归于平静,红的照样是血,白的照样是玻璃。

可是,我并没有能就此将自己彻底了断,我还没有死,但是我绝对不会就此放过自己,挣扎着,又捡起了另外一块更加尖利的玻璃碴。

晚了,说什么都晚了。这时候,那个年纪轻点的警察已经朝我扑过来,一把抓住了我的手,另外一个则狂奔到门边,打开门大声叫喊着医生,片刻之后,走廊上响起了马蹄般的脚步声,不是一个人,是一群人,一群人像地震时慌忙逃命般来了我的房间;那年轻的警察把我抱着,让我靠在他的膝盖上,满手都沾着我身上流出来的血;我看着他们,喘着粗气,血一点点正在模糊我的眼睛,我就重重地闭上了。

我甚至懒得再多看这个世界一眼。

一眼都不想再看了。

就像突然之间举起玻璃碴划了脖子,理智也是突然回来的:我闭着眼睛,被那警察背起来放到床上,只听得耳边一片喧闹之声,随后响起主治医生的声音,吩咐多余的人离开,包括那两个警察;屋子里安静下来,有人在为我处理鼻子和脖子上的伤口,我像木乃伊般平躺着,对他们既不拒绝也不配合,后来,我的鼻子被塞住了,我的伤口被包扎了——囡囡也回来了,回到我的知觉里来了。

囡囡,你现在在哪里啊?!

不行,我得找到囡囡,在找到囡囡之前,我得知道囡囡到底发生了什么事情。他们刚刚为我包扎好,我就突然睁开眼睛,把正低着头为我擦脸上的血迹的护士吓了一跳。我没管那么多,径自坐起来,鼓起全身力气下了床,光着脚朝门口走过去,地上的玻璃碴还没来得及收拾,其中一小块扎在我的脚后跟上,我丝毫都不以为意,"扎吧,"我对那块玻璃碴说,"狠狠把我扎死算了吧!"

外面还簇拥着一大群人,其中自然还有那两个警察,看见我走过来,他们赶紧叫医生把门锁好,又对着屋子里的电话指指点点,自然是要我别出去,就在屋子里和他们讲电话,我像中风初愈的病人般缓慢地转过身体,早已经有护士捧着个电话走过来了,我的手臂像灌了铅,拿起电话都困难,终于还是拿起来了,第三次问那年轻的警察:"囡囡到底出了什么事情?"

我站着,那护士也站着,手里捧着电话。

"谁都没想到会出这种事情,沈囡囡自己也绝对不会想到,"那年轻警察说,"事情出在汉口那边的一幢还没开始营业的商场里,他们去那边进货,进的是假货,卖假货的人在十九楼租了两间房子当仓库,还有间房子做办公室。货进完之后,沈囡囡他们本来都已经要走了,结果,她看到隔壁办公室里没有人,桌子上放着一沓钱,就——嗯——就拿到手里了,结果那房子里是有人的,正好蹲在墙角里锁保险柜,看到沈囡囡拿钱,马上就追出来了。"

说到这里的时候,他的手机响了,我便等着他接电话,看着他在窗户外边对着手机说话边点着头,讲完后重新拿起话筒,问我:"咱们接着说?"

"……"我没有回答他,嘴唇好像是动了一下的,终了还是没发出半点声音,全身除了眼睛还在眨着,再无一处是活动的了。

眼泪也已经把话筒都打湿了。

"那个人追着沈囡囡从消防通道跑到了楼下,就是十八楼,往下去的电梯正好到了,电梯里站着好多人,她就跑过去了,正要进电梯的时候,追她的人在后面抓住了她,她可能是急了,一把就把追她的人推倒在另外的一个电梯口上——她应该是知道那个电梯口里其实是没有电梯的,就只用拆开了的包装盒挡着,里面完完全全就是个黑洞,但是那时候她肯定是忘了,那个人一下子从十八楼跌下去,就死了。

"我们赶到的时候,沈囡囡已经不见了,调查了当时和她一起坐电梯下来的人,她没跟着他们一起下来,而是在四楼就出了电梯,我们把整整一幢楼都找了个遍,没找到她,据同电梯的人说她进电梯之后吓得浑身直打哆嗦,所以你放心,我们不可能冤枉她,那么多人都看见了,和她一起进货的人也看见了,根本就不可能冤枉她。

"我们想找到她是非常容易的,包括要找到你的房子都很容易,还是我刚才说的那句话,早点找到她,或者她自己主动来找我们,对她都是好事情,而且可以肯定地说,这件事情商场也有责任——情况就是这样。"

对方说完了，我也听完了，听完之后我也不说话，那年纪大点的警察又接过话筒对我说着什么，我一概不想听，他还在话筒里吼着的时候，我径自挂上了电话，脑子里只在想着一件事情：我要找到囡囡，我要到她的身边去，哪怕死也要死在一起。

死也要死在一起！

可是，囡囡，你到底在哪里啊？

不管你在哪里我都要找到你！去他的隔离病房，去他的生死吧！

一丝残存的理智告诉我，现在还不能出去，即使出门就能找到囡囡，我身后也一定是跟着警察的，果真如此，我找到她之时，就是她被警察带走之日——囡囡，我想都不敢再想下去了，囡囡，帮帮我，告诉我该怎么办吧。

身边的护士捧着电话放到了床头的柜子上，窗户外面的警察和更多的看客还没有散去，我站在原地，盯着他们看了又看，其实只能看清个影影绰绰的轮廓，每当我的心跳加快，眼睛便几乎成了无用之物。最后，我走回去倒在床上，拿起枕头盖住自己的脸，把全世界都抛在身体之外，只去想囡囡，只去想找到囡囡的办法。

我知道，此刻，不管囡囡躲在哪里，她也一定是在想着我。

在被枕头造就的黑暗包裹住之后，我恨不得眼前的黑暗深得有三层楼那么高，我的脑袋一点点往里面扎进去，其实就是蹭在床单上，脸都蹭得生疼生疼的了，我根本就不管，狠命地蹭，狠命地扎进铺天盖地的黑暗里去，直到眼前出现四溅的火花为止。我在疼痛里向天上的神灵哀告：把囡囡从黑暗里放出来和我见面吧；要么，平地卷起一股狂风，将我也席卷进去，卷到囡囡的身边，一笔将我们的肉身勾销了吧。

奇迹就在这时候出现了。天上的神灵眷顾了我，让我看见了囡囡：她好像是躲在长江大桥的桥洞里，冻得瑟瑟发抖，手套也掉了一只，恰好是生了冻疮的手上那一只，但是好在不会有人发现她了，她可以好好歇口气了，她将手套换到生了冻疮的手上，再对那只光着的手吹热气，一条驳船呼啸着缓缓穿过桥洞，船上冒起的黑烟将她的脸都熏黑了，她有什么办法呢？只有将双腿曲起来，把脸贴在腿上，贴在从冰冷的牛仔裤里透露出来的微弱热气上，可是囡囡，除了嘴巴里嚼着的口香糖，你还能吃点什么呢？

奇迹再出现第二次：囡囡躲在东湖里的一只垃圾船上，湖面上空无人迹，所有的船都藏在赤裸的、枝叶落尽了的灌木丛与灌木丛之间，她拿起船桨把船划出去，一边划，一边还要不时用船桨敲碎湖面上的冰块，一只喝水的草鹭飞落在冰块上，冰块突然迸裂，眼看就要陷入水中的时候，草鹭轻轻扇动翅膀，飞向了远处一座荒草丛生的小岛；囡囡的目的地也是那荒岛，在那里，即使藏着一头大象，也不会轻易被人发现，要是觉得冷了的话，还可以点燃荒草来烤火，可是囡囡，你带打火机了吗？还有，你吃什么呢？

囡囡，不要怕，天一黑我就要来找你了。

死也要死在一起。

后来，外边的警察似乎还想和我说几句话，敲了玻璃窗，我没有应，随后又让主治医生进来叫我，我还是没有应，大概他们也觉得从我嘴巴里再问不出什么有用的线索，天快黑的时候，就走了。

　　警察走了之后,我在床上坐了将近一个小时,费尽心机去想囡囡可能在什么地方,我能到哪里去找她;她的手机自然是没有开的,要不然警察也用不着在我身上浪费时间;再者,我总疑心警察并没有走,说不定就藏在哪个角落里,只要我一出去,他就会跟上我。

　　一个小时之后,我从床上下来,开始穿衣服,穿好之后,突然想起"结婚"的那天晚上,就寻了件衬衣出来当围巾,像囡囡为我做的那样把脑袋围了个密不透风,穿鞋的时候,发现鞋子里有一块玻璃碴,上面还沾着血迹,似乎就是我割了脖子的那一块,想了想,我把它捡起来装在口袋里了。

　　果然,警察根本就没有走,此前那两个虽然走了,却又换了别的警察来了,就站在楼梯口,只有一个,和他站在一起的还有两个护士,我一推门就看见了他们。他们似乎早就料想过我会出来,一齐朝我奔过来,警察倒是没说什么,两个护士拦住我,不让我下楼,说是太危险了。"呵呵,危险,"我在心里对自己说了一次,接着再说一次,"危险——去他妈的危险吧!"根本就不予理睬,好歹就要下楼,这时候,那警察也上来帮她们劝阻我,我也不知道从哪里来的力气,一把打掉他的手,从口袋里掏出沾着血迹的玻璃碴,既不说要扎他,也不说要扎自己,就看着他们,沉默了两秒钟,警察和护士都不再挡我的路了。

　　但是,那警察跟在我后面下来了。

　　推开一楼大厅的玻璃门,鹅毛般的雪片顿时像嗡嗡作响的杀人蜂般扑上了我的身体,雪堆在地上、屋顶上和梧桐树的枝桠上,铺天盖地的一层白色，即使是在晚上，也仿佛要将我的眼睛刺瞎了一般；医院门口好像有人爬在电线杆上修电线，他们头盔上的灯直射在雪地上，竟让我觉得置身在奥斯维辛集中营；我努力适应着铺天盖地的黑暗、黑暗里的惨白和集中营般的灯光，一股眩晕伴着强烈的恶心之感出现了，我几欲呕吐，终于，我忍住了，深吸了一口气，下了台阶，趔趄着往前走。那警察还是继续在跟着我。

我身无分文，不可能有钱坐出租车，但是我不在乎，就算把双脚磨破，直至折断，我也要找到囡囡。西北风像刀子一样割上我的脸，气温像电梯一样下降，我甚至都能感觉出来气温在每一秒钟里到底下降了多少。地上结了冰，坚硬的冰碴简直叫我举步难行，但是武汉公共汽车司机的粗野一点也没有收敛，我刚刚走到医院对面水果湖的岸边上，一辆比集中营的探照灯都更亮的公共汽车疾驶过来，我知道有危险，但是就是无法支配自己的身体，呆呆地迎着光站着，公共汽车戛然而止，司机伸出头来骂了我一句，至于到底骂的是什么，我也没有听清楚——那个司机肯定不知道，他破口大骂的其实就是一个废人。

一个废人。

一个想念着人的废人。

雪蒙上了废人的脸，尽管不会比一个智障患者的头脑更清晰，他也知道自己的身体从上到下都是白茫茫一片了。走到博物馆附近，他实在是再也走不动了，眼前出现了幻觉：以为前面有棵树，他想抱住那棵树，靠上去歇口气，可是眼前根本就没有树，他抱了个空，扑倒在了满地坚硬的冰碴上，身后的警察慌忙跑上前要扶他起来，跑到近前的时候又停下了，大概那警察也知道他根本就不会愿意被他扶起来，因为就在此时，他眼前的幻觉将他带去了一个极乐世界：他看见了他的上帝正在从旁边翠柳宾馆的院子里走出来，明明是个大雪天，他的上帝却像夏天一样嘬着雪糕——穿着白色的吊带背心和靛蓝的牛仔裤，拖着双脚尖处各扣着一只蝴蝶结的拖鞋，腕子上还套着一对仿制的绿松石手链。

终不过是幻觉。他还得站起来继续往前走。

至少十一点过了，我才走到小院子外面的巷子口上。当我走到那棵吊死过人的鬼柳底下，恍如隔世般站着，脑子里又想起了和她吵架的那个晚上：先是我对她大喊着"滚"，之后是她一边捂着脸一边往巷子口跑。

仅仅就是想一想而已。囡囡，我不会像那些滥情电影里的男人一样后悔当初为什么不让你就此跑掉，再也不回来，果然如此，也就不会有此刻的穷途末路——我根本就不去想。我只想一件事情：怎么才能找到你，什么时候才能找到你。

囡囡，我的鼻子又开始流血了，我的脖子也开始流血了，刀片般的西北风不光割上了我的脸，也割上了我的脖子，那道本来已经在医院里包扎好了的伤口，现在又裂开了，尽管我根本就懒得管一下，但是只需轻轻一触，也知道脖子上下已经是湿漉漉的了，那就是血。我就这么流着血深一脚浅一脚往前走，越往前走就越不敢往前走。

终于到了，猛然，我竟然发现自己的房子里亮着灯，顿时眼泪就又出来了，死命地盯着那灯，死命朝院子里跑过去，摇着冰冷的铁门失声大叫起来："囡囡！囡囡！囡囡——"到头来，没有丝毫动静来呼应我，我只能是铁门外的孤家寡人，那灯自然是警察们来找囡囡时开了忘记关上的，现在，它柔和地铺散着，使我尚能依稀看见那条捆绑过我的晾衣绳，还有晾在上面的囡囡的一只胸罩和一条蕾丝花边内裤。

我不再出声，疯狂地盯着晾衣绳下的窗户，就像囡囡随时会推开窗子说："他不在，我在。"可是没有，现在是"她不在，我在"！

"囡囡！囡囡！囡囡！"我在心里喊着，就像拿着一把匕首，剖开了自己的胸腹，蘸满血，再在自己的皮肤上写下囡囡的名字。全身再没了能站住的力气，颓然坐在铁门边一块结了冰的水渍里，听见冰块碎裂的声音，更不知道此刻的囡囡又是坐在哪一块水渍之中，悲从中来，但是别无他法，右手伸进口袋之后，正好触到那块割破了我喉咙的玻璃碴，想都没想，一把就攥住了——我又听到了自己皮肤被割开的声音。

当皮肤被割开的时候，我感到自己正在离囡囡越来越近。

我感到自己的身体上开了一朵花。

五天时间过去了，一百一十四个小时过去了，过去了，全都过去了，雪之世界仍然是雪之世界，孤家寡人照旧是孤家寡人，连那个跟着我的警察大概都已经觉得不胜其烦，再不是我走到哪里他就跟到哪里，我也还是没有找到囡囡。

我居然跟那个警察勉强算得上朋友了，是个稚气未脱的警察，大学毕业才不到一年，多亏了他，帮我翻铁门进房间里拿来了备用钥匙，我才得以进了院子门。当我喘息着上了楼梯，靠在房间里的门上打量房间，一眼就看见屋子里的花已经全部都死了，根本就不由自己控制，《葬花词》的曲调就在脑子里回旋开来了："侬今葬花人笑痴，他年葬侬知是谁！"原本我是知道葬我的人是谁的，当然不会是别人，只能是囡囡，可是，现在的情形又当如何呢？曲子还是那支曲子，唱曲子的人却已经不见了影踪。

那警察没有跟我一起进院子，但是也没有就此离开，就站在铁门外面，直到后半夜我还能听到他的跺脚声和讲手机的声音，我本来想去叫他进来暖暖身子，想着他也是有任务在身的人，就没有叫，再说，我的屋子也丝毫不比外面暖和多少，阳台那边的窗子破了三块玻璃，穿堂风甚至夹杂着雪粒飘进来，把我的屋子几乎变成了东北深山老林里的淘金者们住着的窝棚。

漫长的一夜，我没有睡半秒钟，睁着眼睛听着咣当作响的门窗，看着雪粒被大风裹挟进房间之后在书上、电视上和堆积如山的 DVD 上覆满了一层，去趟卫生间竟然难于上青天，刚一走到门口就险些被风吹倒在地上。

我就这么坐在床上，没有躺，不敢躺，觉得对不起囡囡——我在床上躺下去了，囡囡却不知道在什么地方挨冻——果真如此的话，天上的神灵和地下的菩萨都该一齐现身，将我打倒在地，将我践踏到死！

好在在衣橱的角落里找到了钱，足有五千块之多，应该是被囡囡拿来交我下段时间的治疗费和护理费的，啊，现在倒是再也用不着了。

再也用不着了。

原本打算明天一早就坐辆出租车满大街去找囡囡的，仅凭我的双脚是再也无法做到了,可是,两点多钟的样子,外面的风更大了,囡囡就好像一直在我眼前跺着脚,朝手上哈着热气,我再也坐不住,站起身来,取下围在头上的早已经湿透了的衬衣,换了"结婚"的晚上囡囡给我围上的那条围巾,拿好钥匙,出了门,像个老态龙钟的人般扶着扶手下了楼梯,我并不知道要到哪里去,"走到哪里算哪里吧。"我对自己说。

并没有出巷子走上环湖公路,是朝相反方向走的,一直走到了东亭精神病院的门口。从院子里出来的时候,把那警察吓了一跳,他甚至还有几分尴尬,是耽误了别人睡觉的那种尴尬,和我说了句什么,我没听清楚,顶着风雪一点点往前走,速度绝对快不过一只怀孕的企鹅。那警察照样跟着我。满世界只有风雪在发出动静,其余一切都悄无声息,我趴在精神病院的铁门上,绝望地看着这幢哥特式建筑的钟楼、每一扇黑黢黢的窗户和大门上那面摇摇欲坠的门牌,想起每扇窗户里终日经受心神折磨的人们尚能迎来黄粱一梦,而囡囡这时候却只能躲在桥洞里,只能躲在孤岛上的荒草丛里,就又忍不住拿玻璃碴去扎自己的手。

血流得越多,即是离囡囡越来越近。

终了还是只能回屋子里去等待天亮。天快亮的时候,我冻得实在是再也受不了了,就去了卫生间,点燃热水器,打开淋浴喷头,连衣服都没脱,不管不顾地往地上一坐,热水浇淋了大概足足三分钟,我才隐隐觉出了一丝暖意。

即使是淋一淋热水,我也感到自己对不起囡囡,觉得自己简直就是十恶不赦。

天亮之后,我出了院子,没见到那警察,我还以为他已经被上司召唤走了，不料刚走到师专的门口，竟然看见他就靠墙站在那里，也是，站在那里总是会比站在我的院子门外好过得多。见到我一步步踱过来，他顿时打起精神，又跟上了我，不过今时不同昨日，我是决然不会再让他跟着我了，我这是去找囡囡，而且我相信自己一定能找到囡囡，我还怎么会让他继续轻易就跟住我呢？

甩开他竟然容易得很：在巷子口等了十分钟多一点，来了一辆出租车，应该是往东湖深处的碧波山庄里送完客人后回来的，我招手让它停下，坐上去，回头一看，那警察正急得不知如何是好，这时候在这地方他自然不可能马上就能叫着一辆出租车跟上我，竟然求救似的一个劲朝我看，就像是要我把他也捎上——这自然是不可能的。

走出去好远之后，我又回头看了看，他正在掏出手机讲电话，电话那头应该就是他的上司吧。

因为天冷路滑，出租车开得并不快，正好遂了我的愿：我的眼睛没有放过任何一条巷子，也没有放过任何一家店铺，一点都不敢放松，直到实在是忍不住了的时候才眨一眨，生怕就在我眨眼之际囡囡正好从我眼前走过去。

我也知道这是在大海捞针，那又怎么样呢，我就算把自己也捞成一根针又能怎么样呢？

在长江大桥底下，我让司机停下，出了出租车，就在江边上站着，抬起头，一个个桥洞找，终了还是两个字：没有。马上回到出租车里去，经阅马场上桥，往汉口开去，到了汉口，再让司机停在龟山脚下，自己一个人过了马路，跑到大桥底下，一个一个桥洞地找；长江大桥其实是座双层大桥，上面是公路桥，下面是铁路桥，当我刚刚从一个桥洞里爬出来，头上身上满是蜘蛛网，正好一列从北京开往广州的火车呼啸着疾驶过去，铁轨带着地面一起颤动起来，一起颤动的还有我的心脏，我闭上眼睛背靠着引桥，竭力使自己好过一些，却有一只从火车里飞掷而出的矿泉水瓶正好砸在了我的额头上。

找遍了，凡是囡囡有可能踏足过的地方我都找遍了。先去了囡囡端过盘子的酒吧，后去了那家快递公司，再去了囡囡和我说起过的经常在那边"下手"的江汉路步行街。其实我也知道，她根本就不可能在这些地方出现，可我还是去了，就仿佛只要去到这些地方，眼前就能出现囡囡的影子，鼻子里就会闻到那股我熟悉得不能再熟悉的体香。

还去了郊外的花圃，仍是坐出租车去的，那时候已经过午了，我一口饭都没吃，道路太泥泞，出租车只能停在机场高速路边上，不到一里的路，我竟然走了快一个小时。和我预料的一样，我终究还是白跑了一趟：花圃里的花已经全都死了，而且，不堪沉沉积雪之后一概倒下，就像从来不曾生长过一样，花圃之外的农田早就已经收割过，举目四望，满眼里除了雪还是雪。

我突然想起六月的时候，在清风吹拂下的蓖麻地里，眼睛上蒙着纱布的囡囡小便了，我背对着她，耳边传来清脆的声响——现在想起来，管他什么《胡桃夹子》，管他什么《阿伊达》，即使是西天王母怀抱里的琵琶，弹奏起来也不过如此吧。我不禁冲动起来，连跑带摔，挪到了记忆中囡囡小便的地方，蹲下来，对着那一小片地方，之后，我躺下了，将脸贴上那一小片地方，贴在像她的身体一样白的雪上。

别无他法之后,黄昏的时候回了武昌,坐的轮渡,出租车把我送到码头上,我掏钱结账,这才和那个从早晨一直陪着我的出租车司机说再见。上了船才知道,同船过渡的人竟是如此之多:兴高采烈的情侣,郁郁寡欢的中年人,还有一个举着气球满船奔跑着的孩子,那孩子对我似乎有格外的好感,看着我,两只眼睛乌黑而清澈,我也颓然无力地看着他,看着看着,全身一阵战栗——生活,这就是生活,我们每个人都在经受着厌倦着的生活,我们每个人都在喜悦着号啕着的生活,它竟是这般的美好,离我们竟是如此之近,就像身前的孩子,伸手一触就是他的白净净红彤彤的脸;可是,就是这般美好的生活,在我愈加强烈地感觉到它离我们如此之近的时候,也正是它离我们远去的时候。

自不待言,它是在离我越来越远,可是,我分明能够感觉出来它也在离囡囡越来越远!

这样的日子一共过了三天,满大街找了整整三天。

第三天的晚上,我发烧了,发烧对我这样一个病入膏肓的人意味着什么,我比任何人都更加清楚,但是我根本就不在乎,无非再坐到卫生间的地上去淋热水而已。

就在我淋热水的时候,突然想起囡囡的姑妈——我为什么不去找她呢?我为什么没早点想起她呢?

一念及此,我恨不得狠狠抽自己两耳光。

立即就去了,路过师专门口的时候,那警察好像是犹豫了一阵子的,终究没有跟上来,他也已经领教过在这一带坐出租车的难处了,再说,他的任务其实就应该是留在这里守候囡囡回来找我，几天下来，不光他，还有不时来和他打个照面的别的警察，大概也确认了我和他们一样，丝毫都不知道囡囡身在何处，换句话说：他们甚至都懒得再跟着我了。

结果还是只有徒然而返。我去了那所卫生学校，顺利地找到了囡囡的姑妈住的那幢楼。过去，我曾经好多次站在操场上的草丛里等着囡囡从那幢楼里出来，这一次却是连她姑妈的家门都没进了，不是不记得她姑妈到底住几楼几号，是找去之后才发现已经搬走了，整整一幢楼都是黑洞洞的，只有最靠左边的一楼还有一间窗户里亮着灯。我走上前敲门，敲了十分钟才有一个睡眼惺忪的男人来开门，不过他还算好说话，告诉我卫生学校已经卖给了一家家具厂，在卖给家具厂之前，因为这幢居民楼早已变成危楼，所以，楼里的居民都迁出去租房子住了，至于去了哪里，后来的家具厂的人谁也说不清楚。

他说了大致的情形之后，我的鼻子才灵敏了些，闻到了空气里飘散着的刨花味道和油漆味道。

坐出租车回来之后，我没有让司机在巷子口上停下来，而是径直往前开，开到了夏天里萤火虫欢聚的灌木丛边上，那只垃圾船果然就泊在这里，我结账下车，那司机愣了半天都没有离开，大概觉得不能理解我为什么会在此地下车吧。我坐上去，划动船桨，垃圾船就一点点离灌木丛远了，湖面上是结了薄薄的一层冰的，轻微的撞击声听上去就像牙齿咬开了冰糖。

我并没有目的地，只知道向西去有座荒岛，就只管往西边划动船桨，奇怪的是，如此寒冷的天气，不知何处竟然传来了鹧鸪的叫声，还不止一只，难道它们的巢没有被大雪覆盖住吗？实际上，划出去几十米远之后我的全身就出了汗，那就停下来歇息一阵子好了，躺在船上任由它漂到哪儿就算哪儿，歇了一会儿，继续往前划，眼前出现一处幽暗的所在，既像是一座低矮的山丘，也像是宁夏那边的高耸的胡杨垛，我知道，荒岛到了。

上岸之后，明明知道囡囡不可能躲在其中，我也还是仔仔细细找了个遍，倒是看见了只松鼠，一见到我，吓了一跳，迅疾消失不见，我就在荒草丛里坐下了，半人高的荒草扫在我脸上和身上，寒气穿透湿漉漉的地面，穿透我的衣服和皮肤，几欲将我全身的血液都冰冻住；城市的灯光就在远处明明灭灭，就是如此普通的夜，一定是有人在悲欢浮沉，一定是有人在生老病死，自然，不会有人想到东湖里的孤岛上坐着个必将彻夜不眠的人，在那个人的心里，还住着另外一个人。

奇迹发生了！

奇迹是在第六天的下午三点钟的样子发生的。

上午我见到了一个这几天我一直想见却从未见到过的人——囡囡的姑妈。我没有办法找到她，警察却是有办法找到她的。她自然是已经知道了事情的真相，吵着闹着要见我，警察就带着她来见我了，那时候，我正坐在铁皮楼梯上发呆，看着桑树上的那两只鸟来来去去重新筑好它们被大雪毁坏了的窝，囡囡的姑妈由两个警察陪伴着进了我的院子，见到我，她一下子甩下那两个警察，跑上前来，爬上楼梯，不由分说给了我一耳光。

她这一耳光下来，我也就知道她同样不知道囡囡到底藏在哪里了。

"囡囡到底在哪里?"她抓住我的衣领,"把她交出来!把她给我交出来!"

我费尽力气,居然挤出了一丝笑意,"……我也不知道。"

我一句话还没说完,她又给了我一耳光,还不够,再上来拽住我的衣领,把我从楼梯上拖下去,不用她费多大的劲,我就从楼梯上滚下来了,滚了两级台阶,总算抓住了旁边的栏杆,其实腿和脚都已经在地面上了,只有上半身还抓着栏杆而已,眼前又闪出了迷乱的火星。

突然她就痛哭起来了,真正的痛哭,像大多的中年女人痛哭时一样跺着脚,"天哪,我可怎么对她父母交代啊!"

"……"我一句话也说不出来。

"都是你!"她哭着狠狠地盯着我,绝对的咬牙切齿,"你这个不要脸的东西,不是你缠着囡囡,囡囡怎么会到这一步啊!"

她说得对。如果不是因为我,囡囡何曾会到这一步呢?不用她提醒我也知道,我又何止于不要脸,我简直就该被凌迟腰斩,我简直就该被天诛地灭!

十几分钟之后,警察劝走了囡囡的姑妈,他们一并才刚刚走出院子,我就起了身,想再出去找囡囡,想不出别的地方,就想着去隔壁师专的校园里去碰碰运气,只有想到哪里就找到哪里去,除此之外我是再也没有办法了。出了院子,也没锁院门。才刚刚走出去两步,鞋带松了,一开始我根本就是弃之不顾的,直到实在影响走路的时候,我才蹲下去系一系,系好之后,一抬头——我看见了我的奇迹,这奇迹大得足以让我闭过气去,足以让我的心脏狂跳着要挣出体外。

院墙上赫然画着箭头,粉笔画的箭头,淡淡的,几近于无,那甚至不是箭头,只能算是一条条的细线,一下子我就想起了我和囡囡的第二次见面,她也是像这样在院墙上画了箭头,才把我引向了师专门口的那棵夹竹桃的树丛里。

囡囡出现了!我的囡囡出现了!

我泪流满面,沿着院墙上一点点向师专门口伸展而去的细线发足狂奔——即使我每分钟只能迈出去三五步,但那也是我的狂奔。

一点都不夸张:我甚至都能感觉到我的魂魄已经先一步离开了我的身体,闪电般奔向了已经近在眼前的、装满了绝世珍宝的那棵夹竹桃。

就在我一点点离那棵夹竹桃越来越近的时候,突然,我意识到了某种危险,停下步子,警觉地回头看去,并没发现有人跟踪,我还是半点都没掉以轻心,眼睛的余光虽然几乎被那棵夹竹桃牵引成了一条直线,仍然不动声色地走过去了,站到师专门口,先转身去看校园里是否有注意我动静的人,确认没有之后,才去眺望巷子口和废弃的公园,真的是没一个人注意我,终于,我慢慢踱到夹竹桃边上,把身体靠上去,右手却已经伸进了树丛里——即使现在就有警察从我身边走过去,他也不过是只当我又靠在夹竹桃上休息吧。

不多不少,树丛里一共有三张纸,我一把攥住,攥住之后继续在里面摸索一遍,真的是再没有了。

我猛然将手从树丛里抽出来,以飞快的速度将三张纸从我的衣领处插进去。眼前的世界还是那个世界,走动着的人继续在走动着,根本就没有人来特别看我一眼,我终于放了心,就像一只熟透了的苹果砸在散了一地的落叶上;我的眼前又发黑了,我的眼眶里又涌出眼泪了,我就这样流着眼泪往前跑,两只手交叉着抱在胸前,生怕插进衣服里去的那三张纸掉出来,越跑越远,越跑越慢。

一把推开院子的铁门,跟跄着跑过早被白雪覆盖了的草坪、草坪边上死了的花和那三棵桑树,全然是爬着上了楼梯,进了房间,反锁好房门,一头栽倒在床上,闭上眼睛像垂死之鱼般大口大口地喘着长气,幻觉不请自到:吊在天花板上的灯似乎正在掉下来,不是突然掉下,而是一点点地离我越来越近。我干脆翻身,背对着那盏灯,哆哆嗦嗦地伸进怀里去,掏出了那三张纸。

三张油腻的,甚至还沾着饭粒的纸。因为油腻,再加上囡囡用的是圆珠笔,写在上面的字比以往更加晦暗难辨,但是够了,只要是囡囡写的字就够了。

第一张只有几句话:"我很好,你把自己照顾好,什么都不要担心,我有办法,什么都不要担心。"

第二张也没有比第一张多出几句话来:"别再找了,我好好的,有吃有喝,也没冻着,你不要再东找西找的了,过几天我就回来找你,带你去个地方,地方我都已经想好了,对了,你要是再上街乱窜的话,我们哪儿都去不了,只怕你也死了我也死了。"

"窜"字没有写对,写的是"创"字,一开始我只是屏住呼吸一个字也不放过地看着,把每一个字都印在身体里的各处器官之上,突然,身体一震,脸色顿时就变了,捧着那三张纸的手哆嗦起来:"别再找了"——囡囡是怎么知道我在找她的?莫非她就在我的方圆五里之内,我的一举一动都被她尽收眼底了?是的,一定是的!仿佛一团神力破窗而入,托住我的身体,我竟然轻易地一跃而起,没敢跑到对着院子的窗户边上,而是迎着风雪去了阳台上,没开窗子,因为短短几天下来玻璃几乎全部脱落而尽,整扇窗户都形同于无了,我就站在窗户边上贪婪地看着眼前的一切:精神病院的那幢哥特式楼房、师专的空无一人的操场和近处的那片小小的池塘,穷尽了每一处可能的藏身之地,还是没有囡囡的影子。

我就站在阳台上顶着雪看第三张,可能是这张纸要干净得多的关系,字也写得多些:"真拿你没办法,我就知道你会从医院里边跑出来的,唉,算了,跑出来了就跑出来了吧,不过你得好好在家躺着,一步都不准动,对了,你给自己熬点粥吧,羊骨头就挂在阳台上的门后面,装在个塑料袋里,可能被我的围裙盖住了,别懒,你好好找就能找到,记住了没有,一定要记住哦;还有,把那根晾衣绳解下来,我有用;警察好像都走了吧,反正这两天像是少了,我好像可以回来找你了,弄不好明天晚上就可以回来找你了,到时候,你注意一下,听到小石子砸窗户,那就是我砸的了,赶紧跑下来,记住了吗,可得要记住啊,好了,不写了。"

明白了,什么都明白了,囡囡真的从没有从方圆五里之内消失,她甚至就可能藏在此刻我的视力范围之内,要不然,她又怎么可能连警察慢慢来得少了的情形都知道得一清二楚呢?而且,她一连三天在夹竹桃的树丛里放下一封信竟无人察觉,如果不是经过了精心打探,她又怎么敢贸然从藏身之处跑出来呢?

她没有丢下我不管，我也从来就没怀疑过她会丢下我不管。

可是，囡囡，你到底藏在哪里啊？

没关系，知道你在我身边就已经足够了，我再也不出屋子一步了，就在床上坐着，一直坐到小石子敲响玻璃的时候，养足精神，只等那时候飞奔而出，至于羊骨粥，还是不要熬了吧，没有心思，那三张薄薄的纸早就已经把我的全副心思都牵引走了，甚至连警车声在巷子里响起都毫无察觉，哪里顾得上掀开围裙去找羊骨呢？

警车声由远及近，一直到我的院子外面，我才注意到。一时之间，我绝望了，脸色大变了，以为警察已经抓住了我的现行——就在我从夹竹桃的树丛里掏出那三张纸的时候，其实早已经有人在我看不见的隐秘之处埋伏好了，我的一举一动都没逃过他们的眼睛——此刻，他们一定是来搜查证据来了，天哪，我该如何是好？

我只有将那三张纸烧掉。

半秒钟没要就决定好了。决定之后立即去阳台上找打火机，碰翻了酱油瓶，没找到，慌忙折返回来，衣服挂在阳台和房间之间的门锁上，我连头都没回，往前一使力气，衣服被撕开一条口子，但是不再被门锁挂住了，狂奔着翻箱倒柜，就是找不到打火机，没办法了，再跑回到阳台上，一把将灶台上所有的瓶瓶罐罐全部推倒，正推着，突然想起可以就放在煤气灶上烧掉，立即再把煤气灶上放着的一只高压锅推到一边，颤抖的手连打了三次，火才终于打燃了，我把那三张纸重新一字不落地看了一遍，接着再看一遍，终于，把它们放在了那股青蓝色的火焰之上。

我喜欢的那支名叫达明一派的香港乐队，有一首歌叫作《那个下午我在旧居烧信》，但是，此刻，当那三张纸在青蓝色的火焰里羽化成黑暗的灰烬，我却想起了达明一派的另外一首歌，名叫《四季歌》，歌里是这样唱的："红日微风催幼苗，云外归鸟知春晓，哪个爱做梦，一觉醒来，床畔蝴蝶飞走了，船在桥底轻快摇，桥上风雨知多少。"

我床畔的蝴蝶也飞走了，但是，现在，她又要飞回来了。

第十一章　天堂里的地窖

"别叫，别叫，他可不是什么坏人哪——"囡囡刚打开一扇门，一条狗就扑出来，见是囡囡，犹豫了三秒钟，转而扑向我，叫声在空寂的夜里响起来，囡囡马上把它的头抱在怀里，轻轻地抚着它，"他可不是什么坏人哪，不要叫啦。"

那狗果然就不叫了，囡囡领着我进了屋子，没有关门，这样，借着外面雪地里的反光和天上的月光，我得以看清整个屋子：不足十平方米，囡囡的包就放在靠西边的角落里，东边的角落里有个破了一块的瓷碟，应该就是那狗吃饭的地方，除此之外再无他物；窗子应该是那种细格木窗，细格里面还有两面结实的窗板，现在，窗板关得死死的，在屋子里其实是看不见那些细格的，如果不开窗，这不足十平方米的空间里定然是不会有一丝光线的。

即使门开着，屋子里也勉强算得上暖和。进了屋子之后，那条狗没跟着进来，沉默着在门前躺下了，那感觉，看上去就像自幼被主人从深山老林里捡回来的一匹年轻的公狼，虽然早已经驯化了，但是，只要自己的主人有丝毫危险，它顿时就能在瞬间里找回自己的野性。住在屋顶上的狗，应该是一条流浪狗吧。

今天晚上天上竟然有一弯上弦月，远在天边近在眼前，就躲藏在树梢的背后，若有若无地散出光，并不比地上的雪光更加浓郁，映照上去之后，倒是使披了雪的世间万物显出堪称晶莹的剔透，眼前所见：连绵起伏的屋顶，屋顶上低耸着的拱形窗户，远处的水塔和锅炉房，还有更远处的我的两层小楼，全都在一刻之间变得不真实了，似乎不再是平日里司空见惯的景致，倒像是一座雪山上大大小小的雪峰，其间的树木也不再是树木，变成了人们滑雪时计算里程的标杆。最后，我的眼睛吃不消了，迷蒙一片，大大小小的雪峰就变成了照片里的虚景，一点点被不自觉里涌出来的眼泪打湿了：不是我想流眼泪，而是我根本就控制不住，现在，我体内已经有太多东西不再受我控制了，其中包括眼泪。

此时此刻，我和囡囡就像根本不是置身在逼仄的钟楼里，倒像是真的站在了一座绵延着隐入了天际的雪山底下。是啊，此时此刻，我们的手里抓着对方的手，如果天上的神灵帮助我，我简直想把"此时此刻"吃进自己的肚子里去，好让它永远只属于我一人。

一直到这时候，我才突然想起来自己竟然还没来得及好好看看囡囡，猛然回过头去，囡囡正看着我，我刚要去捧住她的脸，想把她看得更清楚一些，不小心捧在她的头发上，谁知头发竟然粘在了一起，我又有些用力，手指把头发带出去了好远，囡囡疼得厉害，轻轻地叫了一声。十天时间没有洗头，难怪头发会全都粘在一起；我顿时心疼不堪地赶快把手指从头发里抽出来，小心翼翼地捧住了她的脸。

我一点点抚着她的脸，抚了一遍又一遍，一点一滴都不略过，之后，叹息着，把她拥进怀里，让她的整个身体都靠在我身上，我则靠在背后的墙上，我的脸扎进了她的头发里，拼命嗅着那股熟悉的久违了的味道；像过去一样，每逢这样的时候，她就轻轻地在我胸前蹭着，她的手则伸进我的衣服里去，狠命揪着我腰上的一块肉。

我不可能不觉得疼，可是上天做证：我希望越疼越好。

"脏吗——"过了一会儿，囡囡抬起头，"我的脸？"

"不脏，一点都不脏。"

"啊，我知道你在骗我，十天又没洗脸又没刷牙，要是有镜子的话，我非要被自己吓死不可。"停了停又问，"对了，我嘴巴里肯定有股什么味儿，对吧？"

"没有，一点都没有。"

"还在骗我，啊，不过就是喜欢你这么骗我，心里巴不得你多骗我几次才好。"

"……"我没说话。喜悦，我的全身上下都住到铺天盖地的喜悦里去了，如果喜悦并未完全填满我身体的每一处细微之地，我的身体尚有些微的缝隙，那里装着的一定是一声接一声的叹息：我怎么会和囡囡置身于精神病院的钟楼里来的呢？

我们到底是怎么一步步走到这个地步里来的呢？

之前三天，除去昏迷的时间，我没有一天不在阳台上的窗子前面站上半个小时，盯着小池塘、师专的操场和精神病院的哥特式楼房发呆，似乎只要我盯着，囡囡就会突然从某个地方现身出来，自然，这虚妄之念绝无可能变为现实。

更多的时间我站在了面对着院子的那扇窗户前面，除了阳台上的半小时和饿到极处后去师专的食堂里随便吃两口的时间，我一刻也不放松地紧盯着院子外面的巷子，等着囡囡出现，夜半三更的时候，我实在支持不住了，就趴在窗台上睡一会儿，每次最多只睡半个小时，到了半个小时，我的胸口就像被人捅了一刀，猛地一激灵，就醒了。

按照囡囡写给我的信上所说，我其实并不需要每晚趴在窗台上等她回来，她回来的时候，是要先用小石子砸在窗户上的，我没听她的话，因为生怕出一丝半毫的意外：在那已经化为灰烬的三张纸的最后一张上，囡囡也说过"当天晚上"就有可能回来找我，但是并没有，又是三天过去了也还是没有，这就是意外。

我不会容许因为自己的原因再发生什么意外。

唯一好过点的是终于不再像此前几天里那么担心囡囡了，不，仍然担心，而且也丝毫未见少，但总算知道了她的下落就在方圆五里之内，这就够了，至于她为什么没有"当天晚上"就回来找我，自然有她的道理，我只需好好在屋子里等着就行了——我甚至都再不去师专门口的那棵夹竹桃里看看囡囡又给我写了信没有，万一警察仍然隐身在我看不见的地方，真正抓住了我的现行，那我又该如何是好呢？

那天下午其实是虚惊一场。警车的确是冲着我来的，却不是冲着我慌忙中都忘记了收拾一下的那堆煤气灶上的灰烬来的，不过是一次例行的普通调查，问我还能不能多给他们提供一些囡囡的社会关系。而且，他们径直告诉我，已经派人去了囡囡的家，见到了囡囡的父母，现在，两个人急火攻心之后已经双双住进了医院，我眼前顿时出现了囡囡的父母躺在病床上的模样——我的罪孽又在加深！但是，我的表情应该是不会让他们看出有半点怪异之处，答说囡囡并无什么特别的社会关系，除我之外，她在这城市里几乎再没了交谈超过百句的人。

其后的三天里，警察又来过一次，是来劝说我再回医院里去住下来的，并且说可以先帮忙垫付一部分费用，我自然是拒绝了。

趴在窗台上的时候，我的眼睛盯在窗户外面，脑子里却在想着囡囡接连三次给我送信时的样子：自然是在夜半三更，因为穿的是红衣服，她出现的时候，就像是只火红的狐狸，在她出现之前，肯定是已经打探清楚了不会碰见警察，送完信，她应该是要气喘吁吁地扫一眼我们的小院子、想象一下屋子里的我在干什么的吧，但是绝对只是一瞬间，她转眼就将消失；她说过从小就想当送信的地下党员的事情，到了真正像个地下党员般送信的时候，在我的想象中，她却就是一只飞快奔跑的火红的狐狸。

闪电般的火红，像流星般划过了满地的雪白。

第三天下午，我突然想起囡囡在信里嘱我的把屋檐下面的晾衣绳解下来，虽说不知道所为何事，还是费尽气力踩在窗台上把晾衣绳解下来了，刚要从窗台上下来，就像一股温泉从我两边的耳朵里流进了脑子，血管里一热，身体往后一仰，无论我多么想抓住窗户，终了也没抓住，整个身体都生硬生硬地砸在地上，在闭上眼睛之前，我甚至能准确地预见出顷刻之后我就要昏迷过去，但疼痛还是尖利无比，迅疾之间就传遍了全身。

醒来已经是晚上九点，睁开眼睛甚至比搬动一块千斤重的巨石都更加困难，睁开之后就不想再闭上，因为要使出同样的力气，身体在地上头在床上，眼前的天花板似乎蒙上了一层雾气，我知道那其实并不是雾气，是我的眼睛又出了问题；最难受的是心脏，犹如我的身边蹲着个技艺高超的钳工，他先用铁丝将我的心脏绑住，然后，拿起钳子一点点地扭紧，一点点地扭紧，最后，铁丝断了，我终于可以喘一下气的时候，他又从工具包里拿出了另外一根铁丝；外面又起了大风，阳台上的窗户被大风吹动后发出了不小的声响，似乎还有什么东西被风卷进屋子里来，可是，我即使想管也管不了了。

最危险的一瞬出现在大概半个小时之后：起初只是一阵咳嗽，正咳嗽着，喉咙里一热，血就从喉咙里涌进了嘴巴，我下意识地慌忙闭上嘴巴，还是晚了，那些血就像是越狱的逃犯般从我的嘴巴里狂奔了出来，而我哪里还有力气直起身体呢？刹那间，血就顺着我的嘴角流下去了，我只能眼睁睁地看着它们洇湿地上的凉席和凉席上的一本书；事情才刚刚开始，还远远没有到结束的时候：一种怪异的酷热之感从喉咙处生起，在短短的时间之内就席卷了我的整个大脑，我的大脑就像泼上了汽油一般被点燃了，我一下子就慌了，全身的每一层皮肤都在急剧收缩——"颅内出血"，几乎每个再生障碍性贫血患者最后的下场，难道就真的这样来了吗？

囡囡，救救我吧！

天上的神灵和地下的菩萨，救救我吧，把囡囡送到我的面前，让我们见上最后一面吧！

真的是如有神助：就在这时候，我的眼睛骤然清晰起来，对面的墙壁上现出了囡囡的影子，闪烁的光影与我在隔离病房之时的幻觉如出一辙：在一处悬崖之上，囡囡终于被警察戴上了手铐，警察要把她往警车上拖过去，她拼命站住，跺着脚哭着对我喊："你不能死，我还没批准你死！"

我不能死。

在没见到囡囡之前,我绝对不能死。

我想起自己是和衣躺着的,那块玻璃碴还在我口袋里装着,别无他法之后,我抬起灌了铅的小臂,把手伸进口袋里去找那块玻璃碴,找到之后,拿出来,凑近另外一只手,二话不说地一用力,那只手的食指就被割破了,紧接着是无名指,疼,钻心的疼,正是我想要的疼,与此同时,我拼了命按住床角稍微直起一点身体——狂奔的血液在手指上找到了另外一个出口之后,钻心之疼又把我从昏蒙里拉了回来,我终于没有死。

阳台上的窗户还在高一声低一声地响着。

突然,我的身体哆嗦了一下,神经质般扭过头去:一颗小石子正好从窗户外面飞进来,落在了高压锅上,叮叮当当地响着。

我脸色大变:根本就不是有什么东西被风卷进来了,是囡囡回来了,是囡囡在朝窗户上扔小石子!

阳台上已经落满了一地的小石子。

我盯着一地的小石子,看了又看,它们离我如此之近,可是我却没了站起来走过去的力气,"那我就爬过去。"我对自己说。

并不是爬过去的:最困难的是没办法从地上站起来,只要站起来了,就能凭借站起来的那一丝微弱之力勉强走到阳台上;结果我还是站起来了,爬到电视机前面的时候,恰好看见《再见萤火虫》就放在一堆DVD的最上面一层,一下子,在我的脑子里,屋外的囡囡就成了电影里的节子:瑟缩着抬起头,睫毛上沾着雪花,她一边擦一下眼睛,一边去看亮着灯的窗子,两只脚却是光着的,所以,她一直在原地踏步,一只脚刚刚从雪地里拔出来,一只脚就不得不再踏进去,我简直不能再想下去,就是在如此穷途末路之时,我把自己又当成了另外一个人——躺在地上的这个人连我自己都不认识,真正的我,已经从地上站起来踉跄着朝着阳台走过去了——这么想着,天上的神灵和地下的菩萨又一次帮了我,其实不是,是窗户外面的囡囡帮了我,我竟然站了起来,扶住墙壁,跌跌撞撞地走到了阳台上。

只一眼我就看见了囡囡。

她就躲在池塘边的几根树杈之间,和我想象的一样:雪白上的一团火红。

我没有叫喊起来,小臂也没有狂跳,看着她,就是这么发疯地盯着她看,她似乎是刚要将食指在嘴唇前面竖起来,"嘘"一声,好让我别说话,见我根本就没有力气来喊她一声的样子,哇哇哭了起来,似乎在那一刻之间,她什么都不管不顾了,是那种五岁孩子的哭声,两只手垂着,根本就不去擦眼泪。

不思量,自难忘!

哭声是戛然而止的,她应该是突然想起了我们的处境,止住哭声,哽咽着对我招手。我如梦初醒,转身往外奔去,仍然一路贴着墙壁;出了门,下楼的时候再一路贴在栏杆上,好在是在院子里的时候并没有倒下去,要不然,我绝对不会再有站起来的力气。出了院子,靠在院子门喘口气的时候,囡囡已经从刚才的池塘边跑到巷子口上来了,我天旋地转地看着她,她稍微迟疑了一下,往师专那边张望了几眼,就朝我跑过来,一把扶住我。

来不及说句什么,囡囡扶住我就往前走,绕到小楼背后的池塘边,满世界除了风雪声就只有我和她的喘气声,雪太厚了,踩在上面根本就不会发出任何声响。几次我都险些摔倒，囡囡就拉过我的手放在她的肩膀上，她的手则将我的腰环抱住，一步步往前，一步步往前。

折过几条小路之后，到了一堵院墙之外，院墙之外就是东湖，两者之间只有一本书宽的小路，"你往后倒倒——"直到此时，囡囡才说了第一句话。她是让我把整个身体倒在院墙上，我便依言倒下了，看着她，就像失散多年后终于见到亲生母亲的孩子。之后，她抓住我的手，轻悄地往前挪了一步，回过头来，"就像这样，好不好？"

我还是没有说话，点了点头，像她一样一点点往前挪，她的手始终没有松开我的手。

就这样往前挪了十分钟，院墙上出现了个洞口，只能供一人弯腰爬进去，囡囡先爬进去，进去之后仍然趴在雪地上，原地转了身把手伸给我，我尽可能弯腰，但是没有像她一样完全趴在地上，因为我比任何人都更加清楚：我只要趴下去，就再也没有站起来的一刻了。

进到院墙里，眼前赫然是那幢哥特式楼房，我这才知道，我们竟然到了精神病院。囡囡继续搀着我，来到了一间平房下面，这间平房比普通的房子要低矮出许多来，墙壁后面砌着八九级台阶，我们上了台阶，来到屋顶上，哪知道眼前是愈加宽阔的屋顶，先是厨房，之后是锅炉房，一片片向前伸展开去，一片就更比一片高出许多来了。我们一点点往上，我自然不知道哪里是厨房哪里是锅炉房，但是囡囡知道，只要她知道就够了。途经锅炉房的屋顶，因为有月亮，我能清楚看见丝丝热气冒出来，囡囡领着我避开锅炉房，转而爬上另外一片屋顶，往上看去，这片屋顶竟然连通着那幢哥特式楼房的屋顶——我们居然已经爬到了这么高！澄澈的月光里，那座小小的钟楼已经遥遥在望了。

我已经猜测出来并且确认了：这么多天，囡囡就是在那钟楼里过的。

天亮之前，我蜷在地上，把头躺在囡囡怀里睡了一会儿，醒过来的时候，囡囡正凝神看着我，见我醒过来，她赶紧把旁边放着的一杯豆浆端过来，"要不要我喂你？"

"不了，"我接过豆浆，对她笑着，呼吸声只是一缕游丝，问她，"从哪儿来的？"

"偷的，呵，"她笑着，看着我把豆浆喝下去，"刚才把你放地上了，我到那边的厨房里去偷的。"

"厨房里面没人吗？"

"有啊，不过大得很，没人发现我。"

"……"

"好好喝，都喝完，今天还在这儿待上一天，咱们明天就走。"

"走？咱们要去哪儿？"

"去个可以住一辈子的地方。"

囡囡的话还没说完，不知何故，我心里一阵凄凉，竟然笑了起来，一直笑到眼泪都流出来了，问她："哪里还有什么一辈子啊！"

"有！"她的身体哆嗦了一下，似乎要发作的样子，终了没有发作，柔声说道，"好吧，你说得也对，我也是像你这么觉得——

觉得没有一辈子了，不，我现在就只当自己根本没来过这个世界上一样了，懂我的意思吧？"

"……不懂。"

"看过一期DISCOVERY的节目，讲的是非洲草原上的斑马的事情，它们每年到迁徙的时候都要经过一条河，河里到处都是鳄鱼，过河的时候，每只斑马都是争先恐后，晚过去的就会被鳄鱼吃掉，多半都是刚出生的斑马才会被吃掉，等大部队都过了河之后，河里到处都是那些小斑马的尸体，有的才刚刚出生了两天，我现在就把自己当成小斑马了，只当自己根本没出生过。"

"沈囡囡，你滚吧，我不要你可怜我！"我越听越绝望，就仿佛此时的我已经上了天堂，却舍不得转身离去，趴在一朵云团上回头看着地上的囡囡：她置身在一辆囚车之中，手上戴着手铐，脚上套着脚镣，手和脚都被磨破了，手铐和脚镣上都满是血。我越想越不敢想，拼尽力气对她喊起来，她却丝毫都不以为意，看着我，还在笑着，只是"嘘"了一声，提醒我的声音放小点，仅此一个动作，我的心就软了，声音再也大不起来了，转而哀求她，"囡囡，求求你了，你走吧，警察说了，现在去找他们还不算晚。"

"我就知道你不会真让我滚的。"听我说完了，她低下头来一亲我的额头，"现在不是我在可怜你，是你在可怜我，你的那点小心思啊，怎么会瞒得过我呢？得了得了，还是谈谈接下来咱们去哪儿吧。"

"囡囡！"

"我都想好了，去咱们送了戏装的那地方，就是那个到处种着樱桃的镇子，怎么样？你可是说过希望一辈子住在那里的。

"不相信也没办法，你总是要死的，我也总是要一个人过下去的，但是只要你没死，我就不能一个人。你别以为我心里多后悔啊什么的，一点都没有，害怕是害怕，毕竟杀了人，不过在我脑子里没占地方，全都让那小镇子占了，成天都在想去了之后在哪儿落脚，已经想好了，大不了找个山洞住下来，反正满山都是樱桃树，冷了咱们就砍树回来烤火。

"唉，就知道你要从医院里跑出来，不过也只有从医院里跑出来一条路了，现在，什么也别想了，就一门心思想去那镇子上怎么过日子吧，一句话：反正你也活不了多长时间了，咱们还是像过元旦过春节一样过日子吧。不过我向你保证：到了那一天，我会回来找警察自首的，你知道的，就算给我判个无期徒刑，像我这么勤快的人，总是能好好表现争取多减几年刑的吧？对了，叫你把晾衣绳解下来，你解下来了吗？"

"……解下来了。"

"在哪儿呢？"

"在屋子里啊。"

总是这样：不管我多么想囡囡顷刻之后就从我身边消失，永远置我于不顾，但是只要她一开口说话，我的神志就全部被她的话带走得远远的了。

"少交代了你一句，应该把它绑在身上的，那小镇子离县城还有那么远，我肯定得背你，你现在这么瘦，背是背得动，但是万一掉下来了呢，得用绳子绑着，绑得紧紧的，一头绑在你身上，一头绑在我身上。早就想好了。不过不要紧，反正咱们还得回去一趟，到时候再拿吧。"

"还要回去?"一下子我就露出了原形,原来我是如此害怕再回我们的小楼里去,就像一回去就会陷入重重机关里,直至最后再不相见。

"嗯,得回去一趟,半夜里再回去,我一个人回去就行了,你就在这儿待着,不光拿绳子,还有好多东西要拿,换洗衣服也总要拿几件吧。对了,院子门没关吧?"

"没有。"

"那就好,要是关上了就麻烦了,开起门来叮叮当当的,要是旁边有人的话,非被他发现了不可。"

这时候,我想小便了,囡囡先跑到门口看了看,确认不会有人注意到我们这边之后,这才把我搀起来,缓慢地挪到门口。此时天色已经逐渐明晰了起来,厨房里的炊烟在弥天大雪里若有若无地飘散着。其实我们根本不必担心有人看见我们,因为我们也看不清楚任何人,雪大得和一场沙尘暴别无二致,楼下的场院里似乎有人影在活动,但也只是人影而已。短暂的一会儿之后,我和囡囡几欲成了两个雪人,小便完了,我没急着进去,呆呆地看着远处我和囡囡的小院子,还有院子外面的巷子,只要雪不是下得像今天这般大,院子和巷子里的一切都逃不过囡囡的眼睛。

整整一上午,我一直在囡囡怀里躺着,和我一起躺着的还有那条流浪狗,我没闭上眼睛,它倒是闭上眼睛懒洋洋地睡着了,中间是出去过一阵子的,大概也是找地方吃早饭吧,毕竟没有人给它也端一杯豆浆过来。后来我大概知道这间狭小的钟楼何以如此暖和了:旁边就是锅炉房,锅炉房虽然还不到我们身下的这幢哥特式建筑一半高,但是两堵墙却是抵在一起的,热气散发出来之后，慢慢透过墙体一点点上升，就上升到了钟楼里，所以，热气就像是从地面上生出后又一点点渗到了我们的身体里。

两个被全世界所遗弃了的人。两个幸福的人。

我真的是幸福的人吗？当我躺在囡囡怀里，头被囡囡的衣服盖住，想着要是真的和囡囡住在了那镇子上，哪怕住进山洞，一想到囡囡在山洞里用樱桃树生起了火，山洞里滴水的声音和樱桃树燃烧时发出的噼噼啪啪的声响交织在一起，我就觉得自己的手指与脚趾之间都藏满了幸福。那时候我们一定也不会缺吃少喝，反正不用再住院吃药，虽说口袋里只有不足五千块钱，但是已经足可应付我临死前的时光了。

可是，只要一想起我死之后囡囡即将面临的牢狱生涯，我就要情不自禁地去咬一口囡囡的小腹，好像只有这样，囡囡的魂魄才一口口被我带走了，留在世界上的只是她的身体，一具不会藏有半点幽暗与不快的身体，从此之后，少了我的纠缠，她就会好好活在这个世上；但是，如果仍然有人胆敢使囡囡不快，我一定会化作厉鬼，纠缠他，折磨他，直至他也化作厉鬼的那一天。

中午没有吃饭，"想吃也吃不着，不好偷，"囡囡说，"天黑了就好了，到时候给你偷一堆好吃的来。"

"囡囡，"我叫了她一声，"你害怕吗？"

一丝轻微的战栗漫过她的身体，她就像打了个冷战，"害怕。"她看着我，"啊"了一声，"这下子是不指望和你一起上天堂了，将来我要是死了，只怕混票都混不进天堂里去了。啊，我竟然成了杀人犯。"

"……"

"到现在我都不敢相信自己杀了人,就那么一推,一个人就死了,在那种地方工作的人,家里只怕也没什么钱,有什么办法?只有下辈子给他们做牛做马了。当时,蹲在电梯里,我全身都在发抖,正好到了四楼,我也不知道怎么想的,就觉得不能在电梯里待下去,出来了,慢腾腾地走楼梯下去了,倒是想走快的,也明明知道有人要来抓我了,就是走不快,好在没事,顺利地下了楼,出了商场,要是还在电梯里待着的话倒真有事了,我要出商场的时候,满商场的保安都往电梯口那边跑过去了。

"出来之后我赶紧上了辆公共汽车,满大街乱转,一直到了汉阳琴台那边,说实话,本来已经决定找警察自首去的,还是舍不得你,不管怎么样,我只要一自首就会被关起来,那我还怎么照顾你啊?

"知道吗,其实我和你回来的时间差不多,我是坐出租车回来的,在巷子口上没停下来,继续往前开了,我知道那些警察会去找你的,也知道他们只要一找你,你就肯定要从医院里跑出来。我本来也只是想去看看你回来了没有,看完了我就再去找地方躲起来,结果哪里看得见啊,根本就不敢要出租车开进巷子里头去,在外面草草扫了一眼就往前去了,不过我真是回来对了,没往前去多远,我正好再回过头来看几眼,一下子就看见了钟楼,还有围墙上那个昨天晚上我们爬进来的洞。

"马上就叫司机停车了,你猜怎么着?这里安全倒是安全,但是早就成了别人的地方了,就是那条狗的,它的脾气也坏得很,一个劲地叫,把我的魂吓得都快丢了,紧张得实在受不了了,甚至想过干脆跑出去自首算了,啊,哄了半天才哄好它,刚把它哄安静，就看见你从巷子口上跑回来了。"

原来如此。我听着，内心里就想象着囡囡当时的样子，其实我是害怕听的，因为当时的她千真万确是在受罪，罪恶的源头却是我们的相逢！这样，她讲着，我就故意逼迫自己去想别的事情，终了还是无法做到，她的声音就像眼前的雪一样清晰而具体，一字一句都进了我的耳朵，像血液一样在身体里来去奔突，就像王家卫的电影《东邪西毒》里的一句话，电影里的欧阳锋说："有些事情你越想忘记，就会记得越牢。"

那句话紧接着下来的一句是："当有些事情你无法得到时，你唯一能做的，就是不要忘记。"

而雪是越来越大了。

我们却并没能如愿离开栖身的钟楼，坐上去那个土家族自治县的长途客车。

晚上，我们吃得颇为丰盛，天一黑囡囡就去厨房里偷了饭菜回来，先倒一点放在墙角的瓷碟里给那条流浪狗吃，然后我们就自己开始吃，囡囡说每天都是这样，那狗也习惯了：每天的早餐和午餐都由它自己解决，到了晚上，它就不再出去了，就只懒洋洋地躺着等囡囡给它带回来，自从她来这里之后一直都是如此。

其实，"吃饭"二字对我几乎再无意义了，两口还没吃下，就已经觉得饱得不能再饱，暮色里，为了不让囡囡难过，我咬紧牙关多吃了几口，巨大的恶心之感就差点让我呕吐出来了，全身无一处器官不在疼痛，无一处的疼痛不在提醒我：我的大限之日经近在眼前了。

我恐怕再也走不到那个栽满了樱桃树的小镇子上去了。

我没告诉囡囡，只去费尽气力吞咽饭菜。这时候，楼下的某一间房子里传来了哭声，这在精神病院里并不奇怪，即使到了后来，不知何故，好多人都一起哭了起来，我也照样不觉得奇怪：除去被夜色包裹着的我们，这世界上还有许多夜色下的伤心人。

刚吃罢晚饭，囡囡突然哭起来，"你说，你会不会马上就要死？"

"……可能。"

"你不能死！你要知道你欠我的，你得还完了债才能走！"

"……"

见我不说话，囡囡一把揪住我的衣领，"快答应啊！"

"好，我答应。"

我答应之后，囡囡的哭声不但没有止住，反而更大了，大也不敢大到哪里去，即使是如此时刻，她也生怕自己的哭声被人听见，最后只好紧紧地咬住胸前的一颗纽扣，越咬越紧，吸着鼻子问我："你知道不知道，其实你已经死过一回了？"

我想不透她说的到底是什么，就说："不知道。"

"其实我回过一趟屋子，你睡着了，就是我往那棵夹竹桃里送第三封信的时候，真是没办法了，活不下去了，觉得到处都是死路，我就蹲在床边上看着你，你那时候在发烧，呼吸特别重，重得吓人，就像是下一口气都再也喘不上来了，我再看不下去了，见旁边有个枕头，我一把就拿起来了，知道我想干什么？

"啊，想把你捂死，然后自己再去跳楼。真是这么想的，枕头也拿起来了，闭上眼睛就要捂下去，还是没有捂，不光是舍不得，还觉得我这九百七十二天不能就这么白过了！后来，又坐了一会儿，倒是帮你把被子捂好了，就走了，从进屋子到出来一共不到十分钟。"

"……九百七十二天？"

"是，九百七十二天。"囡囡擦了一把眼泪，"其实有件事情一直瞒着你——我的时间表和你的时间表不一样。"

"怎么不一样？"

"从来没告诉过你：从我下定决心和你在一起，我的时间表就和你不一样了，别人把一天就当一天过，我把一天当三天过，别人的一天是二十四个小时，我的是七十二个小时，只有这么过才觉得对得起我爱上你一趟。有时候走在路上，看着身边的人，莫名其妙就觉得比他们要幸福得多，为什么？就因为我每天都过得比他们长；后来就不是了，自从你住进隔离病房，我就又加了一天，把一天当成四天过了，以前当三天过的时间统统改成四天。还记得咱们什么时候认识的？"

"去年十一月。"我说。我确信自己不会记错。

"你倒没说错——"囡囡叹了声气，"不过那时候我们还不算真正认识，还是从给你送快递的那天算起吧，五月份，五月多少号是记不起来了，反正我就当它是五月一号了。知不知道今天是多少号？"

"不知道。"我只知道现在已经是十二月末，至于到底多少号，我丝毫都不知道。

"你不知道我可知道，记得清清楚楚，今天是十二月二十九号，再过两天就是元旦了，从给你送快递那天算起，到今天一共是二百四十三天，按照我的时间表，就是九百七十二天。"

"怎么会这样?"即使我已经病入膏肓,但是我照样能确信自己的记忆绝然不会有错:这是囡囡第一次对我说起她的时间表。

"就是这样的,两个人哪怕好得不能再好,心里总还是要有点秘密的吧,这就是我的秘密,再没别的秘密了。还有,人活着总是要有点指望,这就是我的指望了——过了一天不是过了一天,是过了四天,现在离元旦还有两天,在我看来就是还离了八天,'八天啊,还早着呢,还可以干好多事情才到啊',我心里就是这么想的。其实,这都不是最重要的,最重要的还是说过的那句话:现在是我在爱你,用的是自己的方法,和别人没关系,甚至和你都没关系,这么着来计算时间也是我的方法,和别人、和你都没关系的方法。"

我能说些什么呢?什么也不用说了。除了更紧地钻进她的衣服里,用牙齿去咬她的肚脐,我什么都再不想干,可是,我连张嘴巴去咬的力气都没有了,假如我的身体是一朵烟花,现在,燃烧之后,拖着一束黯淡的微光就要跌落到树梢上去了。

要熄灭了。

世间万物,除了囡囡,无一样不在压迫我,使我缩小,终至于无,即使一片雪花也不例外,飘落之间,它也毕竟是运动着的,而我,却只能躺在囡囡的怀里,看着自己一步步离死亡越来越近,甚至连叹息一声的力气都再也没有了。

倦意袭来,迫使我不得不闭上眼睛,应该是和一个风烛残年的老人没有两样,刚一闭上眼睛就睡着了。做了梦,竟然梦见我和囡囡也在大兴安岭的一个小镇子上住了下来,满山的花丛簇拥着我们的桦皮屋子,距离我们住的地方不远,有一条清可见底的河流，我在那河里下了渔网，就坐在河边上看书，等着鱼群自行撞上网去，囡囡则躺在两棵白桦树之间的吊床上晒太阳，花丛里飞着的野天鹅和花尾榛鸡早已是她的熟人，飞到吊床上，野天鹅站在左边，花尾榛鸡站在右边；后来又梦见两个人去了那个栽满了樱桃树的镇子，即使在那样的偏远之地，囡囡也还是有办法找到活路，她在镇上的小招待所里做服务员，招待所离我们住的山洞并不远，所以，每次她从招待所回山洞里来的时候，隔了老远我就能听见她唱歌的声音，那时候，她多半是在过河，在河里林立的怪石上跳来跳去，恰似从观音菩萨身边偷跑后误入凡间的侍童。

睁开眼睛就到了后半夜，竟然是被音乐声弄醒的，一刻之间，我真以为自己已经上了天堂，耳边的音乐就是从正在举行的天庭盛宴里飘出来的，后来一听不是，歌是英文歌，在我的想象里，天堂是有好几处的，说汉语的人有说汉语的天堂，说英文的人有说英文的天堂，我要去的自然是被玉皇大帝管辖的天堂，而不是被耶和华管辖的天堂。

正惺忪着，突然觉得哪里不对劲，伸出手去缓慢地一触，这才发现自己竟然盖着被子，身体也躺在褥子上，还枕着枕头，我还以为囡囡大着胆子把我背回了我们自己的屋子，全身一激灵，慢慢才看清楚自己仍然置身在精神病院的钟楼里，与此同时，一股我熟悉的护发素的香气在我鼻子边幽幽散着，原来囡囡已经回过我们的小院子里去了，还洗了澡，不用说，被子和褥子都是她抱来的，还有，音乐声是MP3放出来的，两只耳机就塞在我的耳朵里。

刚才我其实并不是睡着了，是昏迷过去了，要不然，不会连囡囡把我挪到褥子上，再给我盖上被子，我都无从知晓。

"醒了？"原来囡囡就蜷在我身边，只盖住被子的一角，侧躺着，用手支着头，看着我。我点了点头。

"啊，你这个人呐，真是崇洋媚外，叫了半天都叫不醒，连放了好几首歌也叫不醒，一放英文歌就醒了。"

"……是吗？"

"当然是的啊，怎么样，不错吧，刚回家拿的新电池，拿了好多，够我们在路上听的了，哎呀真好，明天咱们就可以上路了！"停了停，又说，"别怪我把你弄醒了啊，不知道怎么回事情，生怕你一睡着就再醒不过来了。"

我当然不怪罪她，感激都来不及呢，其实不光她，即便我自己，临睡之前也有如此预感：只怕一闭眼睛就再也没了睁开的那一天了。心情倒是好了起来，闻着淡淡的护发素的香气，听着恍如隔世的英文歌，又看见身边的囡囡换了新衣服，全身上下一副干干净净的样子，就想打趣几句，叫一声"老婆"或者"小娘子"，"我说小娘子——"一句话还没说完，脑子里的血就又像惊马般横冲直撞了起来，一下子，我的智力全都消散不见，抓着她的手，盯着她看了又看，还是陷入了昏迷之中。

那时候，我和囡囡都不知道，因为这场昏迷，到了明天早上，我们不但不能坐上长途客车，而且连英文歌也叫不醒我这个"崇洋媚外"的了；不光如此，即使一个星期之后，我们也照样还是没能离开钟楼——一场昏迷之后，紧接着就是另外一场更深的昏迷。

元旦那天的早上我是醒过来了一次的。一醒就开始流眼泪，想说句话，却忘记了发音，但我知道是元旦：精神病院的铁门一年四季都是紧闭着的，今天应该是准许病人的家属进来探视的日子。尽管我的知觉已经降到了最低点，但是今天的精神病院比平日里要喧闹出许多来我是能听清楚的。

囡囡就在我对面盘腿坐着，靠在墙上，低着头编着辫子，没有发现我醒了。是啊，她总要找点什么事情做做吧。我拼命回忆着发音，结果一下子想起了囡囡说过的把一天当四天来过的话，如此算起来，今天就是我和囡囡在一起的第九百八十天了。

我和囡囡早就说过把每一天都当成元旦一样过，今天元旦倒是来了，我们却只能栖身于如此一隅等候上天的发落。一念及此，眼泪就更加汹涌了，喘息声也更重了。

"别哭别哭，"囡囡一下子就半跪着扑过来，先擦掉我脸上的眼泪，再拍拍我露在被子外面的肩膀，就像在哄着一个闹夜的孩子，"今天是元旦啊，该高兴点啊。"

现在，如果说我的脑子里还残存着一丝被称为"下意识"的东西，第一件事情就是听囡囡的话，一切都照着她说的做，听到她说别哭，我立即止住了，甚至想对她笑一笑，可是我根本就没有办法办得到，囡囡低着头看着我，看着看着，哇的一声就哭了，与此同时，把她的脸紧紧地贴在了我脸上，直至紧得不能再紧。

在前所未有的踏实中，我又昏迷了过去。

第二次醒过来已经是四天之后，也就是第九百九十六天之后。

其间我是有知觉的。当囡囡给我喂饭的时候，给我剪指甲的时候,还有把耳机塞在我耳朵里用来唤醒我的时候,把嘴巴凑近了跟我说话的时候,这一切,我其实全都是有知觉的,就是无法向她示意我知道。我还知道一天下来她起码有五次把手伸到我的鼻子前面,看看我的呼吸是不是正常。

不承认也没办法:囡囡其实是在看我到底还有没有呼吸。

上天毕竟对我不薄,终是不忍心见我来不及和囡囡说最后一句话就撒手西去,后半夜,在一阵警车声里,我悠悠醒转了,而且,并不觉得有多难受,眼睛说睁开就睁开了,试着动了动手,手也能动起来,一丝狂喜就这么迅疾地掠过了我的身体,就好像两分钟之后我就能在雪地里飞奔了一样。突然,我如遭雷击:莫非此刻就是我临死前的回光返照吗?

问了也是白问,因为除了勾魂使者再无人能回答,而且,不管勾魂使者给出一个什么样的答案,对我来说已是毫无意义了,这世上再无一样东西是我能把握得了的了。

罢了罢了,听天由命吧。

就在我贪婪地张开嘴巴呼吸着空气里的清洌味道之时,我突然想起来囡囡不在我身边,而且,我是在警车声里醒过来的,我大惊失色,爬起来就要去找囡囡,尽管周身都像是在砰然断裂,结果还是从褥子上坐起来了,失声就喊:"囡囡!"

我的话还未落音,"啊!"囡囡的声音就响了起来,"你醒了吗?太好了——"

原来她并没有出去,就站在门框边,钟楼的门只开了一条缝,她就斜着身子去看门外的动静,其实是在看我们的小院子里的动静:后半夜里响起的警车声,不用问也知道,自然是冲着我和囡囡来的。

可是，他们怎么会在这个时候来呢？假如我没记错，他们已足有半个月时间没来过我们的小院子了。

我来不及去想一想，囡囡就已经扑了过来，像上次我醒过来的时候一样，半跪在我身边，把手放在我的脸上，"你真的醒了啊！"突然想起来我们现在身处的是何境地，压低了声音，"外面来警察了。"

"知道，"我就像个正在为画家工作的模特儿，端坐着不动，任由囡囡的手一遍遍地抚过了我的眉毛、长着火疖子的颧骨和干枯得脱了皮的嘴唇，又说了一遍，"我知道。"

"啊，他们肯定发现我们就躲在附近了，都是抱被子来惹的祸，当时也觉得不对劲，后来一想：他们要真是发现我们抱被子走了的话，没准还以为我们出远门逃到别的什么城市去了呢，没想到还是错了。"

"错了就错了吧，囡囡，没什么可在乎的了。"我说。

"不，我在乎，你欠我的债还没还完。"

"……"我又不知道该说什么了。

短暂地沉默了一阵子，她又说，"我欠的是我爸爸妈妈的债。"停了停，"以前常听人说不肖子孙什么的，总觉得离自己好远呐，没想到这么近，我现在就是个不肖子孙，想想他们都觉得可怜，一辈子，生了一个儿子一个女儿，儿子死了，女儿现在也不知道是死是活，你说，他们现在在干什么？"

"他们——警察，已经到你家里去过了。"退无可退，我干脆实话实说。

"啊，知道，想也想得到，反正也不敢想，我干脆就不去想了，下辈子再做他们的女儿来赎罪吧，"她低下头去，两手揉着头发，"要是他们下辈子还要我做女儿的话。对了，问你一件事情。"

"什么？"

"我想着，除了长生不老，天堂和咱们地上也差不多吧，我是说，像大街啊商场啊什么的应该都是有的吧。"

"应该是……"我一边说着，一边在心里默念着"天堂"两个字：古往今来，国境以南太阳以西，不知道有多少人谈论过这个虚无的所在，所谓"江畔何人初见月，江月何年初照人"，所谓"人生代代无穷已，江月年年只相似"。

"真的吗？"她的眼睛亮起来，就像燃着一束小小的火苗，"真要是那样的话就好了。"

"怎么了，囡囡？"我一把抓住她的手，哪怕她连笑都没笑一下，只是脸色稍微明朗些，我就激动得不知如何是好。

"像我这种人，既是不肖子孙，又杀了人，本来是不指望上天堂了的，可是还是舍不得你，不管什么时候都想和你在一起，就连下辈子托生的时候都想和你一起托生，以前说混票去只是瞎说说，现在不同了，现在我是说什么都要去了，你走哪儿我就缠着你到哪儿，别说这辈子，下辈子，就是下十辈子，你都跑不了了。

"混票进去不是什么难事，是我的长项，反正不想偷票了，在地上当够了小偷，去天堂一定得是干干净净的，要是天堂和咱们地上差不多的话，混票也就不是什么大事了，我还能原谅自己。

"去了天堂待在哪儿呢？这几天想了好多次，想清楚了：就待在地窖里好了。既然有大街啊商店啊什么的，就该有地窖吧，弄不好神仙照样也要买冬储大白菜呀，反正是没钟楼什么的了吧，我想着应该是没教堂的，菩萨庙倒是可能有，地窖也应该有。白天我就在地窖里待着，你该干什么就干什么去，到晚上你再来，叫上我弟弟，我给你们做饭吃。

"啊，你就认了吧，跟定你了，你也知道，哪怕你死了，我去自首，判个无期徒刑，最后要是还能放出来，怕是也七老八十了，想再碰上个什么人也碰不上，只能缠你十辈子了；我说过的，现在害怕是害怕，但是也没害怕到多大的地步去，为什么？就因为我已经豁出去了，把这一辈子不当一辈子了，转过来，把十辈子当一辈子，咱们在一起的时间还长着呢。

"我觉着，你要真是死了，不能再和我一起了，我就当你出了趟远门，要不就当我回了趟娘家，到了该碰上的时候，咱们还能再碰上；至于现在，说什么也不能被他们抓走，你死之前见的最后一个人得是我，说什么也得把你背到那镇子上去，好好活段时间，别忘了，我是地下党，我是刘慧芳！我有预感，你不会就死在这儿，你要可怜可怜我——要是死在这儿我能怎么办啊？要是死在那镇子上，我自己都能给你在樱桃林里把墓挖好，我知道你可怜我，所以你不会就这么死了。"

断断续续，囡囡说了这么多，警车声不时响起来，她就得不时跑到门口，贴着那条缝往外盯上一阵子。如囡囡所说，警察一定是发现我们的什么蛛丝马迹了，要不然不会突然在夜半三更时找上门来，那天我出来的时候就没有锁门，院子门和房间门都没锁，似乎是有好几个警察进了房间，因为能听见踩在铁皮楼梯上时发出的咣当声响。

好在那些警察轻易不会想到我们竟然就住在他们的眼皮之下，不，是他们的眼皮之上。恐怕三点钟的样子都有了，警车终于走了，喧闹了一阵子的小院子，还有小院子外面的巷子，渐渐平静下来，囡囡回过头来，对我一吐舌头，声音也稍微大了点："走啦，都走啦。"

我真正是把所有不快与忧心都抛掷到了脑后，尽管不知道接下来上天会怎样发落我们，说不定一个小时之后我就又要被昏迷席卷而去，但是现在，囡囡就在我的身边，我又几乎以为自己明天早上就能和囡囡一起坐上长途客车了，一个劲地盯着站在门口的囡囡看，就像她背后便是阳光下的樱桃林。

这就够了。

"没问题吧？"穿过墙洞，手抓着手，踩在那条只有一本书宽的路上一起往前挪，终于没有掉进东湖里去，猫着腰，没有往我们的小院子背后的池塘那边走过去，而是径直向前，上了环湖公路，其实不是上了公路，是在公路右边的沟渠里走着，沟里的水虽然不深，毕竟还是深一脚浅一脚。走了一会儿，囡囡回过头来问我："吃得消吧？"

"没问题，"我喘了一口气告诉她，"吃得消。"

"嗯，"她伸手一刮我的鼻子，"好孩子，哈。"

元月八号，凌晨三点，上天终于可怜了我，眷顾了我，在三天时断时续的昏迷之后，黄昏的时候，我终于又可以像三天之前那样和囡囡聊上几句了。而且，天黑之后，没要囡囡的搀扶，我自己出门去小便了一次，回钟楼里去的那几步路上，我突然兴奋得几乎要大喊大叫:隔了如此长的时间之后,我竟然又可以站起来走路了。

我生怕夜长梦多,一进钟楼,就和囡囡说今天晚上就走。一开始,囡囡完全不敢相信自己的眼睛,因为我出门小便的时候她正好睡着了,一见我竟然好好地站在她面前,她简直被吓呆了,半跪着扑到我跟前,一遍遍地摸着我的腿。

这才有了猫着腰走在沟渠里的此刻。

即便地下的阎罗殿里派来的使者拿刀砍我,拿棍子砸我,这一天也将永存于我身体里的最隐秘之处:这一天是元月八号,按照囡囡的时间表,是第一千零九天,我们走在回我们的小院子里去的路上,之后,我们要坐出租车去汽车站,天一亮,我们就要坐上去那小镇子的第一班长途客车,一路上我们会遇见轰鸣的拖拉机和白雪皑皑的桃园,自然还有在电线杆上蹦蹦跳跳着的麻雀。

本来是不用再回我们的小院子里去的,该带的东西差不多都带在身上了,我们只需站在环湖公路上等出租车即可,虽然可能会等上很长时间,但是总归会有去东湖深处的碧波山庄里送完客人的出租车回来时途经此地;可是,"哎呀,"刚刚在沟渠里走了两步,囡囡突然就低低地叫了一声,"晾衣绳忘在屋子里了。"

"算了吧,囡囡,"我一下子就急了,还是跟着她往前走,"到汽车站再买吧。"

"汽车站哪有晾衣绳卖啊?"她站住了,"不行,我得再回去一趟,一定要把晾衣绳拿回来,要不然到了你走不动的时候麻烦就大了,就这样,我去拿,你在这儿等出租车。"

"别去了!"我拽着她的衣角,几乎是哀求着对她说。

"没事,我密切注意着警察同志们的动向,今天没有警察来,你就放心吧,没有事的,"说着,她一笑,睫毛被雪的反光映照得悠长,"我是猫,有九条命。"

最终,我还是只有眼睁睁地看着她上了公路,在树荫里奔跑起来,几声吱嘎吱嘎的声音之后,她就消失在巷子口上了。

一只奔跑的狐狸。

不,是一只猫,一只九条命的猫。

她走之后,我没有站在原地等车,继续往前走了,觉得累了我就扶在旁边的树上歇口气,大概花了十分钟的时间吧,我也走到了巷子口上,一切都风平浪静,并无丝毫异常之处,我这才稍微宽了些心,也不管地上有多么冷,就坐下去等囡囡了。

这时候,雪又开始下了。

我浑然不知:就在下一分钟,一场巨大的悲剧,一场真正让我们死无葬身之地的悲剧,已经在漫天翻飞的雪片里生成,再无更改的余地了!

我更不知道:当九条命的猫变成奔跑的狐狸,这就是猫的死!

"别让她跑了!"突然,从我们的小院子那边传来一阵杂乱的声响,"抓住她,别让她跑了!"

一句话就要了我的命。

一切都晚了。一切都完了。

我站起身来,疯狂地往前跑,跑进巷子里,在师专的门口跌倒了,跌倒了就再爬起来,踉跄着,跑过师专的大门,跑过一棵接连一棵的夹竹桃,这时候,有人从我背后跑过来,转瞬之间就越过了我,一共三个,都是从师专里面突然跑出来的,我绝望地看着他们，绝望地厌恨自己的偏废之身为什么跑不快；这时候，院子里的动静越来越清晰，"跟上她，她跳窗户跑了！"刚才那个声音又响了起来，铁皮楼梯上响起的咣当之声一阵接着一阵，又有几个人从院子里冲出来，往小院子背后的池塘边上跑过去了，看着他们一步步跑远，想着囡囡竟然从二楼跳了下去，我顿时觉得天旋地转，"囡囡！"我喊了一声，没喊出声音来，一口血却从嘴巴里喷薄而出，飞溅着落在了满地雪白之上。

和满口鲜血一起跌倒在地上的，还有我的身体。

倒地之前，我看到两个刚刚越过了我的警察又冲着我跑回来了；倒地之后，我没有闭上眼睛，看着他们跑近了我，其中一个二话不说就把我背起来，另外一个则在旁边扶住我，一起往前跑，没有往院子里跑，径直向前，一直跑到了精神病院的大门口，精神病院的大门已经洞开了。

只一眼我就看见了囡囡，她已经重新跑回了那座钟楼里，竟然爬上了钟楼的窗台，蹲着，一只手扶住右边的那扇窗户，"你们不要过来！"囡囡哭着大喊起来，"你们要再过来一步我就跳下去！"此时，楼下开来了警车，车顶上的探照灯打开后直射上去：就在钟楼旁边的屋顶上，三个警察已经离钟楼越来越近，越来越近了。

"囡囡！囡囡！"我拼命大声喊着囡囡的名字。

"啊，"囡囡下意识地答应了我一声，只说了一声"你——"，就再也说不下去了。

一直到此时，那条睡在钟楼门前的流浪狗才醒了，对着那三个警察凄厉地叫喊起来，他们终于停步不前了。

"沈囡囡！"在我身边的人群里响起一个声音，"你先下来，我可以负责任地告诉你，我们不会马上对你怎么样，我们一定会让你先在你男朋友的身边留下来，我们还会把他送到医院里去，他的医药费也先由我们垫付！"

囡囡没有说话，那条流浪狗却在亮若白昼的灯光里突然狂乱起来，野狼般向着旁边的三个警察扑了过去，那三个警察正在躲闪着的时候，囡囡说话了，仍然拖着哭音，哭音里多出了几分乞求："你们，说的到底是真的还是假的——"

当流浪狗的叫声在屋顶上响起，当精神病院的病人们纷纷打开窗户，当弥天大雪就像在举办一场葬礼，囡囡，这就是你的死！

突然，转瞬，刹那，在所有人都来不及眨一下眼睛的时候，囡囡的手抓住的那扇窗户突然脱落，囡囡的身体往前倾去，她拼命想抓住另外的一扇窗户，终了，她没抓住，她什么也没抓住！她喊了一声我的名字，一头往下栽去，一秒钟都不到，她的头栽在下一层楼的窗台上，再没了声息，之后，整个身体换了方向，不再是头朝下，砸在第一层楼的一面窗台上，之后，慢慢落到雪地里，安安静静，就像从未出生。

她喊了一声我的名字，她再也喊不出我的名字来了。

她已经死了。

囡囡，我来了，我爬过来了，啊啊，接下来，咱们上哪里去呢？这一次，再没什么人能把我们分开了，刚才，就在他们都朝你跑过去的时候，我已经用那块玻璃碴割了脖子，割了三次，每次都割得深得不能再深，我都听到皮肤被划破的声音了，但是一点都不觉得疼,就像割在别人身上。现在,我爬到你的身边来,我相信,仅仅就在几分钟之后,我就要跟着你来了,你得走慢点,等着我。

接下来咱们上哪里去呢?去那小镇子,还是去大兴安岭?罢了罢了,咱们还是去你最想去的地方吧,就是天堂里的地窖,对了,得提醒你一声:在去的路上,我们还是要寻家杂货铺,买个小铲子,为什么呢?为了你白天的时候好打发时间啊,你想想,白天里我也不在,你正好可以用那铲子把地窖挖得更大一点,最好能有间厨房,起码有个灶台,我好为你熬鲫鱼汤,好让你喝完鲫鱼汤之后骂我一声:"变态狂!"

呵呵,你跑不了了,我都听见你的脚步声啦,听见你在唱歌啦,我也和你一起唱吧:"爱你爱你真爱你,把你画在吉他上,又抱吉他又抱你;恨你恨你真恨你,把你画在砧板上,又剁肉来又剁你。"怎么样,唱得还不错吧?反正你是跑不了了,我已经和你躺在一起,把头埋进你的头发里去啦。

囡囡,走慢点,别那么快,我都看见前面有团光了,我知道,那是你打着手电筒,你跑不了了。

——晚安吧,还清醒着的人们!

图书在版编目（CIP）数据

捆绑上天堂 / 李修文著. -- 上海 ：上海文艺出版社，2024. -- ISBN 978-7-5321-9134-5
Ⅰ．I247.5
中国国家版本馆CIP数据核字第20242T2C90号

发 行 人：毕　胜
责任编辑：庞　莹
装帧设计：汐　和

书　　名：捆绑上天堂
作　　者：李修文
出　　版：上海世纪出版集团　　上海文艺出版社
地　　址：上海市闵行区号景路159弄A座2楼 201101
发　　行：上海文艺出版社发行中心
　　　　　上海市闵行区号景路159弄A座2楼206室 201101 www.ewen.co
印　　刷：上海盛通时代印刷有限公司
开　　本：1194×889 1/32
印　　张：10.25
插　　页：5
字　　数：220,000
印　　次：2024年10月第1版 2024年10月第1次印刷
Ｉ Ｓ Ｂ Ｎ：978-7-5321-9134-5/I.7180
定　　价：69.00元
告 读 者：如发现本书有质量问题请与印刷厂质量科联系　T: 021-37910000